Elena MacKenzie – Highland Secrets 2

Um ihre kürzlich erkrankte Mutter, Theresa Finnley, zu unterstützen, reist Emma auf die Isle of Skye. Damit Theresa ihre Anstellung nicht verliert, springt die junge Buchhändlerin kurzerhand als Haushälterin auf Glenoak Hall ein. Erstaunt stellt sie fest, dass auf dem herrschaftlichen Anwesen jetzt eine Rockband lebt. Und nicht nur das, Ian MacLeod, dem sie die schlimmste Schmach ihrer Schulzeit zu verdanken hat, ist Leadsänger dieser Band. Doch nicht nur ihre Schulzeit holt sie in Dunvegan ein, sondern auch die Vergangenheit des Ripperhauses. Denn kaum angekommen, wird Emma zum Spielball eines Erpressers, der beschlossen hat, die Pläne des ersten Rippers zu beenden. Und ausgerechnet Ian MacLeods unerwartetes Interesse an Emma macht sie zur Nummer 1 auf der Liste des Mörders.

Elena MacKenzie

Highland Secrets 2

Roman

Latos-Verlag
Calbe/Saale

Lektorat: Latos-Verlag
Coverfoto: © Shutterstock
Umschlaggestaltung: Nicole Döhling, Plauen
Satz: Latos-Verlag, Calbe/Saale
Druck und Bindung: PRESSEL Digitaldruck, Remshalden

3. Auflage 10/2015

ISBN: 978-3-943308-50-1

www.latos-verlag.de

Für Sandra, die mit mir durch Höhen und Tiefen geht.

1. Kapitel

Hastig warf ich einen Blick auf das Display meines Handys; viertel nach vier. Noch knapp zwei Stunden, bis ich am Bahnhof sein musste, wenn ich meinen Bus nach Dunvegan nicht verpassen wollte.

»Bist du dir wirklich sicher, dass du das alles alleine schaffst?«, fragte ich meine Freundin und Geschäftspartnerin zweifelnd.

Summer warf ihr pechschwarzes Haar mit den zwei lila Strähnen über ihre Schulter zurück und sah mich genervt an. »Du tust gerade so, als würdest du mich zum ersten Mal alleine mit dem Laden lassen, Emma.«

Ich lächelte sie entschuldigend an und widmete mich wieder der Bestellung auf dem Computermonitor vor mir. »Und wie sieht es mit der Signierstunde von Jonathan Crown in zwei Tagen aus? Schaffst du das auch? Du weißt, er ist ziemlich exzentrisch und nicht gerade für seine Freundlichkeit bekannt.«

Wir hatten vor einer Weile schon mit Crown zu tun gehabt und der Mann war alles andere als umgänglich, aber seine Leserinnen liebten seine Romane. Ich für meinen Teil verstand diesen Hype um seine Sexromane kein bisschen und das, obwohl ich selbst ganz gerne einmal mit einem Liebesroman ein Wochenende im Bett verbrachte. Vielleicht mochte ich seine Bücher auch nur nicht, weil ich den Autor kannte.

»Vergiss nicht, er will seinen Kaffee …«

»… mit zwei Stückchen Zucker, ich weiß.«

»Und könntest du bitte keine Bücher bestellen, die auch nur entfernt mit SM zu tun haben? Du bist die Einzige, die dieses Zeug überhaupt liest.«

Summer grinste und schob sich von der Schreibtischplatte, dabei rutschte ihr schwarzer Minirock noch ein Stückchen weiter ihre Oberschenkel hinauf und entblößte noch mehr von ihrer zerrissenen Seidenstrumpfhose. Der Kunde, der jetzt schon eine Weile vor dem Regal mit den Science Fiction-Romanen stand, schielte lächelnd auf Summers lange, schlanke Beine und sah schnell weg, als er bemerkte, dass ich seine Musterung mitbekommen hatte.

»Wenn irgendetwas ist, rufe ich dich an. Versprochen.« Summer lächelte mich mit ihren schwarz geschminkten Lippen an und ich konnte nicht umhin, zu bewundern, wie sexy sie trotz ihres Faibles für all diesen Gothikkram aussah. Meine Geschäftspartnerin war noch nicht allzu lange meine Partnerin, dafür aber schon seit vier Jahren meine beste und einzige Freundin hier in Edinburgh.

Die letzten drei Jahre hatte ich diesen Laden zusammen mit meiner Tante Lucy geführt, die eigentlich meine Großtante gewesen und vor einem Jahr gestorben war. Sie hatte mir den kleinen Buchladen vermacht, eigene Kinder hatte sie nicht. Für mich war dieser Buchladen alles. Nicht nur, weil er meine einzige Geldquelle war, nachdem ich mein Studium zur Anwältin abgebrochen hatte. Er war auch ein Teil von Lucy, die für mich, nach meiner Mutter, die wichtigste Person in meinem Leben gewesen war. Besonders, weil sie trotz, dass ich mein Studium aufgegeben hatte, um mich von dem Druck zu befreien, immer an mich geglaubt hatte. Ganz anders als mein Vater, der von meiner Mutter getrennt mit seiner neuen Frau in Hallifax lebte und immer davon überzeugt war, dass ich es nie zu etwas bringen würde.

»Also, du rufst an, wenn du etwas nicht weißt. Und sollte mein alter Herr anrufen, sag ihm ... Dir fällt schon etwas Passendes ein.«

Ich warf mein Handy in meine Handtasche und sah traurig zu Summer auf, die den Blick senkte und sich abwandte, um ein paar Bücher im Regal zu sortieren. Ich wusste, dass sie Abschiede hasste. Auch wenn es nur ein paar Wochen waren. »Und gieß die Pflanzen in unserer Wohnung!«, fügte ich bedrückt an. Ich hasste Abschiede genauso.

»Ach, jetzt mach schon, dass du fortkommst!«, murmelte sie mit wässrigen Augen und schlang beide Arme um mich. »Und sag deiner Mutter, alles Liebe von mir! Und sie soll sich schnell wieder erholen, damit ich nicht so lange auf dich verzichten muss.« Summer schniefte an meiner Wange und schob mich von sich. Sie blinzelte ein paar Tränen aus ihren tiefgrünen Augen und ich musste gegen einen Kloß in meiner Kehle anschlucken.

Der Kunde von vorhin kam mit einem Buch an die Kasse und ich stahl mich schnell davon, während Summer den Mann abkassierte.

Auf der Fahrt von Edinburgh nach Dunvegan hatte ich genug Zeit, um über die letzten Wochen nachzudenken. Bei meiner Mutter hatte man Myome in der Gebärmutter entdeckt, die eine Hysterektomie – eine Entfernung des Uterus – zur Folge hatten. Natürlich hatte meine Mutter Hilfe strikt abgelehnt. Trotzdem war ich jetzt auf dem Weg nach Dunvegan, um sie zu unterstützen.

Es fühlte sich immer wieder komisch an, zurückzukehren. Seit ich vor vier Jahren nach Edinburgh gegangen war, war ich nur drei Mal hier gewesen. Außer zu meiner Mutter hatte ich zu niemandem mehr Kontakt, was nicht verwunderlich war, denn viele verließen Dunvegan nach dem Schulabschluss. Und die meisten, die mit mir gemeinsam auf der Schule waren, waren irgendwo auf der gesamten Insel verstreut. Aber dass ich mit keinem meiner Mitschüler noch Kontakt hatte, störte mich eigentlich nicht. Ich hatte ohnehin nur eine einzige richtige Freundin in der Schule gehabt: Kathrin. Nur bei ihr bedauerte ich, dass wir uns aus den Augen verloren hatten.

Genauso, wie ich meinen Vater aus den Augen verloren hatte. Nur mit dem Unterschied, dass es mich bei Kathrin ein klein wenig melancholisch stimmte, wenn ich an sie dachte und mich fragte, was sie jetzt wohl tat und wo sie lebte? Bei meinem Vater spürte ich nur Wut und Entsetzen darüber, dass er meine Mutter einfach so über Nacht verlassen hatte und mit einer Frau, die meine Schwester hätte sein können – wohlgemerkt meine fast zwei Jahre jüngere, gerade einmal zweiundzwanzig Jahre alte Schwester – nach Halifax abgehauen war. Dass er meiner Mutter das angetan hatte, hatte unsere Vater-Tochter-Beziehung so stark zerrüttet, dass wir nicht einmal mehr miteinander sprachen. Genau genommen sprach ich nicht mehr mit ihm, denn er rief mich regelmäßig an. Ich fragte mich, wann er es satt haben würde, dass ich jedes Mal fluchend das Telefon auflegte, wenn ich seine Stimme am anderen Ende vernahm. Er war die eine Person, die schuld daran war, dass ich kein Vertrauen zu Männern aufbauen konnte. Ian MacLeod war die andere.

Lächelnd öffnete meine Mutter mir die Tür, doch ihrer zerfurchten Stirn und den zuckenden Wangen konnte ich entnehmen, dass ihr das Stehen erhebliche Schmerzen bereitete. »Emma! Ich freue mich so sehr, dich endlich wiederzusehen«, meinte sie und ihre Augen leuchteten.

»Ich mich auch, Mom.« Ich nahm sie kurz in die Arme, wagte aber nicht, sie zu fest zu drücken. Und das nicht nur, weil ich nicht wusste, ob ich ihr damit Schmerzen zufügen würde, sondern auch, weil sie so schrecklich dünn aussah. Meine Mutter war schon immer schlank, von ihr hatte ich meinen zarten, elfenhaften Körperbau. Wir waren beide nur 1,65 groß, sehr feingliedrig und für meinen Geschmack viel zu dünn. Aber seit Vater gegangen war, hatte sie noch mehr an Gewicht verloren. Und sie jetzt so zu sehen und zu halten, machte mir Angst. Sie sah erschöpft und kränker aus, als ich gedacht hatte. Plötzlich war ich froh, dass ich mich nicht von ihr hatte überzeugen lassen, in Edinburgh zu bleiben.

Ich schob meine Mutter schnell wieder von mir und in die Wohnung hinein, in der ich einen Großteil meiner Kindheit verbracht hatte.

»Wir können uns drinnen noch genug begrüßen«, sagte ich ernst und konnte meine Besorgnis wohl nicht verbergen, denn das Leuchten stahl sich aus Mutters Augen. »Wir sorgen erst mal dafür, dass du wieder in dein Bett kommst. Du sollst dich doch schonen«, fügte ich hastig an.

Meine Mutter nahm meine Hand und zog mich in das Wohnzimmer, in dem sich nichts geändert hatte. Es war noch immer schlicht, mit gelb weiß gestreiften Tapeten an den Wänden, einer dunkelbraunen Kommode, auf der ein kleiner Fernseher stand, und einem geblümten Sofa. Sie setzte sich langsam und zog ein Plaid über ihre Beine.

»Es ist schön, dass du da bist«, wiederholte sie und zupfte an einer Strähne meiner langen Haare. »Du trägst es wieder in deiner Naturfarbe.« Sie lächelte zufrieden.

»Ja, mir ist blond irgendwie ausgegangen.« In Wirklichkeit hatte ich das Blond einfach rauswachsen lassen. Jetzt waren meine Haare wieder kupferfarben wie die meiner Mutter. Und wie es sich für Rothaarige gehörte, war unser beider Haut blass und sommersprossig. Meine Mutter hatte noch einige Sommersprossen mehr als ich, aber ich war sicher, dass ich bald aufholen würde.

Ich nahm das Haargummi, das ich immer um mein Handgelenk gebunden hatte, und band meine langen Locken zu einem Zopf zusammen. Dann sah ich meiner Mutter tief in die stahlgrauen Augen – meine waren dunkelgrün, etwas, das ich von meinem Vater geerbt hatte. »Und erzähl, wie fühlst du dich? Ich will alles genau wissen, auch wie hübsch dein Arzt war und wann ihr euch zum Kaffee treffen wollt«, sagte ich scherzend, ließ meine Reisetasche einfach neben dem Sofa stehen und schenkte uns beiden Tee ein, den meine Mutter in einer Kanne auf einem Stövchen warmgehalten hatte.

Wir machten uns einen schönen Abend, unterhielten uns über Tante Lucy, Mutters Operation und ihre Arbeitsstelle, die sie in den nächsten Wochen nicht aufsuchen konnte. Wir unterhielten uns nicht über Vater. Das Thema war für uns beide zu schmerzlich.

Es war schön, nahe neben ihr zu sitzen und einfach zu plaudern. Mir war gar nicht bewusst gewesen, wie sehr ich das vermisst hatte.

»Du putzt jetzt also auf Glenoak Hall?«, hakte ich erstaunt nach.

»Ja, hast du von der Sache mit den Serienmördern gehört?«, wollte sie wissen.

Ich runzelte die Stirn und schluckte. »Serienmörder?« Mrs Theresa Finnley sah mich aufgeregt aus funkelnden Augen an.

»Sag bloß, du hast nichts von unserem ureigenen Ripper in Dunvegan gehört?« Meine Mutter setzte sich etwas aufrechter hin, ich stopfte ihr ein weiteres Kissen in den Rücken und legte ihre Füße auf meinen Oberschenkeln ab.

»Nein«, sagte ich ehrlich erstaunt.

Meine Mutter lachte. »Das kommt davon, wenn man seine Nase nur in Bücher steckt und keine Zeit für das reale Leben aufbringt.«

Damit hatte sie Recht. In Summers und meiner Wohnung gab es keinen Fernseher und auch den Laptop, den wir besaßen, nutzten wir eher für Abrechnungen, Bestellungen und Mailkontakte, als um Nachrichten aus aller Welt zu lesen. Keine von uns beiden hatte auch nur im Entferntesten Interesse an Nachrichten, Politik oder Tratsch über Hollywoodsternchen und die neuesten Hits der Hitparaden.

»Dann musst du mich jetzt wohl aufklären«, meinte ich und nippte an meinem Earl Grey, während ich meine Mutter erwartungsvoll ansah und mich insgeheim freute, weil sie sich freute, dass sie mir den neuesten Tratsch aus Dunvegan erzählen konnte.

»Adam MacLeod, du kennst ihn doch noch?«

»Du meinst diesen Macho, der in Glenoak Hall lebt?« Und der mit der Schulschönheit verheiratet war?, fügte ich in Gedanken an. Die beiden waren ein paar Klassenstufen über mir und damals das Stadtgespräch schlechthin gewesen, weil sie gleich nach der Schule geheiratet und sie ihn betrogen hatte. Alle hatten Mitleid mit Adam, aber der hatte sich recht schnell mit anderen Frauen getröstet. So war das auch noch gewesen, als ich von hier fortging.

»Genau. Er hat wieder geheiratet und lebt jetzt in Edinburgh.«

Erstaunt sah ich meine Mutter an. Mein Herz machte einen kleinen Sprung, bei dem Gedanken, dass der Cousin von Ian MacLeod ganz in meiner Nähe wohnte. Natürlich war Edinburgh nicht gerade klein, aber man konnte ja nie wissen.

»Jedenfalls, bevor es dazu kam, dass er mit seiner neuen Frau wegging, gab es hier einige grauenvolle Morde an jungen Touristinnen.« Meine Mutter sah mich geheimnisvoll an und nickte bedeutungsschwanger. »Alles Frauen, die mit Adam geschlafen haben. Und seine neue Frau wäre auch fast eins der Opfer geworden. Erst haben alle gedacht, Adam wäre der Mörder. Aber ich hab das nie geglaubt. Er war vielleicht ein Macho, aber ich kannte ihn gut genug, um zu wissen, dass er im Grunde nur ein verletzter Mann war.«

»Und diese Frauen sind ermordet worden?«, hakte ich nach und war wirklich überrascht. Dunvegan war eine unschuldige kleine Stadt. Hier passierte so etwas nicht.

»Nicht nur das, ausgeweidet und gefoltert. Und im Internet zur Schau gestellt.«

»Die Leichen?« Ich erschauderte.

»Nein. Im ganzen Haus hatten die Mörder Überwachungskameras und haben dann Videos ins Internet gestellt, in denen man Adam beim Sex mit den Opfern gesehen hat.« Meine Mutter nickte und sah mich mit großen Augen an. Fast bekam ich das Gefühl, dass sie begeistert war, mir die grausamen Details dessen erzählen zu können, was hier geschehen war. Ich konnte es ihr nicht mal verübeln, denn viel passierte hier wirklich nicht.

Und so grauenvoll diese Morde vielleicht auch waren, für eine Stadt wie Dunvegan waren sie mit Sicherheit ein Gesprächsthema, das noch lange vorhalten würde.

Ich keuchte erschrocken auf. Das musste schrecklich für diese Frauen und auch Adam gewesen sein. So entblößt zu werden, unvorstellbar. Aber ermordet zu werden war sicher noch grauenvoller für sie, als sich nackt beim Sex im Internet wiederzufinden, berichtigte ich meine Gedankengänge schnell. Und ein wenig enttäuschend für mich, denn ich hatte leider keins dieser Videos zu Gesicht bekommen. Den Cousin von Ian nackt zu sehen, wäre fast so gewesen, wie Ian selbst nackt zu sehen. Ich schüttelte innerlich den Kopf darüber, wo meine Gedanken mich hinführten. Ich hatte angenommen, dass meine Schwärmerei für Ian vorbei wäre. Aber wieder in Dunvegan zu sein, holte wohl auch meine Schulschwärmerei in meinen Kopf zurück und das, obwohl ich ihn eigentlich hassen sollte, nach dem, was er mir angetan hatte. Und überhaupt, wie konnte ich mich darüber ärgern, Adams Hintern nicht im Internet gesehen zu haben, wenn es dabei doch darum ging, dass diese Frauen getötet wurden?!

Ian war eine Klassenstufe über mir gewesen und, nachdem sein Cousin die Schule verlassen hatte, offiziell der heißeste Typ. Natürlich hatte er nicht einmal gewusst, dass ich existierte. Anfangs. Doch dann fing er aus heiterem Himmel an, mit mir zu flirten, mir brennende Blicke zuzuwerfen oder mich mit funkelnden Augen zu mustern, wo auch immer ich ihm begegnete. Ganz plötzlich schien ich sein Interesse geweckt zu haben und das, obwohl er eine feste Freundin hatte. Einmal steckte er mir sogar ein Briefchen zu, in dem er schrieb: »Wenn ich dein feuriges Haar sehe, und deine grünen Augen auf mir ruhen, schlägt mein Herz schneller, als bei jedem anderen Mädchen.«

Von diesem Tag an brannte jedes Mal, wenn wir uns begegneten, mein Gesicht und mein Puls schlug mir bis zum Hals. Über Wochen hinweg warf er mir heimliche Blicke zu und ich genoss sein Interesse voller Inbrunst und fragte mich nie, warum er mich nicht um ein Date bat oder Michelle den Laufpass gab. Es genügte mir, zu wissen, dass er mich endlich zur Kenntnis genommen hatte. Ich fieberte jeder Schulpause entgegen in der Hoffnung, ihm auf den Gängen zu begegnen. Manchmal lief ich die Gänge sogar nur entlang, um ihm ganz zufällig über den Weg zu laufen. Ich lechzte nach jedem Lächeln, das er mir schenkte.

Und dann kam dieser Tag in der Schulcafeteria, an dem er vor mir stehen geblieben war, mich angesehen hatte mit diesem Blick, der mir das Gefühl gab, vollkommen unter Strom zu stehen. So als wäre ich die einzige Frau auf der Welt und es gäbe nur ihn und mich. Diese Sekunden, in denen er vor mir stand, ließen mein Herz hoffnungsvoll in meiner Brust hämmern. Endlich würde er mich fragen, ob ich mit ihm ausgehen wollte. Oder er würde wenigstens ein paar Worte mit mir wechseln. Das Flirten aus der Ferne, die

Heimlichkeiten würden endlich vorbei sein. Innerlich zitterte ich, so nervös war ich.

Auch seine Freunde, ich nannte sie immer seine Anhängsel - Kerle die ihn, den großen Sporthelden und coolen Gitarrenspieler, vergötterten -, waren stehengeblieben und sahen mich und ihn fragend an. Dieser Moment hatte etwas Magisches, sein Blick tief versunken in meinem. Ich werde nie vergessen, wie hektisch meine Atmung ging, wie mein Gesicht heiß wurde und ich nicht wusste, was ich mit meinen Händen tun sollte oder was ich sagen sollte. Und dann flackerte sein Blick, der Moment war weg, er sah seine Freunde an und Michelle, die hinter mir aufgetaucht war. Dann verzog sich sein Mund zu einem breiten Grinsen.

»Du meinst sie? Schätzchen, hast du sie dir mal angesehen? Selbst wenn sie auf mich steht, die kommt doch nie an dich ran.«

Ich werde die abgrundtiefe Scham, den pulsierenden Schmerz in meiner Brust und die brennenden Tränen in meinen Augen nie vergessen. Und das Gelächter der anderen. Ich war einfach losgerannt. Raus aus dem Schulgebäude in den Wald gegenüber, wo ich mich unter einen Baum setzte und den Rest des Schultages heulte. An jedem anderen Tag danach hatten seine Freunde gelacht und getuschelt, wenn sie mich sahen, und er hatte immer diesen Blick; die Lippen aufeinander gepresst, die Augen leicht zusammengekniffen. So sah er mich immer an, während ich an ihm und seinen Freunden vorbeirannte, um so schnell wie möglich von ihnen weg zu kommen. Später an diesem Tag kam Michelle zu mir. Ihre schokoladenbraunen Haare glänzten im Sonnenlicht und sie sah mich spöttisch an. Ihre beiden Freundinnen standen neben ihr, und sie grinste breit.

»Hast du wirklich geglaubt, Ian würde auf dich stehen? Das war alles nur ein riesen Spaß. Du warst sein Spielzeug. Er würde mich nie verlassen. Schon gar nicht für so ein graues Mäuschen wie dich.«

Er hatte mit mir gespielt, das zu wissen war fast noch schmerzhafter als die Schmach in der Cafeteria.

Dieses Erlebnis mit Ian MacLeod war Nummer 2 auf meiner Liste für Gründe, Männern gegenüber immer misstrauisch zu sein. Lange Zeit hatte ich immer, wenn ein Mann Interesse an mir gezeigt hatte, darauf gewartet, dass er so einen Spruch wie Ian bringen würde. Es hatte einige Jahre gebraucht, um genug Selbstbewusstsein aufbauen zu können, um Männern ohne Misstrauen zu begegnen. Auch das hatte ich Tante Lucy zu verdanken, die mir immer wieder vor Augen geführt hatte, dass ich eine attraktive Frau war, die sich vor keinem Mann der Welt verstecken musste.

Heute, mit dreiundzwanzig Jahren, ging ich mit mehr Selbstsicherheit denn je durch mein Leben. Immerhin gehörte mir ein erfolgreicher kleiner Buchladen in dem unter anderem auch ein von mir verfasstes Buch im Regal stand.

Ja, ich hatte einiges geschafft. Kein Grund sich weiter abzukapseln. Ob von dieser Selbstsicherheit noch genug übrig bliebe, wenn ich eines

Tages noch einmal vor Ian stehen würde, das bezweifelte ich. Aber zum Glück war die Chance, ihn je wiederzusehen, so gering wie die Chance, dass ich jemals Nessie zu Gesicht bekommen würde. Dennoch kribbelte es in meinem Magen bei der Vorstellung. Und es war kein ängstliches Kribbeln. Trotz allem, was er mir angetan hatte, hatte ich meine Gefühle für ihn nie überwunden. Es hatte sich immer so angefühlt, als wäre da etwas zwischen uns unerledigt. Ich hatte mich immer gefragt, was gewesen wäre, wenn ich doch nicht nur sein kleines Spaßprojekt gewesen wäre. Und allem Anschein nach schaffte er es auch heute noch, meinen Puls zu beschleunigen. Und das allein beim bloßen Gedanken, er könnte ganz unerwartet vor mir stehen.

»Und dein Job? Wie sieht es damit aus?«, wechselte ich das Thema.

»Ich denke, die MacLeods müssen sich wohl eine andere Haushälterin suchen. Hoffentlich keine Mörderin wie meine Vorgängerin«, meinte meine Mutter und lächelte traurig. Arbeit gab es in Dunvegan leider nicht an jeder Straßenecke. Daher wäre es wirklich schade, wenn meine Mutter ihre Stelle verlieren würde, nur weil sie ein paar Wochen ausfiel.

»Denkst du nicht, sie kommen kurz ohne dich zurecht? Und stopp! Die Haushälterin? Du meinst die alte Molly?« Ich kannte Molly. Eine nette, mütterlich wirkende ältere Dame.

Meine Mutter nickte. »Das hat uns alle überrascht. Sie war eine von uns.«

Ich war schockiert. Dieser Frau war ich so oft begegnet: am Sonntag in der Kirche, auf dem Markt, beim Hafenfest. Und auch in der Schule hatte sie oft ehrenamtliche Aufgaben übernommen. Molly konnte unmöglich eine Mörderin gewesen sein.

»Ist das ganz sicher?«

»Ja, man hat sie sozusagen in flagranti erwischt. Ihr Mann, der alte Alfred, hat sich die Sexvideos reingezogen und sie hat die Frauen danach getötet. Vielleicht war sie eifersüchtig? Ich weiß nicht. Wer weiß schon, was Mördern im Kopf herumgeht.« Meine Mutter winkte ab und wechselte das Thema. »Unmöglich können die MacLeods über mehrere Wochen auf eine Haushälterin verzichten. Du hast ja keine Ahnung. In dem Haus wohnt jetzt eine Rockband!« Meine Mutter stöhnte gespielt entrüstet.

2. Kapitel

Ich fuhr im alten Fiesta meiner Mutter die Kiesstraße zum Anwesen der MacLeods hoch. Ein wenig aufgeregt war ich schon. Das lag nicht nur an den Tagträumen, die sich immer wieder ungewollt in meinen Kopf geschlichen hatten, seit ich beschlossen hatte, für meine Mutter als Haushälterin einzuspringen, damit sie ihren Job nicht verlor, sondern auch an der Tatsache, dass ich gleich zum ersten Mal das Haus der MacLeods betreten würde. Ein Haus, das für mich immer verschlossen geblieben war. Nicht, dass es irgendeinen Grund gegeben hätte, warum die MacLeods mich je hätten einladen sollen, schließlich kannten sie mich ja gar nicht. Zumindest nicht privat. Für sie war ich nur ein Gesicht, dem sie beim Spaziergang durch Dunvegan begegneten oder am Sonntag in der Kirche. Und ich gehörte auch nicht zu den beliebten Schülern der Schule, die Adam auf seine Partys einlud, wenn seine Eltern nicht im Haus waren.

In meinen Tagträumen war ich Ian auf Glenoak Hall begegnet. Ich sah natürlich umwerfend gut aus. So gut, dass es ihm unmöglich entgehen konnte. Und natürlich blieb ihm nichts anderes, als mich heiß und innig zu begehren. Und ich hatte ihn eiskalt abblitzen lassen. Ihn ausgelacht, mich abgewandt und ihm meine sexy Kehrseite zugedreht. Eine sexy Kehrseite, die ich gar nicht besaß, weil ich dafür viel zu dünn war.

Als ich um die letzte Kurve bog und das riesige gusseiserne Tor des Anwesens in Sicht kam, blieb mir fast die Luft weg. Vor dem Tor drängelten sich gut fünfzig Menschen, die Plakate in die Luft hoben, Fotos machten und sich gegenseitig wegdrängten, um die eigene Sicht auf das Haus zu verbessern. Ich runzelte die Stirn und las eines der Plakate, auf dem, so vermutete ich, der Name der Band stand, die meine Mutter erwähnt hatte: *Wild Novel.* Klangvoll aber nicht gerade kreativ, fand ich. Am Namen lag es wohl kaum, dass die Band ganz offensichtlich nicht gerade unbekannt war. Auch wenn ich zugeben musste, dass ich noch nie etwas von *Wild Novel* gehört hatte. Was aber nichts heißen musste, denn musikalisch war ich selten auf dem neuesten Stand. Dazu schaltete ich zu selten das Radio an. Früher hatte ich Musik geliebt, aber das war bevor mein Vater beschlossen hatte, uns zu verlassen, um sich eine junge Frau zu suchen.

Seither bevorzugte ich Ruhe. Wenn ich nach Hause kam, dann wollte ich es gerne still haben. Musik verband ich mit meinem Vater, weswegen mich Summer auch nie hatte überreden können, dieses alljährliche Rockereignis in der Nähe von Edinburgh mit ihr zu besuchen. *T in the Park*, genau, so hieß das. Ich konnte mir wirklich Besseres vorstellen, als eingepfercht zwischen tausenden fremden, schwitzenden, trinkenden und grölenden Menschen, viel zu lauter Rock and Roll-Musik zu lauschen.

Ich hielt langsam auf die Einfahrt zu und hoffte zum einen, dass die Fans mir ausweichen würden, und zum anderen, dass man mich überhaupt reinlassen würde. Aber meine Mutter hatte heute Morgen extra angerufen, um mich anzumelden.

Als ich gerade feststellte, dass die Fans mir nicht ausweichen wollten, kam auf einmal Bewegung in die Menschengruppe. Die Schreie wurden noch lauter, das Gedrängel noch stärker. Dann schwang das Tor nach außen auf und teilte die Menschenmasse wie Moses das Rote Meer. Eine Limousine verließ das Anwesen, und die Fans, überwiegend Frauen, drängten sich an die verdunkelten Fenster und kreischten. Als der sperrige Mercedes mein kleines Fahrzeug passiert hatte und die kreischenden Frauen dem Auto weiter folgten, nutzte ich die Gelegenheit, um an den restlichen, noch vor der Einfahrt stehenden Fans vorbeizufahren. Aus dem Augenwinkel nahm ich wahr, wie eine junge Frau mir den Finger zeigte und wütend gegen die Seite des Fiestas trat. Wahrscheinlich fand sie es nicht so toll, dass ich einfach auf das Anwesen fuhr. Mich machte es auch etwas unruhig. Was, wenn ich doch nicht hier sein durfte? Oder wenn dort drin Bodyguards warteten, die mich für einen Fan hielten und mich wieder vor die Tür setzten? Vielleicht hätte ich vorher klingeln sollen.

Ich warf einen Blick auf die Sprechanlage, an der ein Mann um die dreißig lehnte, der ein schwarzes T-Shirt trug auf dem in weißen Buchstaben »Rest in Peace, Ripper« stand. Ich schüttelte den Kopf, als mir der Gedanke kam, dass damit

Molly gemeint sein könnte. Dann wischte ich den Gedanken aber weg und nahm an, dass das Zufall war und diese Worte sich wohl eher auf etwas bezogen, das mit der Band zu tun hatte. Der gruselige Blick des Mannes ließ mich trotzdem erschauern, als dieser mich direkt ansah.

Ich wandte meinen Blick ab und fuhr, ohne weiter zu zögern, auf das Anwesen. Im Rückspiegel sah ich, wie das Tor sich schloss und das Menschenmeer sich wieder zusammenfügte.

Ich fuhr bis vor die Eingangstür, die sich in dem Moment öffnete, da ich den Schlüssel aus dem Zündschloss zog. Ein muskelbepackter Mann in schwarzem T-Shirt und Anzughose kam die fünf Stufen herunter und hielt mit wütender Miene direkt auf mich zu. Mein Magen verknotete sich. Wahrscheinlich hätte ich doch klingeln sollen. Ich stieg aus dem Wagen und sah dem Berg von einem Mann entgegen, der vor mir stehen blieb.

Ohne abzuwarten, was er sagen würde, begann ich stotternd, mich zu verteidigen. »Tut mir leid. Ich hätte mich wohl anmelden müssen. Ich bin die Tochter der Haushälterin, Theresa Finnley. Mein Name ist Emma Finnley. Meine Mutter hat angerufen.« Wollte ich ihm noch meinen Lebenslauf auf die Nase binden?

»Habe ich mir gedacht«, brummte der Mann mit dunklem Bariton. Die kurz geschorenen Haare ließen ihn noch bulliger wirken, als er wahrscheinlich wirklich war. »Diese Rostlaube ist unverwechselbar. Wenn Sie das nächste Mal kommen, hupen Sie einfach, dann können wir sofort aufmachen und die da unten machen Ihnen Platz«, sagte er und wies auf die Fans vor dem Tor.

»Oh«, sagte ich. »Ich dachte nur, Sie wollten mich vielleicht wieder fortschicken, weil Sie so angestürmt kamen.«

»Habe ich Sie erschreckt? Tut mir leid. Ich habe auf dem Monitor gesehen, dass wieder einer dieser durchgeknallten Serienmörderfans hier ist. Diese sensationsgeilen Arschlöcher, die hier herkommen, um das Ripperhaus zu sehen, habe ich gefressen.« Er schüttelte den Kopf und fuhr sich mit der flachen Hand über das kantige, glattrasierte Kinn. »Ich war auf dem Weg, diesen Blödmann von hier wegzujagen. Gegen diese kreischenden Weiber, die hier ständig rumlungern und darauf hoffen, einen meiner Jungs zu Gesicht zu bekommen oder sogar in ihren Betten zu landen, habe ich eigentlich nichts, aber diese Dreckschweine, die sich an dem aufgeilen, was hier passiert ist, die sind mir zuwider. Gehen Sie doch schon mal rein. Kathrin ist in der Küche. Sie kann Sie einweisen.«

Der Mann stürmte an mir vorbei, ich zuckte mit den Schultern und hielt auf das Haus zu.

Da der Riese von Mann gesagt hatte, ich solle schon mal reingehen und die Eingangstür offen stand, betrat ich das Haus einfach und hielt ehrfürchtig die Luft an. Ich stand in einer geräumigen Halle und blickte auf eine breite Treppe, die von einem dunkelroten Teppich umschmeichelt wurde. Die Geländer rechts und links der Treppe bestanden aus dunklem, geschwungenem Holz.

Die Halle selbst war recht düster, da die einzigen Lichtquellen die offene Tür in meinem Rücken und das Licht, das aus einem Durchgang fiel, waren.

Ich legte meine Handtasche auf einer Kommode ab, die mindestens so alt schien wie das Haus selbst. Sie sah nicht abgenutzt oder heruntergekommen aus, aber erweckte den Anschein, dass sie aus der Viktorianischen Ära stammte. Ich strich über das glatte Holz und konnte ein leises Seufzen nicht unterdrücken.

»Emma?«, kam es aus Richtung des Durchgangs. Ich zuckte zusammen und blickte auf. Ein blonder Schopf schaute um die Ecke und sah mich erfreut und verwundert zugleich an.

»Kathrin?« Diese Kathrin also. Meine ehemals beste Freundin Kathrin? Mein Herz machte einen kleinen Sprung. Ich sah die Blondine mit offenem Mund an, als sie auf mich zustürmte. Schlank und rank wie ich sie in Erinnerung hatte. Das blonde Haar, früher trug sie es bis zu den Hüften, reichte nur noch bis zum Kinn und stand fransig ab, was ihr ein freches, aber auch niedliches Aussehen verlieh. Auch die Kleidung, die sie trug, unterschied sich von den Blümchenkleidern, die sie zu Schulzeiten trug; ein schwarzes Tank-Top mit einem weißen Totenkopf auf der Brust und an den Knien zerrissene Jeans.

»Ich hätte nicht gedacht, dass ich dich nochmal zu Gesicht bekomme«, sagte sie laut lachend und zog mich in ihre Arme.

»Das kann ich wohl von dir auch sagen. Ich dachte, du wolltest mit deinen Eltern zurück nach

Deutschland?« Kathrin war in Deutschland geboren worden und kam mit ihren Eltern in die Highlands, als sie im Grundschulalter war. Ihre Eltern beschlossen irgendwann, dass die Highlands doch nichts für sie waren und wollten zurück nach Deutschland.

»Deutschland ist nichts für mich.«

Ich schaffte es gerade noch, mein Handy aus meiner Handtasche zu angeln, bevor sie mich in eine geräumige und völlig chaotische Küche schleifte. Fassungslos starrte ich die Berge Geschirr an, die sich auf jedem Zentimeter der Arbeitsplatte stapelten. Zumindest war der große Tisch in der Mitte der Küche freigeräumt.

»Was ist denn hier passiert?« Meine Mutter hatte mich vorgewarnt, aber das hier überstieg meine schlimmsten Vorstellungen.

»Deine Mutter war ein paar Tage nicht mehr hier und ...« Kathrin lächelte mich entschuldigend an. »Wir hatten gestern eine Party hier. Darren hatte Geburtstag.«

Ich nickte, konnte aber noch immer nicht glauben, was ich hier sah.

»Ach, jetzt guck nicht so! Jetzt setz dich erst mal! Das hat doch noch Zeit.« Kathrin schob mich zu einem der Stühle hin und zwang mich, mich zu setzen. Erstaunlicherweise fand sie in einem der hellen Küchenschränke noch eine Tasse, die sie vor mir hinstellte, und goss mir Kaffee ein. Dann schenkte sie für sich auch noch eine Tasse ein und setzte sich mir gegenüber.

»Ich kann nicht glauben, dass du hier bist«, meinte sie und strahlte mich so begeistert an, dass ich verlegen den Blick auf das Porzellan zwischen meinen Händen senkte. »Weißt du, wie langweilig es hier ohne dich war?«

Ich sah sie zweifelnd an, dann ließ ich den Blick durch die Küche gleiten. »Das glaube ich dir.«

»Du hast recht. Es war langweilig, bevor die Jungs hier eingezogen sind.« Sie nippte an ihrer Tasse und musterte mich nachdenklich. »Zwischenzeitlich war es sogar mal gruselig hier.«

»Ich habe davon gehört«, entgegnete ich, denn ich wusste, was sie meinte. Ich war völlig überrascht und überwältigt, meine Freundin hier anzutreffen. Aber dieses Gefühl der Freude mischte sich mit einem Unbehagen, ausgelöst durch das Wissen, dass hier in diesem Haus Menschen getötet wurden. Mir saß seit dem Betreten des Hauses ein unangenehmes Gefühl im Nacken.

»Ich weiß, ich bin zum Putzen hier«, meinte ich und wechselte das Thema. »Aber was machst du eigentlich hier? Meine Mutter hat gar nicht erwähnt, dass du hier bist.«

Kathrins dunkelgrüne Augen leuchteten auf und ich war mir sicher, ihre Wangen überzogen sich mit einer sanften Röte. »Ich bin auch erst seit ein paar Monaten wieder hier.« Sie zögerte und leckte sich über ihre schmalen Lippen und zog ihre winzige Stupsnase kraus. Ich hatte sie wegen ihres unglaublichen Aussehens schon in der Schule beneidet. Sie musste ein Klassenzimmer nur betreten und alle Blicke klebten an ihr. Ich dagegen war immer die unscheinbare Rothaarige.

»Ich habe bis vor Kurzem in London gejobbt. Nichts Großartiges. Und dann hat es mich hierher zurückgezogen.«

Ich riss erstaunt die Augenbrauen hoch. »Ist das dein Ernst? Du hast nicht studiert? Als meine Mutter mir erzählt hat, du bist in London, hatte ich angenommen, du studierst.«

»Nein«, sagte sie und lächelte verlegen.

»Und jetzt?«, hakte ich nach und trank meine Tasse leer.

»Jetzt mach ich Urlaub und dann, wer weiß?« Sie zuckte lässig mit den Schultern. »Und du?«

»Ich habe mein Studium abgebrochen und bin jetzt Buchhändlerin. Ich habe einen kleinen Buchladen in Edinburgh.«

»Oh«, machte Kathrin. »Das klingt aber interessant. Ich träume auch schon eine Weile von meinem eigenen Buchladen. Ich liebe den Geruch von Büchern.«

Ich stand vom Tisch auf und öffnete den Geschirrspüler, der zu meiner Erleichterung leer war. Zwar würde ich bei Weitem nicht alles Geschirr in die Maschine bekommen, aber zumindest einen kleinen Teil. Den Rest musste ich mit der Hand abwaschen. Aber das störte mich gar nicht mehr. Ich würde Gesellschaft haben und das freute mich. Es war mir nicht bewusst gewesen, wie sehr ich Kathrin vermisst hatte, aber mich jetzt mit ihr zu unterhalten, war wie in unserer Schulzeit, als wären keine Jahre seit unserer letzten Begegnung vergangen.

Kathrin half mir beim Einräumen, dann machten wir uns gemeinsam an den Abwasch und unterhielten uns über Männer, die gemeinsame Schulzeit und meine Mutter.

»Und was hat dich nun in dieses Haus getrieben? Sag bloß, du bist mit einem von ihnen zusammen? Wie kommt es eigentlich, dass jetzt eine Rockband hier wohnt?«

»Nun ja, Adams neue Frau wurde unten im Keller von der Haushälterin gefangen gehalten. Sie hat sich hier nicht wohlgefühlt. Und ehrlich, manchmal, wenn ich daran denke, dass dort unten Frauen gefoltert und ausgeweidet wurden und sich der alte Alfred an den Sexvideos aufgegeilt hat, überkommt mich auch eine Gänsehaut. Das ganze Haus war mit Kameras übersät!«

Ich schüttelte mich. Wohl fühlte ich mich bei der Vorstellung auch nicht. Ich war mir sicher, dass dieses Gefühl nie verschwinden würde. »Also hat Adam das Haus vermietet?«

Kathrin nahm mir einen Teller aus der Hand, den ich gerade gespült hatte, und trocknete ihn ab. »Mehr oder weniger.«

»Und du bist mit einem echten Rocksänger zusammen«, stellte ich fest und musste mir eingestehen, dass das mehr war, als ich Kathrin zugetraut hatte. Ich hatte sie mir immer mit einem Anwalt oder einem Manager einer großen Firma vorgestellt. Aber ein tätowierter, lederbekleideter Musiker?

»Ich weiß nicht, was es ist. Aber ich mag ihn.«

»Redest du von mir?«, erklang es rau hinter unseren Rücken. Wir wandten uns beide um. Und während Kathrin auflachte, erstarrte ich zu Eis.

»Ian?«, stammelte ich und mein Herz sprang hart gegen meine Rippen, Schweiß trat auf meine Stirn und ich wünschte mich so weit es geht fort von hier. Was für eine dumme Idee, für meine Mutter hier einzuspringen. Aber woher konnte sie auch wissen, dass Ian MacLeod zu begegnen das Letzte war, was ich tun wollte?

Er musterte mich abschätzig und die Kälte, die dabei in seinem Blick lag, ließ mir das Blut in den Adern gefrieren. Es war genau der gleiche Blick, den er mir damals in der Cafeteria der Schule zugeworfen hatte. Und noch immer wusste ich nicht, wie ich damit umgehen sollte.

Und dann öffnete er diese vollen, geschwungenen Lippen und was er sagte, verwirrte und schockierte mich gleichermaßen. »Kennen wir uns?«

Ob wir uns kannten? Konnte er sich wirklich nicht an mich erinnern? Aber dieser Blick? Er musterte mich abwartend mit diesen eisblauen, leuchtenden Augen, die mich schon immer fasziniert hatten, die meinen Puls flattern ließen, sobald ich sie irgendwo erblickt hatte. Seine Stirn war gerunzelt, dann wandte er sich Kathrin zu und strich sich über seinen dunklen Dreitagebart.

»Aus der Schule«, krächzte ich niedergeschlagen und doch auch erleichtert. Wenn er mich wirklich nicht erkannte, dann wusste er auch nichts mehr von diesem unglaublich verletzenden und doch auch peinlichen Vorfall, der mir bis heute in den Gliedern steckte und der gerade jetzt wieder dafür sorgte, dass meine Knie zitterten und sich alles in mir beengt anfühlte.

Kathrin ging auf ihn zu und legte eine Hand auf seine gut ausgeprägte muskulöse Brust. Das musste ich eingestehen, er war nicht mehr der schlanke, hochgewachsene Junge. Er war zum Mann geworden. Sein Gesicht war kantiger, sein Kinn schärfer geschnitten, die Nase gerade und schmal, die Wangenknochen hoch. Sein rabenschwarzes Haar trug er wirr und kinnlang, was ihm etwas Verwegenes gab. Das, gepaart mit den Tattoos auf seinen wohlgeformten Unter- und Oberarmen, verlieh ihm wahrhaftig das Aussehen eines Rockstars. Nicht zu vergessen die zerrissenen Jeans, die den Eindruck noch verstärkten. Ein T-Shirt trug er nicht.

Sein Oberkörper war nackt und ich war froh, dass Kathrin sich an ihn schmiegte, sonst würde mir längst der Sabber über das Kinn laufen, denn ich stand auf einen ordentlichen Waschbrettbauch. Ja, Ian hatte sich wirklich zum Frauentraum entwickelt. Aber ein Traum war er schon immer gewesen, zumindest meiner. *Und er gehört Kathrin*, ermahnte ich mich.

Ich wandte mich wieder dem Geschirr zu und versuchte, nicht weiter daran zu denken, dass er hinter mir stand. Leider war er so präsent, dass er mir die Luft zum Atmen nahm. Ich konnte ihn körperlich spüren. Es fühlte sich an, als würden sich seine Augen in meinen Rücken bohren, dabei war das unmöglich, denn ich konnte das schmatzende Geräusch gieriger Küsse hören. Und

Kathrins wohliges Stöhnen. Ich klapperte mit dem Geschirr, um es zu übertönen, was nicht half.

Warum zur Hölle musste es ausgerechnet er sein? Konnte es nicht jeder andere sein? Andererseits, was hatte ich gedacht, wer hier wohnen würde? Die MacLeods hatten hier schon immer gewohnt. Und außer Ian waren da kaum noch MacLeods übrig, die hier hätten einziehen können. Die meisten anderen MacLeods hatten ebenso prachtvolle Anwesen wie dieses. Verdammt, ich hätte es wissen müssen. Ich ärgerte mich über mich selbst.

Ian tauchte neben mir auf. Sein Unterarm streifte meine Wange, als er in den Hängeschrank vor mir griff, um sich eine Tasse herauszuholen. War die Zeit stehengeblieben oder hatte er für eine Sekunde gezögert? Ich sah zu ihm auf, aber er hatte die Lippen fest aufeinander gepresst und goss sich Kaffee ein, ohne mich auch nur zu beachten. Hinter mir kicherte Kathrin, dann schmatzte es wieder. Verwirrt wandte ich mich um und sah meine Schulfreundin die Küche verlassen, einen Arm um die Taille eines anderen Mannes geschlungen.

»Das ist Kiran, er hat es nicht so mit Fremden«, sagte Ian. Er hatte wohl meinen fragenden Blick bemerkt und sich auch umgewandt.

»Und dann ist er in einer Rockband, die vor Publikum auftritt?«, fragte ich erstaunt.

»Er meint, auf der Bühne ist er allein. Da gibt es nur ihn und die Musik.« Irgendwie leuchtete mir das ein. Wenn ich vor Publikum aus meinem

Buch las, dann half es mir auch, so zu tun, als gäbe es nur mich und das Buch. Ich nahm mir den nächsten Teller.

»Du bist also die Tochter«, murmelte er.

Ich nickte, als er abwartend auf mich herabschaute. War er schon immer so groß gewesen? Vielleicht lag das an seiner ganzen beeindruckenden und erdrückenden Erscheinung. Neben niemand anderen hatte ich mich je so winzig gefühlt. Wenn ich mich aufrichten würde, würde ich gerade bis an seine Brust reichen.

»Ja, dann willkommen.« Seine Augen blitzten auf, als amüsierte er sich, und seine Mundwinkel zuckten leicht. »Ich würde mich ja für dieses Chaos entschuldigen, aber dann müsste es mir leidtun, dich hier zu sehen mit den wilden Strähnen im Gesicht und den roten Wangen. Und ganz ehrlich, das kann mir nicht leidtun.«

Ich schluckte. War das eine Art Kompliment oder machte er sich schon wieder lustig über mich? Erschrocken sah ich mich nach Kathrin um, aber ich war noch immer allein mit Ian in der Küche. Hatte sie denn vergessen, was er mir angetan hatte? Mein Puls beschleunigte sich und ich wusste nicht, wie ich mit der Situation umgehen sollte. Nervös schnappte ich mir einen weiteren Stapel Teller, damit es so aussah, als wäre ich nur zu beschäftigt, um auf das einzugehen, was Ian gesagt hatte.

»Wie geht es deiner Mutter?«, fragte er und seine tiefe heisere Stimme streichelte wie Seide über meine Haut und brachte mein Innerstes zum

Klingen. Mit zitternden Fingern tauchte ich meine Hände in das inzwischen kalte Spülwasser, um den Stöpsel zu ziehen und frisches ins Becken zu lassen.

»Es geht ihr gut. Sie wird sich noch ein paar Tage ausruhen müssen, bevor sie sich wieder diesem Chaos stellen kann, aber sie kommt wieder auf die Beine«, sagte ich und war froh, dass meine Stimme nicht so zitterte, wie meine Hände.

»Ehmm«, machte Ian. »Das ist gut. Nicht, dass du nicht ein ...«, er zögerte und sein Blick glitt über meinen Körper, »... netter Ersatz wärst.«

Ich schnappte nach Luft. Er schien sich wohl wirklich nicht an mich zu erinnern. Ich presste die Lippen fest aufeinander und runzelte verärgert die Stirn. Meine Unsicherheit wich langsam Wut. Zum einen erinnerte mich diese Situation zu sehr an unsere Vergangenheit, zum anderen hasste ich Männer, die mit jeder Frau flirteten. Er war vielleicht ein Rockstar, aber deswegen musste er nicht leben wie ein wandelndes Klischee.

»Wieso hebst du dir die schönen Worte nicht für deine Freundin auf?«

»Weil ich keine Freundin habe. Ich halte nichts von festen Beziehungen.«

Ich stellte das Wasser ab und wandte mich ihm zu. Er lehnte noch immer gegen die Arbeitsplatte. »Das hab ich aber anders verstanden. Ich kann mich noch gut an Michelle erinnern.«

Für einen Augenblick sah er mich verwirrt an. »Vielleicht hast du das, aber Michelle liegt lange zurück. Für mich kommt eine Freundin nicht infrage. Ich will Spaß haben, mehr nicht.« Wenn da nicht dieser komische Ausdruck auf seinem Gesicht gelegen hätte, hätte ich ihm geglaubt. Aber irgendwas stimmte an dieser Aussage nicht.

»Also doch ein wandelndes Klischee.« Er war noch genauso arrogant wie damals in der Schule. Leider verlieh diese Arroganz und dieses wilde, ungestüme Aussehen ihm nur noch mehr Reiz. Obwohl er so ein Idiot war, wollte ich meine Hand heben und sie über diese ausgeprägten Brustmuskeln streicheln lassen. Ich kniff die Augen zusammen und schüttelte den Kopf, dann sah ich zu Ian auf, um seine Antwort abzuwarten. Dieser grinste nur anzüglich. Ein Grinsen, das bis in meine geheimsten Tiefen vordrang und dort ein verlangendes Ziehen verursachte.

»Mir egal, was du glaubst.«

Oh, machte er mich wütend! Mit einem Schlag war jegliche Anziehung vergessen. Dieser Mann übertraf alles an Arroganz, was ich je erlebt hatte. Und Jonathan Crown war das Schlimmste an Arroganz, was ich bisher erlebt hatte.

»Du bist ziemlich von dir eingenommen.« Ich hatte sehr lange mit dem zu kämpfen, was er mir angetan hatte. Und in Ian MacLeod verliebt zu sein und von ihm abgewiesen zu werden, konnte sehr schmerzhaft sein. Aber gerade eben war ich froh, dass nie etwas aus uns geworden war. Wahrscheinlich hätten wir uns gegenseitig umgebracht.

Ian zuckte lässig mit den Schultern und zwinkerte mir auf eine Art zu, die meinen Puls in meinem Hals hämmern und mich das Atmen vergessen ließ. Verdammt, ich hasse ihn doch. Wie kann mein Körper noch immer so auf ihn reagieren?

»Was, wenn ich gerade beschlossen habe, dass du der neue Mittelpunkt meines Interesses wirst?«

»Vergiss es!«, keuchte ich erschrocken.

»Warum? Willst du etwa behaupten, du fühlst nicht diese Funken, die zwischen uns hin und her springen?«

»Da springt gar nichts. Und das wird es auch nie.«

Er lachte heiser auf und griff sich eine meiner Haarsträhnen, die aus dem Zopf gerutscht waren. Ich erschauderte, als sein Blick sich in meinen bohrte. Diese unglaublichen eisblauen, fast grauen Augen fraßen sich in meine und ich konnte nicht wegsehen. Es war, als wäre ich gelähmt. Als hätte er mich hypnotisiert. Mein Herz schlug so kräftig gegen meine Brust, dass ich den Widerhall im ganzen Körper spürte.

»Bist du dir da so sicher?«

Ich riss ihm meine Strähne aus der Hand und wieder lachte er lauthals auf. Ich musste wirklich sehr unterhaltsam sein. »Du hast keine Ahnung, oder? Du weißt es nicht mehr«, stellte ich trocken fest und war stolz auf mich, dass ich meine Beherrschung so plötzlich wiedergefunden hatte.

Er legte den Kopf schief und trank von seinem Kaffee. »Was weiß ich nicht?«

»Du und ich, das wird niemals passieren.«

Er zog verblüfft eine Augenbraue hoch.

»Wir haben Besuch?«, sagte jemand von der Tür.

Wir sahen beide zu der Stimme, die von einem Mann mit sehr langen, offenen, hellbraunen Haaren kam, die ihm über die Schultern fielen und fast bis zur Taille reichten.

»Darren, darf ich dir Emma vorstellen? Die Tochter der Haushälterin.« Ian legte einen Arm um meine Schulter und zog mich an seine Seite. Ich schlüpfte unter seinem Arm hervor und wich in Richtung Tür aus, um Darren die Hand zu geben.

»Hallo, Rotschopf«, sagte dieser und musterte mich interessiert aus schlammbraunen Augen. Darren war deutlich hagerer als Ian, aber mindestens genauso groß, dafür aber mehr als zehn Jahre älter. Um seine Augen hatten sich erste Fältchen gebildet. Er besaß ein schmales Kinn und ein ovales Gesicht. Alles in allem wirkte er auf mich wie ein waschechter Rocksänger. Ja, er war viel mehr Rocksänger als Ian.

»Darren ist unser Drummer«, erklärte Ian.

Darren ergriff meine Hand und lächelte freundlich. »Hat Ian dich belästigt? Vermeide es bloß, mit ihm allein in einem Raum zu sein, sonst ist dein Höschen nicht lange an seinem Platz, Kleine. Halt dich lieber an mich!«

»Ist mein Höschen bei dir denn sicherer?«, fragte ich im besten Flirtton, um Ian zu ärgern.

Ian stellte sich neben mich. »Glaubst du, dass du bei einem Kerl, der dich »Kleine« nennt, sicher bist?«

Ich sah Ian herausfordernd an und setzte dann extra für Darren mein verführerischstes Lächeln auf. »Zumindest hat Darren keine Vorgeschichte mit mir, die ihm schon jetzt jede Chance verbaut hat.«

Darren lachte auf und schüttelte den Kopf. »Ihr zwei habt eine Vorgeschichte?«

Ian sah jetzt wütend aus. »Ich hab keine Ahnung, wovon sie redet.« Er schob sich an Darren vorbei aus der Küche, während der weiter lauthals lachte.

»Ich kenne keine Frau, die nicht eine Vorgeschichte mit ihm hätte.«

Ich wollte Darren sagen, dass ich so eine Geschichte nicht meinte, ließ es aber, schließlich war ich zum Arbeiten hier. Ich sah mich in der Küche um. Das Geschirr war gespült. Ich musste nur noch die Schränke abwischen, dann konnte ich mit der Reinigung der Zimmer beginnen.

»Was machst du sonst so, wenn du hier nicht putzt?«

»Ich habe eine Buchhandlung in Edinburgh«, antwortete ich, während ich mich über den großen Tisch beugte und ihn vom Schmutz befreite. Darrens Blick ruhte auf mir, aber bei ihm machte mich das kein bisschen nervös.

»Hat die auch einen Namen? Ich hab eine Zeitlang in Edinburgh gelebt, fast mein ganzes Leben, um genau zu sein. Vielleicht kenne ich den Laden ja.«

»*Lucys Bookhouse* auf der Lindsay Road in Newhaven.«

»Hast du eine Website?«

»Darren in seinem Element.« Ein weiterer Mann kam rein. Groß, blond und mit einem Wort: Thor.

Ja, er sah aus wie der Donnergott höchst persönlich. Sein Haar reichte bis auf die breiten Schultern, um seine grauen Augen hatten sich erste Fältchen gebildet. Sein Kinn war markant und seine Wangenknochen hoch und breit.

»Conner«, knurrte Darren. »Das ist Emma.«

»Ich weiß.« Er reichte mir die Hand. »Schon viel von dir gehört. Du hast bei Ian wohl Eindruck hinterlassen. Lass dir von Darren bloß keine Website aufschwatzen, sonst wirst du die nächsten Tage neben ihm auf einem Stuhl gefesselt sitzen und in die Geheimnisse von HTML, PHP und anderen langweiligen Dingen eingeweiht, an deren Namen ich mich nicht einmal mehr erinnern kann.«

Ich musterte Darren und der wirkte, als wolle er Thor, dem Donnergott, mit seinem eigenen Hammer eine überziehen. Conner lachte nur und nahm sich Kaffee.

»Ein guter Internetauftritt ist die halbe Miete.«

»Ja, ich weiß. Und vergiss nicht, ihr Facebook zu empfehlen!«, sagte Conner grinsend und zwinkerte mir mit leuchtenden Augen zu.

Ich wischte schnell die Arbeitsfläche ab und wollte mich dann sofort verkrümeln, ehe die beiden sich gegenseitig an die Kehlen gingen. Ich hatte immer gedacht, dass sich Bandmitglieder untereinander gut verstanden, aber hier schien das anders zu sein. Vielleicht lag das am Karma dieses Hauses. Trotzdem fühlte ich mich irgendwie verpflichtet, Darren auszuhelfen.

»Wir haben tatsächlich eine Website mit angeschlossenem Onlineshop. Meine Partnerin hat die

Seite erstellt. Sie kennt sich sehr gut mit solchen Dingen aus.« Damit wrang ich den Lappen aus, hängte ihn über die Spüle und verließ die Küche gerade rechtzeitig, um nicht mit Ian zusammenzustoßen.

Es gab sieben Schlafzimmer in der oberen Etage. Fünf davon wurden von den Bandmitgliedern genutzt. Zwei andere standen leer.

Viel zu tun hatte ich nur in dem Zimmer, das Ian bewohnte. Die restlichen Herren im Haus waren unerwartet aber erfreulicherweise reinlich.

Als ich gerade Ians zerwühltes Bett machte und verzweifelt versuchte, ihn mir nicht mit einer Frau darin vorzustellen, fühlte ich plötzlich die Wärme eines anderen Körpers hinter mir. Ich hielt inne in dem, was ich gerade tat, und verfluchte mein schnell klopfendes Herz und die Hitze in meinem Gesicht.

»Fragst du dich, was ich noch vor einer Stunde in diesem Bett mit einem der Groupies angestellt habe, die hier ein und aus gehen?«, flüsterte Ian heiser und sein Atem strich dabei über meine Wange. Er hatte sich von hinten über mich gebeugt und drückte seinen Oberkörper gegen meinen Rücken. An das, was sich gegen meinen Hintern drückte, wollte ich gar nicht denken. Ich wollte vor ihm zurückweichen, aber nach vorne konnte ich nicht, sonst wäre ich auf dem Bett gelandet, und das ging gerade gar nicht. Rückwärts konnte ich auch nicht, das würde mich Ians Körper noch näher bringen.

Mit angehaltenem Atem überlegte ich, was ich tun sollte. Wie ich seiner verstörenden Nähe entkommen konnte. Ich entschied mich für Angriff. Denn ich musste etwas tun, sonst merkte er noch, dass seine Anwesenheit nicht nur meinen Verstand lahmlegte, sondern meinen Körper zittern ließ.

Ruckartig wandte ich mich um, als Ian sich aufrichtete, legte meine Hände auf seine - das musste ich zugeben - extrem harte Brust und stieß ihn mit aller Kraft von mir. Alle Kraft brachte ihn gerade mal dazu, einen Schritt zurückzuweichen und laut über mich zu lachen.

»Hab ich mich nicht verständlich genug gemacht? Halt dich fern von mir!«, zischte ich.

»Ich war mir nicht sicher, deswegen musste ich es noch mal genauer erforschen«, gab er zurück und sah mich auf eine Weise an, die Hitze durch meine Venen flutete. »Du warst nicht ganz deutlich. Dein Körper hat etwas anderes gesagt, als dein hübscher Mund.«

»Hübscher Mund? Darf ich dich zitieren?«, sagte ich schnaufend vor Wut.

»Aber bitte.«

Ich sog tief die Luft ein, um mich bereit zu machen, die Worte zu wiederholen, die mich seit der Schulzeit verfolgten und mich immer ein wenig unsicher im Kontakt mit Männern sein ließen. Sein würziger Duft nach Wald und Mann hätte mir für einen winzigen Augenblick fast den Mut genommen, doch dann ließ ich die Worte einfach aus mir herauspurzeln und stellte fest, dass sich mit jeder Silbe die Last von meiner Brust hob und sich auflöste.

»Du meinst sie? Schätzchen, hast du sie dir mal angesehen? Selbst wenn sie auf mich steht, die kommt doch nie an dich ran«, sagte ich mit tiefer Stimme, um ihm zu verdeutlichen, dass ich ihn nachäffte. »Das waren deine Worte in der vollen Cafeteria und jeder an der Schule hat es gehört«, fügte ich an und verschränkte herausfordernd die Arme vor der Brust.

Ian runzelte die Stirn.

»Warum sollte ich das gesagt haben?«

»Um deine damalige Freundin Michelle zu beeindrucken«, sagte ich in dem Moment, als Kathrin das Zimmer betrat und uns beide misstrauisch beäugte.

Schnell wandte ich mich wieder dem Bett zu und strich die letzten Falten aus der Tagesdecke, bevor ich mich wieder umwandte und erleichtert feststellte, dass ich allein im Raum war. Ich stieß meinen Atem aus und seufzte. Zittrig strich ich mir über das Gesicht. Ich konnte es unmöglich leugnen, Ian MacLeod hatte meinen Körper noch immer in seiner Gewalt. Ich musste nur seine Augen auf mir spüren und mein Innerstes begann sich, nach ihm zu verzehren. Noch jetzt spürte ich die Hitze durch meine Venen pulsieren. Ich musste diese Anziehung unter Kontrolle bringen. Solange ich hier war, würde ich nicht zulassen dürfen, dass Ian mich in seinen Bann zog. Einmal war genug.

Eilig beendete ich meine Arbeit für diesen Tag und lief so schnell es mir möglich war die Treppen hinunter, um meine Tasche zu packen und Glenoak Hall für heute zu verlassen. Ich vermied es, in die Küche zu gehen und mich von Kathrin oder sonst irgendjemanden zu verabschieden. Die Gefahr, Ian über den Weg zu laufen, war zu groß. Ich würde die Zeit bis morgen nutzen, um mich seelisch darauf vorzubereiten, dass ich Ian MacLeod in den nächsten Tagen öfters begegnen würde. Ich redete mir ein, dass ich heute einfach nicht darauf vorbereitet war, ihn hier zu sehen. Genau, wenn ich mich erst einmal damit befasst hätte, dann könnte ich mich gegen seine Angriffe besser wehren.

Als ich gerade im Begriff war, das Haus zu verlassen, betrat Ian es. Fast hätte ich die Tür im Gesicht gehabt, wenn ich nicht hastig zurückgewichen wäre. Mit zusammengekniffenen Augen musterte mich Ian für eine winzige Sekunde. Im Arm eine Frau, etwa in unserem Alter, vielleicht etwas älter, drängte er sich an mir vorbei. Wie alt die Frau wirklich war, ließ sich schlecht sagen. Die Blondine war so stark geschminkt, dass es unmöglich war, ihr Alter zu bestimmen. Aber wenn man die extrem engen Jeans und das schwarze *Wild Novel*-Fanshirt als Richtwert nehmen durfte, war sie wohl eher jünger als wir. Aus Ians Gesichtsausdruck sprach eiskalte Abweisung. Ein Schauer durchlief mich, denn dieser Ausdruck in seinem Gesicht war beängstigender, als jeder andere, den er mir in der Schule hatte zukommen lassen. Woher kam der plötzliche Stimmungswechsel? Erinnerte er sich doch an die Schmach, die er mir zugefügt hatte?

Verwirrt und mit zugeschnürter Kehle stolperte ich auf den rostig roten Fiesta zu, riss die Tür auf und startete den Motor. Erst als ich vor dem Haus meiner Mutter parkte, erlaubte ich mir, die Augen für einen Moment zu schließen und erleichtert auszuatmen. Wie sollte ich nur die nächsten Tage überstehen?

3. Kapitel

Meine Mutter erwartete mich schon. Von ihrem Platz auf der Couch warf sie mir einen nervösen Blick zu. Sie sah mir an, dass ich wütend war. Erschöpft ließ ich mich zu ihr auf die Couch sinken und schenkte mir eine Tasse Tee ein. Dann drückte ich mich gegen die Rückenlehne, schloss die Lider und sog tief den Duft nach Zitronen ein, der diesem Haus anhaftete, solange ich denken konnte. Das lag an Theresas Duftspendern, die in jedem Zimmer standen. Sie liebte Zitronen nicht nur in ihrem Tee.

Nachdem ich durchgeatmet und einen Schluck vom Tee genommen hatte, sah ich meine Mutter mit zusammengekniffenen Lippen an.

»Du hättest es mir sagen müssen.«

»Ich weiß«, sagte sie und lächelte mich entschuldigend an. »Aber ich dachte, das wäre die perfekte Möglichkeit für dich, ein paar Dinge in deinem Leben für immer vom Tisch zu fegen. Findest du nicht, es wird Zeit, mit der Sache abzuschließen?«

Ich runzelte die Stirn. »Ich dachte, das hätte ich längst. Zumindest habe ich nicht mehr allzu oft an den Vorfall und an Ian gedacht.«

Meine Mutter legte den Kopf schief und zog fragend die Augenbrauen hoch. »Bist du dir sicher?«

Natürlich war ich mir nicht sicher. Dass mich die Begegnung mit Ian so aus der Bahn geworfen hatte, war der beste Beweis, dass ich mir nur eingebildet hatte, die Sache wäre vergessen. War sie nicht. Oder waren es nur meine Gefühle für ihn, die ich nicht vergessen hatte? War ich wirklich noch wütend auf ihn wegen des Vorfalls in der Cafeteria? Oder war ich nur wütend auf mich, weil ich mich noch immer von ihm angezogen fühlte?

»Vielleicht ein bisschen. Zumindest habe ich mich nicht mehr jedes Mal, wenn ein Mann Interesse an mir gezeigt hat, gefragt, ob er plant, mich vor der ganzen Welt lächerlich zu machen und mir nur was vorspielt. Das würde ich als Fortschritt bezeichnen.«

»Man kann aber auch nicht behaupten, dass du viele Dates hättest, bei denen diese Frage überhaupt aufkommen würde.« Da hatte meine Mutter auch recht.

»Ich habe ein eigenes Geschäft, da bleibt nicht viel Zeit für Dates«, verteidigte ich mich. Dabei wusste ich längst, dass es nicht an der mangelnden Zeit lag, sondern eher an mir selbst. Ich verspürte wenig Lust auf Männer und Beziehungsstress und hielt es da eher wie Summer - was sich ergab, ergab sich. Wozu sich auf einen Mann einlassen und sich den Stress mit Beziehungen und Vertrauen und nicht vorhandenen Gefühlen antun, wenn man einfach nur Spaß haben konnte? (Hatten diese Worte aus Ians Mund mich nicht erst heute schockiert?) Ein One-Night-Stand konnte einen schließlich nicht verletzen. Beide Seiten wussten, um was es ging. Das war eine klare Sache.

»Er hat sich verändert. Er ist erwachsen geworden«, meinte Theresa. »Ich denke nicht, dass er dich noch einmal vor der ganzen Schule lächerlich machen würde. Außerdem sollst du nichts weiter tun, als das Haus in Ordnung halten.«

Genau das war es auch, was ich zu tun gedachte: nur das Haus putzen. Nicht mehr und nicht weniger. Ich würde Ian einfach bestmöglich aus dem Weg gehen und nicht zulassen, dass meine Schul-Schwärmerei für ihn neu entflammte.

»Eine Runde *One Tree Hill*?«, lenkte ich meine Mutter ab. Schon als ich noch Zuhause gewohnt hatte, hatten wir uns die einzelnen Staffeln auf DVD geholt. Als ich meine Vorbereitungen für meinen Besuch in Dunvegan getroffen hatte, hatte ich auch die letzte Staffel noch gekauft. Meine Mutter grinste.

»Ich hole den Wein.«

Wir machten es uns bequem und während wir mehrere Folgen der Serie ansahen, unterhielten wir uns über alles Mögliche. Nur nicht über Männer. Das war schon seit Jahren die oberste Regel für unsere gemeinsamen *One Tree Hill*-Abende.

»Du musst heute Abend unbedingt kommen! Ein Nein akzeptiere ich nicht«, sagte Kathrin energisch und trocknete einen Teller ab. Heute Morgen war die Küche erstaunlich sauber. Trotzdem half Kathrin mir, das wenige Geschirr zu spülen, das sich über den gestrigen Tag angesammelt hatte. Erst hatte ich angenommen, sie wollte einfach nur freundlich sein. Falsch, ich hatte gar nichts angenommen. Ich hatte nicht einmal darüber nachgedacht, als sie mir anbot zu helfen. Doch dann hatte sich schnell herausgestellt, dass sie nicht aus Freundlichkeit das Geschirr abtrocknete, sondern weil sie etwas von mir wollte. Etwas, das mir überhaupt nicht recht war. Ich sollte heute Abend auf eine Party kommen, die die Band gab.

»Was ist denn das für eine Party?« Vielleicht ein Geburtstag oder eine Verlobung irgendwas Hochprivates. Dann hätte ich einen Grund abzusagen.

»Nur eine der üblichen. Nichts Besonderes. Einfach nur ein paar Freunde, die abhängen. Nun mach schon! Hast du dich denn kein bisschen verändert? Bist du immer noch die graue Maus, die zu Hause sitzt und ihre Nase in Bücher steckt?«

Graue Maus? Das hatte gesessen. So war ich keinesfalls mehr. Ich konnte abfeiern. Ja, gehörig. Ich konnte so richtig abfeiern, wenn ich wollte. Und das würde ich beweisen.

»Okay, du hast es so gewollt. Ich werde kommen.« Entschlossen warf ich den Lappen in die Spüle, mit dem ich gerade den Tisch abgewischt hatte, und wandte mich zu ihr um. »Und du wirst dafür sorgen, dass Martini im Haus ist, denn den werde ich brauchen, um es in Ians Nähe auszuhalten. Wo ist der heute Morgen überhaupt? Noch im Bett mit dem Häschen von gestern?«

»Die Jungs sind alle ausgeflogen. Irgendein Meeting mit Frank.«

»Frank?«, hakte ich nach, obwohl es mich eigentlich nicht interessierte.

»Der Manager. Ein Blödmann, der seine Pfoten nicht bei sich behalten kann. Aber die Jungs haben ihm wohl einiges zu verdanken.«

»Dann kann ich also davon ausgehen, dass Ian mir heute nicht in seinem Zimmer auflauert.«

»Du hast mit ihm darüber gesprochen, über die Sache in der Cafeteria und wie er dich behandelt hat?« Kathrin folgte mir die Stufen nach oben und dann in das erste Zimmer auf dem Gang. Es gehörte Conner und war heute Nacht wohl nicht benutzt worden.

»Eigentlich nicht, ich habe ihn zitiert, aber ich glaube nicht, dass er überhaupt wusste, wovon ich rede. Er weiß nicht einmal, wer ich bin.«

Kathrin zog die Stirn kraus. »Ich muss ehrlich zugeben, ich habe auch nie über dich gesprochen. Vielleicht kann er sich wirklich nicht erinnern. Wäre es nicht besser, du lässt die Sache dann einfach auf sich beruhen? Ich meine, wer von uns hat in seiner Jugend keinen Mist gebaut?« Kathrin brach in Lachen aus. »Außer dir.«

Ich sah mich nach etwas um, das ich ihr hätte ins Gesicht werfen können, aber außer einer schwarzen Bodenvase, einem Bilderrahmen, in dem ein gepresstes, vierblättriges Kleeblatt steckte und einem Laptop befand sich nichts Brauchbares in Griffweite. Aber ich musste auch einsehen, dass Kathrin recht hatte. Ich war damals die Perfektion höchstpersönlich gewesen. Und während manch anderer nach Perfektion strebte, war mir heute mein damaliges Ich nur noch peinlich. Schuld daran, dass ich nie ausgebrochen war, war aber die strenge Erziehung meines Vaters. Umso mehr brach ich aus, seit er fort war.

Auch wenn er es nicht mitbekam, war es für mich, als würde ich ihm den Mittelfinger zeigen. Dass ich das Studium abgebrochen hatte, das ihm so wichtig war, war mein erster Schritt in die Rebellion gegen ihn gewesen. Seither waren unzählige Partys, Alkohol und nicht wenige One-Night-Stands gefolgt. Und ein hocherotischer Liebesroman, der meinem Vater sicher die Schamesröte ins Gesicht getrieben hatte, als er ihn auf dem Schreibtisch in der Kanzlei gefunden hatte, in der er arbeitete. Auf dem Cover dieses Liebesromans prangte ein leicht bekleidetes Paar in eindeutiger Pose und der Name seiner Tochter.

»Ich bin nicht mehr so«, verteidigte ich mich.

Kathrin kicherte. »Ich weiß, ich habe dein Buch gelesen. Mein lieber Mann!« Sie wedelte sich theatralisch mit der Hand Luft zu und ich fiel in ihr Kichern mit ein.

Was zog man auf eine Party im Haus einer Rockband an? Ich war mir nicht sicher, aber von der vorherrschenden Farbe der Kleidung der Bandmitglieder ausgehend, war Schwarz wohl eine gute Idee. Ich entschied mich also für eine eng anliegende, schwarze Röhrenjeans, die tief auf meinen schmalen Hüften saß und ein locker sitzendes, schwarzes Spaghettiträger-Top, auf das Summer mit silbernen Strasssteinen einen Totenkopf geklebt hatte. Dieses Top war eins meiner Lieblingsstücke aus Summers Ideenschmiede. Sie war wirklich unglaublich talentiert. In einem kleinen Bereich in unserem Shop verkaufte sie ihre Kreationen. Manchmal war ich nahe daran, die Bücher ganz aus den Regalen zu verbannen und nur noch Summers Klamotten anzubieten. Denn wenn ich ehrlich war, verkauften die sich besser als die Bücher.

Zur Röhrenjeans stieg ich in ein paar silberne Pumps, deren Absätze nur wenige Zentimeter hoch waren. Dieses Outfit hatte Summer mir aufgezwungen, denn eigentlich hatte ich nicht vor, etwas mitzunehmen, das nicht alltagstauglich war. Aber Summer hatte gemeint, man könne ja nie wissen. Recht hatte sie. Ich betrachtete mich im Spiegel, hielt meine Haare hoch, ließ sie fallen, hielt sie wieder hoch und war mir dennoch unschlüssig.

»Lass sie offen! Sie sind zu schön, um sie zu verstecken.« Meine Mutter strich mit einer Hand über mein Haar und lächelte mir im Spiegel zu.

»Wenn du meinst«, sagte ich schulterzuckend.

»Da bist du ja endlich«, quietschte Kathrin und zerrte mich regelrecht in das Haus. Im ganzen unteren Bereich standen Menschen in kleineren und größeren Grüppchen verteilt. Die Unterhaltungen übertönten die Musik, die irgendwo aus einem der Zimmer hier unten kommen musste. »Ich habe schon auf dich gewartet. Eine Katastrophe, sage ich dir!«

»Was ist denn los?«, keuchte ich, während ich hinter Kathrin in das Zimmer lief, das einem Wohnzimmer am nächsten kam. Aber für ein normales Wohnzimmer war es natürlich viel zu groß. Trotzdem, an normalen Tagen stand hier ein dunkles Ledersofa, ein niedriger Tisch und zwischen den zwei raumhohen, dunkelbraunen Bücherregalen, die auch heute hier standen, gab es einen großen, steinernen Kamin.

»Das ist los«, quiekte Kathrin schon fast und wedelte mit einer Hand in Richtung Ecke, in der sich ein Tisch befand, hinter dem Conner stand und für Musik sorgte. Vor dem Tisch stand Ian und an seinem Arm hing eine Frau, die ich überall wiedererkannt hätte: Michelle.

Ich schauderte und wollte am liebsten sofort wieder umkehren. Diese Frau war das Monster in meinen Albträumen. Sie war an allem schuld. Okay, auch Ian war schuld. Schließlich hatte er die Hauptrolle im Verarscht-Emma-Film gespielt. Aber trotzdem, oder kurioser Weise, hasste ich sie am allermeisten dafür. Und jetzt stand sie da, nein sie hing da. Nämlich an Ians Arm. Und gackerte hysterisch über etwas, das Ian eben zu Conner gesagt hatte.

»Oh nein! Du wirst nicht kneifen!«, sagte Kathrin und sah mich entschlossen an. Ein Mann mit zwei Gläsern, in denen Eiswürfel klirrten, lief an uns vorbei. Kathrin schnappte sich die Gläser. »Tut mir leid, Süßer, aber das ist ein Notfall.«

Der Mann lächelte verdutzt und ging achselzuckend zurück zur provisorischen Bar am Fenster.

Ich nahm eins der Gläser von Kathrin entgegen und kippte den gesamten Whisky in mich hinein. Whisky, genau das brauchte ich jetzt. Nickend griff ich auch nach dem zweiten Glas. »Okay, schon besser«, sagte ich und meine Stimme war vom Whisky ganz heiser. Es war schon eine Weile her, dass ich welchen getrunken hatte. Er brannte in meiner Kehle und schoss wie Feuer meine Speiseröhre hinunter, wo er sich wohlig warm von meinem Magen in sämtliche Regionen meines Körpers ausbreitete. Leichter Schwindel erfasste mich und ich seufzte zufrieden. »Jetzt bin ich bereit für die da.«

Ich strich über meine Oberschenkel und schritt mit erhobenem Haupt auf Ian zu, um dem Gastgeber wenigstens »Guten Tag« zu sagen.

Ich war noch nicht ganz angekommen, als Ians Blick auf mich fiel. Einer seiner Mundwinkel zuckte nach oben und er lächelte schief. War das Bewunderung in seinen Augen? Nicht ablenken lassen! Du kannst dir Stolpern oder sonstige Kontrollverluste über deinen Körper jetzt nicht leisten. Michelle hatte mich noch nicht entdeckt. Sie war so sehr damit beschäftigt, Ian anzuhimmeln, dass sie wohl gar nichts mitbekam, nicht einmal, dass Ian mich gerade mit den Augen auszog.

Okay, diese Szene verunsicherte mich doch. Es erinnerte mich zu sehr an unsere Schulzeit. Da hatte er mich auch immer so angesehen, während Michelle an seinem Hals hing. Und damals war alles nur ein Scherz gewesen. Für einen Schritt zögerte ich, doch dann straffte ich meine Schultern. Ich würde mich von Ian nicht mehr aus der Bahn werfen lassen. Ich war nicht mehr das graue Mäuschen von damals. Heute war ich eine selbstsichere Frau, die nicht nur über Sex schrieb, sondern diesen auch häufig und mit verschiedenen Partnern auslebte. Und für beides brauchte es Mut und eine gehörige Portion Selbstbewusstsein. Du bist sexy. Du bist heiß. Du bist das Alfaweibchen, redete ich mir ein, genau in dem Moment, in dem Michelles Blick mich traf. Sie verengte ihre Augen und hätte sie Gift sprühen können, hätte sie das wohl getan.

»Hallo Ian«, sagte ich säuselnd und würdigte Michelle keines Blickes.

»Lange nicht gesehen, Emma.« Ian griff nach meiner Hand, hob sie an seine Lippen und hauchte einen Kuss auf meinen Handrücken, dabei brannten sich seine Augen in meine. Ich spürte Schweiß unter meinen Achseln und ein unverkennbares Ziehen in meinem Unterleib. Ians Blick schien mich zu versengen. Die Botschaft darin war eindeutig. *Nur ein Spiel*, musste ich mich an unsere Vergangenheit erinnern.

Ich entzog ihm meine Hand. »Ich dachte, ich komm her und schau mal nach, ob dein Bett noch immer zerwühlt ist«, sagte ich und grinste in mich hinein, denn meine Worte hatten genau den von mir geplanten Effekt: Michelle erstarrte und ihre Gesichtszüge entglitten ihr regelrecht. Zufrieden bemerkte ich auch, dass ihre Haare nicht mehr so glänzten wie früher. Sie hingen schlaff und stumpf bis auf ihre Schultern. Der Ansatz sollte auch mal wieder nachgefärbt werden. Und echt mal! Plationblond? Sie sah aus wie eine billige Barbiepuppe mit ihrem hellen Haar, den rosa geschminkten Lippen, dem freizügigen Dekolleté, das aus einer Korsage oben herausquoll. Hatte ich diese Frau wirklich mal um ihr Aussehen beneidet? Von der einstigen Schulqueen war nur noch ein verbrauchtes Etwas mit dunklen Augenringen und zu fülligen Hüften für dieses enge Outfit geblieben. Ihr Hintern sah in den Röhrenjeans aus wie Pressware.

Noch immer starrte sie mich an. Oh ja, sie hatte mich sofort erkannt. Nicht so wie Ian, der sich nicht erinnern konnte. In ihren hasserfüllten Augen konnte ich lesen, dass sie genau wusste, wer ich war.

Da sie mich noch immer anstarrte, und der Whisky mir genug Mut verliehen, zog ich meine Stirn kraus und ließ meinen Blick über ihren Körper gleiten. »Hallo, Michelle. Du siehst ... erschöpft aus.« *Durch die Blume*, sagte ich mir und lächelte Michelle süß an.

»Wie wäre es, wenn wir gemeinsam nachsehen?«, fragte Ian jetzt. Michelle schnaubte und entzog ihm ihren Arm.

»Ich brauch was zu trinken«, sagte sie und schwankte davon. Ich sah ihr verwundert nach.

»Sie hat etwas zu viel getrunken heute.« Ian sah mich ernst an und in seinem Gesicht konnte ich die Enttäuschung und Trauer darüber sehen.

»Du bist noch immer mit ihr zusammen?«, hakte ich nach.

»Nein, aber unsere Wege können sich auch nicht gänzlich trennen.«

Ich sah ihn verwundert an und er zuckte mit den Schultern. »Wir reden ein anderes Mal darüber. Ich muss erst mal schauen, dass sie jemand nach Hause fährt. Sie ist heute nicht so gut drauf. Ihr Bruder hatte vor zwei Tagen einen Autounfall. Er hat es nicht überlebt.«

»Tut mir leid«, sagte ich, weil ich das Gefühl hatte, etwas sagen zu müssen.

Ian nickte und ging mit zügigen Schritten hinter Michelle her.

Erstaunt stellte ich fest, dass die Geschlechter gleichmäßig verteilt waren. Ich hatte angenommen, dass das weibliche Geschlecht auf dieser Party überwiegen würde. Ich hatte auch mit mehr jungen Leuten gerechnet, aber die meisten waren Mitte zwanzig bis Ende vierzig. Eine angenehme Mischung. Zumindest überwog wirklich die Farbe Schwarz.

»Wo ist Ian hin?« Kathrin kam mit zwei Gläsern Champagner. »Ich dachte, nach dem Whisky gehen wir vorsichtiger an die Sache ran.«

»Ian kümmert sich darum, dass Michelle nach Hause kommt. Sie hat wohl auch zu viel Whisky gehabt. Wusstest du, dass sie hier sein würde?«

Kathrin sah mich kopfschüttelnd an. »Ich wusste, dass sie hin und wieder mal noch gemeinsam im Bett landen. Das wusste ich. Aber dass sie hier sein würde. Nein.«

Ich stieß einen leisen Pfiff aus. »Sie sind immer noch zusammen?«

»Nein!« Kathrin winkte ab. »Nur Sex. Klar, sie will mehr. Aber Ian will nicht. Er darf auch gar nicht. In seinem Vertrag steht, dass er keine feste Beziehung haben darf. Das ist so ein Marketing-Ding. Wenn die weiblichen Fans glauben, er wäre noch zu haben, dann geben sie wohl mehr Geld aus.«

»So was gibt es wirklich? Gilt das für alle in der Band?«

»So viel ich weiß, ja.«

»Und du und ...«

»Wir sind noch nicht lange zusammen. Bisher geht das wohl noch durch.« Kathrin zog die Schultern hoch und Enttäuschung lag in ihrem Blick.

»Irgendwie wird das schon.« Ich drückte ihre Hand. »Und was ist das genau mit Ian und Michelle?«, wechselte ich nochmal das Thema, weil ich noch nicht ganz durchsah bei den beiden.

»Weißt du es nicht?« Kathrin zog erstaunt die Augenbrauen hoch und ein aufgeregtes Strahlen trat auf ihr Gesicht. Genau das Strahlen, das ich schon aus der Schule kannte, wenn sie etwas Sensationelles zum Weitertratschen wusste. »Die beiden haben eine Tochter.«

Ich verschluckte mich an meinem Sekt, an dem ich eben genippt hatte. »Ist nicht wahr!«

»Oh doch. Die Kleine ist gerade fünf geworden. Sie geht auf die Primärschule ab kommendem Schuljahr.«

Mir klappte vor Erstaunen die Kinnlade nach unten. Ich warf Ian einen Seitenblick zu, der Michelle gerade einem älteren Mann in die Arme schob. Michelle wehrte sich und warf sich schmollend wieder gegen Ians Brust. Der legte kurz seine Arme um sie, drückte sie und gab ihr einen Kuss auf den Scheitel. Danach hielt er sie von sich weg und sah sie ernst an, bevor er sie wieder an den älteren Mann übergab. Ich schüttelte verwundert den Kopf. Kaum zu glauben, dass die beiden ein Kind hatten. Ian, der Rockstar, und Michelle, die Schulqueen ohne Lack.

»Sie war schon schwanger, als wir die Schule verlassen haben?«, stellte ich erschrocken fest, nachdem ich noch mal nachgerechnet hatte.

»Ja, aber nur knapp.« Kathrin nippte an ihrem Sekt und winkte Kiran, der breit grinsend auf sie zukam. Er zog sie an seine Brust. Ein Arm umschlang ihren unteren Rücken, die andere Hand grub sich in Kathrins Haar und zog daran, bis sie ihm ihr Gesicht entgegenreckte, damit er sie küssen konnte.

Peinlich berührt wandte ich mich ab und sah mich nach Ian um, der sich inzwischen intensiv einem eher molligeren Mädchen zugewandt hatte und dieses zwischen sich und einer Wand eingeklemmt hielt. Sie sah zu ihm auf und lächelte verzückt. Das Mädchen der Stunde, dachte ich giftig. Und wurde so plötzlich an meinem Arm in die Mitte des Zimmers gezogen, dass ich mich nicht wehren konnte.

Ein Herr, der die Vierzig weit überschritten hatte, presste mich grob gegen seinen fülligen Bauch und sabberte auf mich herab. Seine grauen Augen waren getrübt und sein Atem roch stark nach Alkohol. Ich war wohl recht spät auf der Party aufgetaucht, wenn alle schon so stark angetrunken waren. Der Mann hatte lichtes, dunkelbraunes Haar mit grauen Strähnen. Und ich kannte ihn nicht gut genug, um mich von ihm am Hintern packen zu lassen. Ich wand mich in seinen Armen, doch das brachte den betrunkenen Kerl nur zum Wanken und fast wären wir beide auf dem Boden gelandet, wenn nicht ein paar starke Arme mich gerettet hätten.

Ich atmete mehrmals durch, um den Schock zu verdauen, bevor ich mich zu meinem Retter umwandte.

»Schön, dich retten zu dürfen«, meinte Ian und seine Augen funkelten den Mann an, der mich eben zu seiner unfreiwilligen Tanzpartnerin gemacht hatte. Der brabbelte etwas, das ich nicht verstand, und trollte sich dann mit hängendem Kopf.

»Das ist Frank, unser Manager und Michelles Onkel.«

Ich schluckte. In dieser Familie schien man eindeutig ein Problem mit Alkohol zu haben. Bei dem Gedanken, dass Michelle Mutter eines Kindes war, wurde mir ganz mulmig. Aber vielleicht hatte sie heute nur einen Durchhänger? Verstehen würde ich es. Sie hatte ihren Bruder verloren. Ich hatte sogar etwas Mitleid mit ihr.

»Danke«, sagte ich und trat zwei Schritte von Ian zurück. »Ich hoffe, er managt euch besser als er Alkohol verträgt.«

»Ihm haben wir unsere ganze Karriere zu verdanken. Ohne ihn gäbe es *Wild Novel* gar nicht. Wahrscheinlich lasse ich ihm deshalb viel durchgehen. Und weil er Michelles Onkel ist.«

»Die die Mutter deiner Tochter ist. Ja, inzwischen kenne ich die Geschichte. Glückwunsch zur Vaterschaft.«

»Danke. Bei dir klingt das, als wäre das was Schlechtes?«

Ich senkte verlegen den Blick. Ich hatte nicht geplant, dass es so klingt. Eigentlich mochte ich Kinder sogar. Es lag nur daran, dass es das Kind von Ian und Michelle war. Und das stieß mir irgendwie übel auf.

»Nein.« Ich leckte mir nervös über die Lippen und beobachtete, wie sich Ians Augen verdunkelten, während er der Bewegung meiner Zunge folgte. War das Zorn? Oder Abscheu? Ich wusste es! Natürlich Abscheu. Was hatte ich denn erwartet? Er hatte sich wohl wirklich kaum geändert. Er schauspielerte immer noch, wenn er so tat, als würde er mit mir flirten. Ich schüttelte die Gedanken ab. Ich wollte nicht, dass er etwas merkte. »Ich mag Kinder. Sehr sogar. Es liegt wohl an Michelles Zustand heute. Irgendwie vereinbart sich das nicht mit meiner Vorstellung von einer guten Mutter.«

Ian kniff die Lippen zusammen und in seinen Blick trat Besorgnis. »Sie hat in der letzten Zeit ein paar Probleme. Aber eigentlich ist sie eine gute Mutter. Sie liebt Tamara und opfert sich für sie auf.«

Ich nickte verständnisvoll.

»Du wolltest also tanzen?«

»Was?«, fragte ich verdutzt und erschrocken zugleich, denn Ian griff nach meiner Hand und zog mich ohne Rücksicht zurück in die Mitte des Zimmers, wo schon zwei andere Paare zu »Novemberrain« von *Guns N'Roses* tanzten.

»Nein!«, keuchte ich, als er mich an seinen Körper zog und ich unversehens mit der Nase gegen seine harte Brust stieß.

»Nein? Aber du wolltest doch eben tanzen. Auf mich hast du den Eindruck gemacht.« Ian nahm meine Hände und legte sie sich in den Nacken.

»Er hat mich gezwungen. Und ich tanze nie«, stotterte ich in dem Moment, in dem ich Ian auch schon auf den Fuß trat. Der zog nur beide Augenbrauen hoch und führte mich weiter ganz langsam im Kreis und viel zu eng an seinem Körper. Ich roch sein würziges Aftershave, das eine Mischung aus Wald und Moschus war. Seine eisblauen Augen leuchteten und er grinste belustigt. Mein Herz hämmerte gegen meine Brust und ich war sicher, dass auch er es spüren konnte. Schweiß machte meine Handflächen feucht. Ich war hin- und hergerissen zwischen Seine-Nähe-genießen und Die-Flucht-ergreifen. Aber ich durfte nicht fliehen, denn diese Emma war ich nicht mehr. Ich war nicht mehr schwach. Und das musste ich auch ihm zeigen. Gerade er sollte sehen, dass ich anders war und dass er mich nicht mehr verletzen konnte. Und trotzdem versetzte mich diese Anziehung, die ich spürte, in wilde Panik.

Ich hoffte nur, dass meine Augen nicht diesen Gehetztes-Reh–Ausdruck angenommen hatten. Das würde ihm verraten, dass ich zwar nach außen hin mutig und taff sein wollte, es aber eigentlich nicht war. Mein ganzer Körper kribbelte und die Wärme seines Körpers ließ meinen in Flammen aufgehen. Das durfte nicht passieren. Nicht schon wieder! Der Song endete und im gleichen Moment beschloss ich, Ian auf keinen Fall an mich heranzulassen, egal was er auch tun würde. Mein Körper verriet mich vielleicht. Aber ich würde niemals mich selbst verraten.

Ian ließ mich los, nickte knapp und wandte sich von mir ab. Den Rest des Abends stand er bei dem molligen Mädchen, lachte mit ihr und küsste sie immer wieder. Manchmal warf er mir einen unergründlichen Blick zu, bevor er sich wieder seiner aktuellen Gespielin widmete. Ich war froh darum, denn je mehr ich sah, dass in diesem körperlich gereifteren Ian trotz allem noch immer der jugendliche Ian steckte, desto leichter fiel es mir, mein Herz vor ihm zu verschließen. Ich hasste es ohnehin, zugelassen zu haben, dass meine alten Gefühle für ihn so schnell wieder von mir Besitz ergriffen hatten. Die leise Stimme, die mir zuflüsterte, auch meine Gefühle wären erwachsener geworden, ignorierte ich. Denn ich wollte mir auf keinen Fall eingestehen, dass nur ein Blick aus seinen Augen reichte, um ein sehnsüchtiges Ziehen zwischen meinen Beinen zu entfachen.

4. Kapitel

Irgendwann konnte ich es nicht mehr ertragen, Ian dabei zuzusehen, wie er mit diesem Mädchen herummachte und dabei anscheinend völlig vergaß, dass er nicht allein im Raum war. Ich verließ hastig das Haus und stieg in Theresas Auto. Verwundert bemerkte ich einen gelben Umschlag auf dem Fahrersitz. Ich nahm ihn und registrierte, dass sich etwas Hartes darin befand. Weil ich hier so schnell wie möglich weg wollte, warf ich den Umschlag auf den Beifahrersitz und setzte mich hinter das Steuer.

Vor dem Tor standen wieder Fans. Nicht mehr so viele, wie tagsüber. Aber immerhin noch sieben Personen. *Wohl die ganz Hartgesottenen*, dachte ich.

Das Tor schwang auf und ich verließ das Grundstück. Eine Frau klopfte an mein Fenster. Erst wollte ich einfach weiterfahren. Was wollte sie mir denn schon sagen? Wir kannten uns nicht. Dann fiel mir auf, dass ich sie doch kannte. Ich hatte sie im Haus gesehen. In Ians Armen. Vielleicht wollte sie, dass ich ihm etwas ausrichtete. Ich kurbelte das Fenster herunter. Frische Nachtluft schlug mir entgegen. Ihr Gesicht tauchte vor meinem auf. Sie lächelte. Dann spuckte sie mich an.

»Bist du jetzt seine neue Schlampe? Hat er heute dich gefickt?« Ich war ganz erschrocken über so viel Hass, der mir entgegenschlug. So schnell ich konnte, schloss ich das Fenster und fuhr los. Im letzten Moment fiel mein Blick auf den Ripper-Fan, der auch heute wieder dieses abscheuliche T-Shirt trug. Sein dunkelbraunes Haar hatte er streng zurückgekämmt und er wirkte extrem hager und irgendwie verwahrlost. Seine Wangen waren eingefallen und durch das helle Licht, das von einer Laterne in der Auffahrt auf ihn fiel, konnte ich seine dunklen Augenränder sehen. Vielleicht wirkte sein Anblick durch das künstliche Laternenlicht sogar noch grausiger. Er sah mir direkt in die Augen, als ich an ihm vorbeifuhr. Und dieser Blick war wirklich gruselig. Irgendwie kalt und überlegen und voller Abscheu. Und irre. Gänsehaut überlief mich. Ich musste mich schütteln.

Vor Mutters Haus stellte ich den Motor aus und griff nach dem Umschlag. Dieser Brief war eine willkommene Möglichkeit, das Zusammentreffen mit meiner Mutter und ihre Fragen noch ein paar Minuten hinauszuzögern und die Einsamkeit und Ruhe zu genießen, bevor sie mich mit Fragen über die Party und ganz speziell über Ian löchern würde.

Ich holte eine schwarze, mit Pailletten besetzte Maske aus dem Briefumschlag und eine CD oder DVD – das konnte ich noch nicht genau sagen. Auf jeden Fall war es eine selbstgebrannte. Ein Cover gab es nicht. Als ich einen Blick auf das Foto warf, das noch im Umschlag steckte, stockte mir der Atem. Auf dem Bild war eine Frau zu sehen. Sie schien jung, hatte rötliches Haar wie meines und sah mir auch sonst etwas ähnlich. Nur ihre Kurven waren fülliger. Die Frau war an eine Wand gefesselt. Ihr Kopf auf ihre Brust gesunken. War sie bewusstlos? Das Foto war kein Foto von einem Fotoshop oder Ähnlichem. Es war ein Computerausdruck auf dünnem Kopierpapier, der Rand unregelmäßig geschnitten. Mein Atem ging schneller, als ich den Brief auseinanderfaltete, der mit dabei lag.

Auch er war ein Computerausdruck. Ich erkannte den Schriftfond. Es war *Geramond*. Diese Schriftart wurde in vielen Büchern verwendet. Mit zitternden Händen las ich meinen Namen in der Begrüßung. Ich ahnte schon, dass nichts Gutes in diesen Zeilen stand. Am liebsten wollte ich sie nicht lesen. Aber ich wusste, dass ich sie lesen musste. Also atmete ich flatternd ein.

Liebste Emma,
sicher hast Du schon meine Beigaben untersucht. Ich erkläre sie Dir trotzdem kurz, damit du besser verstehst, was ich von dir will.

Die Maske trug Linda, die junge Ehefrau von Adam MacLeod, an ihrem ersten Abend auf Glenoak Hall. Ich möchte, dass Du sie an dem Tag trägst, an dem ich Dich zu mir bitte.

Auf der DVD findest Du ein paar der Mitschnitte, die es dank Molly ins Internet geschafft haben. Sieh Dir die Videos an!

Die Frau auf dem Foto, das ist Linda. Bedauerlicherweise hat sie ihren Aufenthalt auf dem An-

wesen überlebt. Das ist ein Fehler, den ich gedenke zu beheben.

Damit kommen wir zu Dir. Wie ähnlich Du Linda bist, ist dir bestimmt sofort aufgefallen. Diese Ähnlichkeit bringt dich automatisch ganz nach oben auf meine To-do-Liste. Meine Frage an Dich: Bist Du bereit die Maske zu tragen und Lindas Platz einzunehmen? Der Ripper ist wieder da und wird zu Ende bringen, was er vor einem Jahr nicht hatte zu Ende bringen können.

Damit Du Dich auf dieses Spiel auch einlässt, habe ich ein Druckmittel besorgt. Eins von Ians Groupies. Ich glaube, sie wärmte sein Bett einen Tag vor Deiner Ankunft. Gestern lief sie mir über den Weg. Auf der DVD kannst Du sehen, wie ich meinen Spaß mit ihr habe. Eine kleine Beigabe sozusagen, zusätzlich zu den ganzen Pornos.

Kommen wir also zu Deiner ersten Aufgabe: ich werde das Mädchen solange nicht töten, wie Du Dich von Ian MacLeod fernhältst. Schaffst Du das?

Dann also auf ein faires Spiel. Wahrscheinlich wirst Du es nicht fair finden, da dieses Spiel doch nur enden kann, indem Du stirbst. Aber bis dahin …

Mit ergebensten Grüßen
Dein Ripper

Mein Herz rannte in meiner Brust. Ich konnte nicht atmen. Ich versuchte es, aber es schien als würde kein Sauerstoff bis in meine Lungen vordringen. Panik kroch mir die Wirbelsäule hinauf, während ich diesen Brief las, und packte mich an der Kehle. Sie drückte zu und verhinderte, dass ich schreien konnte. Ich konnte nicht denken. Mein Kopf schien leer. Alles, was ich tun konnte war zittern und verzweifelt versuchen, Luft in meine Lungen zu zwingen.

Ich schaute zur Haustür, dann auf den Brief, den meine Hände umklammert hielten. Ich wusste, ich sollte die Polizei rufen. Aber bringt er dann nicht die Frau um? Ich zwang mich, mich zusammenzureißen und die Sache zu bedenken. Ich musste etwas tun. Aber ich konnte nicht dort hineingehen. Wenn ich das Haus betrat, würde ich meine Mutter in Gefahr bringen. Ich konnte nur noch daran denken, dass er Theresa etwas antun könnte. Das durfte auf keinen Fall passieren. Schon die Vorstellung ließ mich noch mehr beben. Und die Panik in mir wuchs sich zu einer Attacke aus. Mein Hals kratzte, meine Finger kribbelten und mir wurde schwindlig. Aber was dann?

Der Bodyguard der Band!, überlegte ich und sofort durchströmte mich so etwas wie Erleichterung. Wenn jemand wusste, was zu tun war, dann er. Bodyguards kannten sich doch mit solchen Dingen aus. Die wurden doch geschult?

Völlig aufgelöst schaffte ich es irgendwie, den Motor wieder zu starten. Mir war bewusst, dass ich gerade nicht fahrtauglich war. Aber, redete ich mir ein, es war mitten in der Nacht. Um diese Zeit war Dunvegan ohnehin menschenleer. Wem sollte schon was passieren? Und wenn ich starb, war das

Spiel sowieso vorbei. Ein Teil von mir wünschte sich, dass ich gegen einen Baum fahren und sterben würde. Der andere Teil war sich bewusst, dass der Tod auch keine Lösung war.

Das Tor öffnete sich sofort und Bob, der Bodyguard, kam mir schon lächelnd entgegen, noch bevor ich das Auto geparkt hatte. »Was vergessen, Kleine?«

Ich drückte die Tür des Wagens zu und schüttelte den Kopf. Bob runzelte die Stirn und musterte mich. »Du siehst aus, als hätte dich Theresas Rostlaube fast das Leben gekostet. Was ist los?«

Wortlos hielt ich Bob den Umschlag hin. Er griff mit fragendem Blick danach und erstarrte, als er das Foto betrachtete. Dann las er die ersten Zeilen des Briefes und knurrte wie ein Hund. Sein markantes Gesicht wurde knallrot vor Wut. Er drückte mir den Brief in die Hand.

»Halt das mal kurz!«, murmelte er und sah an mir vorbei zur Einfahrt. Dann rannte er los. Ich sah ihm verwirrt hinterher, bevor mir einfiel, dass er vielleicht dachte, der Typ im Ripper-Shirt hätte den Brief geschrieben. Vor dem Tor war aber niemand mehr. Bob kam schnaubend vor Wut zurück, packte mich am Oberarm und zerrte mich reichlich unsanft hinter sich her in ein kleines Zimmer, in dem mehrere Überwachungsmonitore das Grundstück zeigten.

»Wo hast du den Mist gefunden?« Er drückte ein paar Tasten auf einer Computertastatur. Seine Stimme zitterte vor Zorn. Meine Stimme zitterte vor Angst, als ich ihm antwortete. Nicht, weil ich Bobs heftige Reaktion fürchtete, sondern weil der Schock mir noch immer in den Gliedern saß.

»Im Auto. Als ich hier losgefahren bin, lag es auf dem Sitz.«

»War das Auto abgesperrt? Nicht, dass ich befürchten würde, dass die Karre jemand klaut. Ich will nur wissen, ob diese Kopie eines Mörders es leicht hatte, den Umschlag dort zu platzieren. Und wegen der Spuren«, fügte er an.

»Nein, nicht abgesperrt. Ich dachte nicht, dass das nötig wäre.« Bob nickte. »Was tun wir jetzt?«

»Du nichts. Wir werden die Polizei benachrichtigen.«

»Aber wird er dann das Mädchen nicht umbringen?«, warf ich panisch ein. »Genau deswegen bin ich nicht zur Polizei gefahren.«

Bob sah mich mit hochgezogenen Augenbrauen an. »Nun mach dir mal keine Sorgen! Er wird nicht mitbekommen, dass wir sie einschalten. Ich hab jahrelang für Scotland Yard gearbeitet, Kleine.«

Er zog mir einen Stuhl zurück und ich setzte mich neben ihn. Erst als ich saß, fiel etwas von dem Druck und der Angst von mir ab. Dann schloss Bob die Tür und sperrte damit die Musik und das Geschnatter aus. Auch das führte dazu, dass ich besser durchatmen konnte. Ich fühlte mich plötzlich sicher und war froh, mich an Bob gewandt zu haben.

»Also, dein Auto stand direkt vor dem Haus«, sagte er. Es war keine Frage. Seinem Tonfall entnahm ich, dass er die Fakten durchging. »Dort haben wir leider keine Kamera. Unsere Kameras zeigen alle in Richtung der Grundstücksgrenzen, damit wir sehen können, wenn jemand versucht hereinzukommen. Wir gehen einfach die Videos der letzten Stunden durch und sehen, wer das Anwesen betreten hat.« Er drückte wieder Tasten und in den nächsten Minuten sahen wir uns mehrere Aufnahmen im Schnelldurchlauf an. Leider ohne Erfolg. Wir konnten geladene Gäste kommen und gehen sehen. Aber niemand war auf das Grundstück geschlichen, der hier nicht hergehört hätte.

Bob nahm den Umschlag, dann zog er Gummihandschuhe aus einem Schreibtischfach. »Er grinste mich an. Du kriegst den Bullen nie aus einem Bullen heraus. Wir haben zwar beide schon das Foto und den Brief berührt, aber ich nehme an, die CD hast du nicht angesehen?«

»Nein, ich bin sofort hier hergekommen.«

Bob nickte zufrieden und legte die CD, die er nur mit den Handschuhen berührte, in ein Laufwerk. »Dann schauen wir doch mal.«

Meine Atmung stockte, als das erste Video startete. Ich erkannte sofort die Frau von dem Foto wieder. Sie saß auf einem Schreibtisch. Adam stand zwischen ihren Schenkeln und küsste sie. Bob klickte das nächste Video an und das nächste und das nächste. Alle zeigten Adam in eindeutigen Situationen. Trotz dass er älter geworden war, erkannte ich ihn sofort wieder.

»Sind das die Videos aus dem Internet?«, fragte ich Bob und der nickte.

Als er das letzte Video startete, blieb mein Herz stehen, nur um dann so heftig gegen meine Brust zu springen, dass ich keuchen musste. In dem Video war eine Frau an eine graue Wand gefesselt. Alles war sehr dunkel. Nur der nackte Körper der Frau wurde von einem unbekannten Licht beleuchtet, das sich irgendwo hinter der Kamera befinden musste.

Eine vollkommen in schwarz gehüllte Person betrat das Bild. Nichts an ihr hätte etwas verraten können. Nicht ihre Haare, nicht ihre Nase. Nicht der kleinste Hinweis auf ihre Identität. Nur die Art, wie sie sich bewegte, verriet, dass es sich um einen Mann handeln musste. In seiner mit einem schwarzen Handschuh bekleideten Hand, hielt er ein langes Fleischermesser. Er ließ ein Lachen vernehmen, dann trat er auf sein Opfer zu, strich erst langsam mit der Klinge über ihren Unterleib, nur um dann mit einer kontrolliert langsamen Bewegung einen Schnitt von ihrem rechten Hüftknochen bis zu ihrem linken zu ziehen. Die Frau schrie auf, riss an ihren Fesseln und verfiel dann in Wimmern.

Der Mann wandte sich in Richtung Kamera, nahm von irgendwoher ein Gerät, das er sich vor den Mund hielt und sagte mit verzerrter Stimme: »Wenn du nicht nach meinen Regeln spielst, dann wird der nächste Schnitt dafür sorgen, dass ihre Eingeweide vor ihren Füßen landen.«

Ich hatte meine Hand fest auf meinen Mund gepresst und zitterte. Und obwohl die Szene so surreal und abstoßend war, konnte ich die Augen nicht von dem Monitor nehmen. Erst als sich hinter uns die Tür öffnete, konnte ich mich von dem entsetzten Gesicht der Fremden losreißen.

»Was seht ihr euch denn da für irre Scheiße an?« Ian trat in den Raum und schloss die Tür wieder hinter sich.

»Das kannst du laut sagen«, brummte Bob. »Hier, zieh dir das rein, aber flipp bloß nicht aus!«

Ian sah sich das Foto an. »Linda, verdammter Mist. Das ist das Bild aus dem Internet, das ihr das Leben gerettet hat.« Er warf einen Blick auf den Monitor, wo die Frau auf Standbild war. »Und das ist Tara.« Er rutschte näher an den Monitor heran und streifte dabei mit seiner Schulter meine Wange. In seinem Gesicht zuckten die Muskeln vor unterdrückter Wut.

»Das ist nicht der Keller«, meinte Bob. »Hab ich auch erst gedacht. Wenn, dann hätte ich hier längst nicht mehr gesessen, sondern wäre da runter und hätte dem Scheißkerl den Arsch aufgerissen.«

Ian setzte sich auf die Tischplatte, da kein Stuhl mehr frei war, und las den Brief. Sein Gesicht schien sich mit jedem Satz mehr zu verfinstern. »Hast du schon deine Ex-Kollegen eingeschaltet?«, wollte er wissen, nachdem er den Brief wieder auf den Tisch hatte fallen lassen.

»Ich hab Izz über mein Handy eine Nachricht geschickt. Nur für den Fall, dass der Irre das Festnetz oder unsere Computer überwacht.« Er sah mich besorgt an. »Ich gehe ja mal davon aus, dass der Kerl meine Handynummer nicht kennt. Die kennt so gut wie niemand. Wir werden die Sache unauffällig angehen.«

Bobs Handy piepte und er las die Nachricht. »Izz kommt in Zivil und holt den Kram ab. Wir tun einfach so, als wäre er ein verspäteter Gast.«

»Und was mache ich?«, wollte ich wissen und meine Stimme war so heiser, dass ich schon befürchtete, Bob hätte mich nicht verstanden.

»Du bleibst hier«, sagte Ian so trocken, dass ich mich gar nicht traute, zu widersprechen. Aber widersprechen musste ich.

»Aber er schreibt, ich soll mich von dir fernhalten.« »Keine Angst, das kannst du auch, wenn du hier wohnst. Ist ja nur vorübergehend. Aber glaubst du ernsthaft, ich würde zulassen, dass du diesem Durchgeknallten in die Finger gerätst?«

Ich spannte mich an und sah Ian direkt in die Augen. »Du kennst mich doch nicht mal. Ich kann hier nicht einfach einziehen. Und was ist mit meiner Mutter? Niemals würde ich sie da draußen allein lassen!«, quiekte ich aufgeregt.

»Ich schick Kiran. Er soll sie abholen.«

»Aber wenn er das Anwesen beobachtet ...«, warf ich ein.

»Dann wird er Kiran sehen, wie er mit seiner Harley losfährt, um sich ein Mädchen für die Nacht zu holen.« Bob sah mich ernst und ruhig an. Er schien die Situation völlig im Griff zu haben. Nichts in seinem Gesicht zeigte nur den geringsten Zweifel an dem, was er tat oder sagte.

»Und wenn er das Haus meiner Mutter beobachtet?«

»Dann sieht er, dass deine Mutter Herrenbesuch empfängt. Und für alle Fälle posten wir ein Foto von dir auf dem Twitteraccount der Band, wie du mit uns abfeierst. Dann sieht er, du bist noch hier und beobachtet nicht das Haus von Theresa.« Das klang alles sehr überzeugend, also erklärte ich mich einverstanden. Ich würde die nächsten Tage mit meiner Mutter zusammen im Haus einer Rockband wohnen. Hatte ich schon erwähnt, dass meine Mutter eine überzeugte Celtic-Anhängerin war?

»Du hast mit dieser Frau, mit Tara, geschlafen?«, wandte ich mich an Ian.

Ians Gesicht verfinsterte sich und er nickte. »Aber wie kannst du denn da so cool bleiben? Bei Bob verstehe ich es. Er hatte schon mit solchen Dingen zu tun, aber du?«

»Glaub mir, ich bin alles andere als ... cool. Aber ausflippen hilft uns gerade nicht weiter. Wir müssen ruhig bleiben und den Verstand einsetzen.«

»Und die Gefühle ausschalten, Mädchen«, fügte Bob an. »Gefühle drängen uns zu unüberlegten Handlungen. Und die können wir uns jetzt nicht leisten.«

Ich warf Ian einen zweifelnden Seitenblick zu. Der lächelte mich schief an, die Arme vor seiner breiten Brust verschränkt. »In meinem Bett ist noch Platz für dich.«

»Was ist an »halte dich von Ian fern« nicht zu verstehen?«, gab ich schnippisch zurück und stieß seinen Fuß von der Sitzfläche meines Stuhls.

Irgendwann in den letzten Minuten hatte sich dieser zwischen meine Schenkel verirrt.

»Unser Haus ist kamerafrei. Er wird es nie erfahren. Und würdest du dich nicht viel sicherer in meinen Armen fühlen?«

Ich ließ meinen Blick provokativ über Ian gleiten, dann über Bob. »Hast du noch Platz in deinem Bett für mich? Ich denke, bei dir würde ich mich wirklich sicher fühlen.« Aufreizend ließ ich meine Finger über Bobs mächtigen Bizeps gleiten. Dieser lachte laut, nahm meine Hand und hauchte mir einen Kuss auf die Fingerknöchel.

»So was wie dich würde ich immer in mein Bett lassen.« Seine Stimme klang dunkel und sanft und er blickte mir tief in die Augen.

Ian packte meinen Arm und zog mich vom Stuhl hoch. »Izz kommt, mach das Tor auf«, sagte er knurrend zu Bob. »Ich zeig dir dein Zimmer.«

Ian gab mir ein Zimmer am Ende des Flurs, das einen direkten Zugang zum Nachbarzimmer hatte, das meine Mutter bekommen würde. Kathrin half mir dabei, die Betten zu beziehen.

»Mach dir keine Sorgen, es wird alles gut gehen.«

Ich zog das Bettlaken glatt. »Ich weiß gar nicht, was schlimmer ist. Zu wissen, dass diese Frau sterben muss, wenn ich einen Fehler mache oder die Angst davor, selbst zu sterben? Ich frage mich, warum er mich nicht gleich zu sich holt? Warum quält er erst diese Fremde?«

»Weil diese Psychos einen perfiden Spaß daran haben, erst mit ihren Opfern zu spielen.« Bob war ins Zimmer getreten. Neben ihm stand ein älterer Mann, der neben dem Hünen wie ein Zwerg wirkte. Ich schätzte ihn auf Fünfzig. Seine Haare waren völlig ergraut. Er war recht hager, bis auf einen kleinen Bauchansatz. Er sah mich ernst an. »Das ist Izz, mein Expartner.«

Ich trat um das Bett herum und reichte Izz die Hand.

»Eigentlich Istvan«, sagte er. »Ich hab mir alles schon angesehen. Ich nehme jetzt alles mit und dann schauen wir mal, ob der Kerl uns Spuren hinterlassen hat. Wenn wir Glück haben, ist er ein Anfänger und hat keine Ahnung. Sie bleiben erst mal hier. Bei Bob sind Sie in guten Händen.« Damit nickte er mir zu und verließ mit Bob wieder das Zimmer.

Erschöpft ließ ich mich auf das Bett fallen.

Natürlich hatte ich mir nie vorgestellt, wie es wäre, in so eine Situation zu kommen: ein Fremder bedroht mein Leben. Aber wenn ich mir so etwas vorgestellt hätte, dann nicht mit einer Rockband, die auf mich und meine Mutter aufpasst. Und Ian, der so was wie eine Hauptrolle in dem Ganzen spielte. Aber selbst wenn ich es schaffte, mich von Ian fernzuhalten – was bei unserer Vergangenheit kein Problem darstellen sollte -, war da immer noch die Tatsache, dass nach den Plänen des Rippers, ich am Ende dieses Spiels tot sein sollte.

Das Wissen darum schnürte mir nicht nur meine Kehle zu. Es lastete so sehr auf mir, dass ich heulen wollte, es aber nicht wagte, weil ich diesem Ripper diese Genugtuung nicht gönnte. Ich war zu jung zum Sterben. Das sowieso, aber ich hatte auch unglaubliche Angst. Nicht nur vor dem Tod allein, sondern auch vor der Art, wie es passieren sollte. Nicht ein Infarkt oder eine Erkrankung würden schuld sein, sondern das blanke Grauen selbst. Ich konnte nur hoffen, dass es schnell gehen würde.

5. Kapitel

Als meine Mutter kam, brauchte es Bob, Kathrin und mich, um sie soweit zu beruhigen, dass sie nicht sofort wieder das Anwesen verließ und sich selbst auf die Suche nach dem Ripper machte. Sie kreischte, lief aufgeregt herum und brach immer wieder in Tränen aus. Ich befürchtete schon, dass ich einen Arzt kommen lassen müsste, der ihr etwas zur Beruhigung geben würde. Aber nach einer halben Ewigkeit guten Zuredens legte sie sich dann doch endlich in ihr Bett und schlief.

Etwas Schlaf hätte ich mir auch gewünscht, aber ich wälzte mich nur umher und in den frühen Morgenstunden gab ich es dann auf. Ich ging in die Küche runter und begann damit, das Chaos der gestrigen Party zu beseitigen. Die Arbeit lenkte mich gut ab. Sie entspannte mich sogar so sehr, dass ich gleich noch alle Zimmer im unteren Bereich putzte und dann eine riesen Portion Eier und Speck für die derzeitigen Bewohner von Glenoak Hall machte.

»Du hast nicht geschlafen?« Ian lehnte nur mit einer schwarzen Lederhose bekleidet am Rahmen der Küchentür. Bei seinem Anblick musste ich nicht nur das Bedürfnis, mir über die Lippen zu lecken, unterdrücken, sondern auch den Drang wohlig zu seufzen und ihm vor lauter Bewunderung auf die gut ausgeprägte Brust zu starren. Aber was war eigentlich schon dabei, ihn anzustarren? Das bezweckte er doch mit den zahlreichen Tattoos, die seinen Oberkörper zierten. Er wollte, dass man sie betrachtete.

Auf seiner rechten Brust hatte er sich einen keltischen Lebensbaum stechen lassen. Von dort abgehend wand sich ein Labyrinth aus keltischen Symbolen über seine Schulter und den ganzen Arm hinunter. Auch um seinen Bauchnabel herum befanden sich Symbole, die in einem schmalen Streifen dort im Bund seiner Hose verschwanden, wo eigentlich ein Pfad aus Haaren hätte sein müssen. Dieser Anblick warf die dringliche Frage auf, wo endete diese Tätowierung genau? Nicht, dass ich mich das gefragt hätte. Aber mit Sicherheit jede andere Frau auf diesem Planeten.

Ich erwischte mich nur dabei, wie ich genau diese Stelle anstarrte. Erschrocken hob ich den Blick und musste feststellen, dass auch Ian meine Musterung nicht entgangen war.

»Willst du nachsehen?«, wollte er breit grinsend wissen.

»Was?« Mein linkes Lid zuckte nervös.

»Du hast gerade gefragt, wo das Tattoo endet.«

»Das habe ich nicht«, sagte ich entrüstet und spürte, wie die Hitze mir in die Wangen schoss. Was bitte gab es Schlimmeres bei einer blassen Rothaarigen als Schamesröte?

Ian trat laut lachend auf mich zu. Dabei sah er mir so tief in die Augen, dass mein Herz panisch anfing zu rasen. Er blieb nahe vor mir stehen und ich fühlte mich wie ein Hase, der von einem Fuchs in die Enge gedrängt wurde. Ians Körper strahlte eine Wärme aus, die ich unmöglich nicht spüren konnte. Und er war eben duschen. Er roch so unglaublich gut, würzig nach Wald und herb nach Mann. Und hatte ich schon erwähnt, wie heiß mich Männer in Lederhosen machten?

»Das hast du. Du sagtest: Das wirft die Frage auf, wo diese Tätowierung endet«, sagte er und seine leuchtend blauen Augen funkelten belustigt. Mir schoss Vulkanlava ins Gesicht. Konnte etwas noch peinlicher sein?

Das Lächeln einer listigen Hyäne spielte um seine Lippen, dann zeigte er mir seine Zähne und verstärkte so diesen Eindruck noch. Er schien sichtlich glücklich über meinen Fehltritt. Zwischen seinen oberen Schneidzähnen war ein Spalt, der mich für einen Wimpernschlag ablenkte. Einen unkontrollierten Moment stellte ich mir vor, wie es wäre, diesen Spalt mit meiner Zungenspitze zu erforschen.

Ich schob mich an ihm vorbei. Am besten nicht weiter darauf eingehen und so tun, als hätte ich nicht gesagt, was ich gesagt hatte. Was hätte ich auch zu meiner Verteidigung vorbringen sollen? Ich bin geistig verwirrt, immerhin wird mein Leben bedroht?

Ich tat beschäftigt, indem ich Wasser in die Kaffeemaschine füllte. Und von meiner Schmach ablenken, fand ich, wäre auch eine gute Idee. »Ich dachte, Rockstars schlafen alle lange?«, fragte ich und legte hoffentlich genug Gift in meine Stimme, um Ian zu zeigen, dass ich ihn nicht mochte. Immerhin hatten wir noch eine Rechnung offen.

»Tun sie auch, wenn sie nicht allein ins Bett gegangen sind. Aber irgendwie war ich heute Nacht gezwungen, in ein leeres Bett zu steigen.«

»Das tut mir jetzt aber wirklich leid für dich. Ich hoffe, das macht dir keine Probleme?« Ich nickte mit dem Kopf zu der nicht unerheblichen Beule vorne in seiner Hose. »Immerhin haben wir alle ja schon davon gehört, dass regelmäßiger Sex überlebenswichtig für Musiker ist.«

Ian teilte seinen langen Pony in der Mitte und strich sich die beiden Ponyhälften hinter die Ohren, so dass sich seine lockigen Spitzen um seine Ohrläppchen kringelten.

Mein Gott, dieser Mann war wirklich gefährlich anziehend. Die Art und Weise, wie er das tat und mich dabei von unten herauf ansah, wirkte so erotisch, dass ich herb schlucken musste. Erregte mich sein Anblick so sehr, weil ich wusste, dass er ein Rockstar war? Hatte ich am Ende das Rockstarsyndrom? Gab es dieses Syndrom überhaupt? Zumindest wurde doch immer behauptet, dass Rockstars auf Frauen anziehend wirkten. Aber zu Schulzeiten war er kein Rockstar. Und schon damals hatte ich manches Mal Gefühle für ihn, die so gar nicht zu einer grauen Maus passen wollten.

»Da hast du wohl richtig gehört. Du musst wohl meine Krankenschwester spielen für die Zeit, in der ich auf Groupies verzichten muss.«

»Da muss ich dich leider enttäuschen. Ich bin eine ganz üble Krankenschwester. Frag meine Mutter!«

»Das ist nicht so schlimm. Ich kann dir alles beibringen, was du wissen musst.« Ian trat wieder auf mich zu und drängte mich mit seinem Körper gegen die Arbeitsplatte in meinem Rücken. Er drückte seinen Rücken durch, so dass sein Unterleib sich gegen meinen Bauch presste. Eine Hand legte er hinter mir ab, mit der anderen lüftete er den Bund seiner Lederhose etwas und dann sah er mir tief in die Augen. »Willst du nicht doch mal nachschauen?«

In meinem Magen flatterte es aufgeregt und mein Herz trommelte ein wildes Stakkato. Meine Hände zuckten schon zu seiner Brust, aber im letzten Moment konnte ich mich abhalten, seine nackte Haut zu berühren, um ihn von mir zu schieben. Statt ihm meine Panik zu zeigen, entschied ich mich für Mut. Ich griff nach seinem Bund und schielte in seine Hose. Außer dem schwarzen, lockigen Dreieck konnte ich nicht viel sehen, trotzdem sagte ich so trocken wie ich nur konnte: »Sieht nicht so aus, als bedürfte es irgendeiner schwesterlichen Fürsorge. Er schläft ganz friedlich. Findest du nicht auch?«

Das verschlug ihm die Sprache. Er holte zischend Luft und trat verdutzt einen Schritt zurück. Ich nutzte seine Verwirrung aus und trat die Flucht an.

Er ist das Böse!, erinnerte ich mich und holte tief Luft. Ich schob mich an ihm vorbei aus der Küche und sagte: »Der Kaffee ist fertig. Trink zwei Tassen, du siehst echt scheiße aus.«

Ich sah mich nicht mehr nach ihm um, bevor ich die Stufen nach oben stieg, aber sein tiefes

Lachen durchfuhr mich und ließ meinen Körper kribbeln. Wie sollte ich in diesem Haus unter einem Dach mit einem Mann wohnen, der mich so tief verletzt hatte, dass ich ihm niemals vertrauen konnte? Der mich aber auch so sehr anzog, dass ich auf der Stelle jeden One-Night-Stand meines Lebens dafür eintauschen würde, nur um einmal mit ihm schlafen zu dürfen? Und genau das durfte ich aber nicht, weil sonst ein Mensch sterben würde. Ich durfte Ian MacLeod auf gar keinen Fall jemals wieder allein begegnen. Und ich sollte mir immer, wenn ich ihn sah, in Erinnerung rufen, wie sehr er mir wehgetan hatte. Das würde reichen, um mich davon abzuhalten, diesem Mann um den Hals zu fallen und mit ihm Dinge anzustellen, die ich mit keinem anderen Mann jemals hatte tun wollen. Vielleicht sollte ich mich mit einem anderen Bandmitglied vergnügen? Nur zur Ablenkung. Darren vielleicht? Oder doch besser kein Musiker. Vielleicht könnte Bob mich ja abkühlen?

»Schätzchen, hilfst du mir beim Auspacken meiner Tasche?« Meine Mutter stand oben an der Treppe und strahlte mich an.

»Was für einen Grund gibt es, glücklich zu lächeln?«, fragte ich missmutig und ging demonstrativ an ihr vorbei.

»Oh, nichts. Ian geht es gut?«

Ich wandte mich zu ihr um und murrte vor mich hin, als ich das Grinsen in ihrem Gesicht sah. Sie hatte eindeutig mehr mitbekommen, als sie sollte. »Ich kann mich nur wiederholen, damit auch du es verstehst. Ian ist keine Option. Niemals. Und das nicht nur wegen dieses Rippers. Und sowieso solltest du nicht so gut gelaunt sein, findest du nicht auch?«

Meine Mutter folgte mir den Gang runter, sie trug eine rosa Jogginghose, auf deren Hintern das Wort »Bitch« zu lesen war. Irgendwann bei einem ihrer Besuche in unserer Wohnung in Edinburgh musste die wohl ihren Weg in Theresas Koffer gefunden haben, denn sie gehörte mal mir. »Meine Hose steht dir gut.«

»Findest du? Also ich finde auch.« Sie betrat vor mir ihr Zimmer. Es war eine Kopie von meinem. Ein dunkles, schweres Holzbett, ein dazu passender Kleiderschrank, dunkelgrüne Samtvorhänge und ein weißer Sekretär, die Einrichtung passte sehr gut zum Alter des Hauses.

Theresas Koffer stand vor dem Kleiderschrank. Ich nahm ihn hoch, um ihn auf dem Bett abzulegen, und stöhnte. »Was ist denn da alles drin?«

Mutter zuckte mit den Achseln und zog den Verschluss auf. »Es musste schnell gehen, also hab ich reingeworfen, was ich gefunden habe.« Reingeworfen deckte sich mit dem Chaos in meiner Tasche, die Kiran in mein Zimmer gestellt hatte. Ein heilloses Durcheinander.

Ich begann die Kleidung zu falten und in den Schrank zu räumen. »Was glaubst du, wie lange wir hier sein werden?« Ich sah sie ernst an. In ihrem Gesicht spiegelte sich meine eigene Furcht wider.

»Ich hoffe nicht so lange, dass all meine Pflanzen eingehen.« Meine Mutter legte ihre Hand auf meine und lächelte traurig. »Das wird schon. Was soll dir hier schon passieren? Dieses Haus ist voll von Männern, die so hoch und breit wie dieser Schrank da drüben sind.« Sie zwinkerte und nahm mir die Stoffhose ab, die ich gerade zusammengelegt hatte.

»Mag sein, aber wenn mir nichts passiert, dann wird dieses Mädchen sterben.«

»Ich vertraue Bob. Sie finden diesen Ripper. Immerhin haben sie Molly auch gefunden.«

»Aber erst nachdem sie schon gemordet hatte«, fügte ich an.

»Lasst uns einen Pakt schließen!«, kam es von der Tür. Kathrin stand in einem schwarzen Tank-Top und einer wirklich knappen Hot Pants aus blauem Jeansstoff im Rahmen.

»Mädchen, was hast du da an?«, stöhnte meine Mutter. »Das Haus ist voller Männer!«

»Genau«, sagte Kathrin. »Zurück zum Pakt. Solange wir alle hier sind, werden wir das hier als eine verlängerte Pyjamaparty betrachten. Keine langen Gesichter, keine Angst und kein Ripper. Lassen wir die Leute sich darum kümmern, die dafür bezahlt werden.« Kathrins Blick wechselte von meiner Mutter zu mir, dann hielt sie ihre flache Hand mit der Handinnenfläche nach oben zwischen uns. »Abgemacht?«

Meine Mutter sah mich mit hochgezogener Augenbraue fragend an und ich zuckte mit den Schultern. »Ich denke, das geht klar«, sagte ich und schlug ein. Mutter machte es mir nach und Kathrin kicherte glücklich.

»Also dann, Mrs Finnley. Sie gehören ins Bett. Und Sie, Ms Finnley, ab in das Aufnahmestudio. Die Jungs proben und das solltest du dir nicht entgehen lassen.« Kathrin nickte bedeutungsschwanger.

Meine Mutter stöhnte. »Nur gut, dass ich ins Bett gehöre. Das muss ich mir wirklich nicht antun, diesen Krach.«

Kathrin hatte mir erzählt, dass das Studio früher einmal eine Art Gemäldegalerie war und gleichzeitig das Arbeitszimmer von Adam MacLeods Vater. Es war nicht groß. Zumindest hatte ich mir so ein Aufnahmestudio immer größer vorgestellt. Aber es gab ein Pult mit vielen Knöpfen, eine Glasscheibe und hinter dieser Glasscheibe eine Band mit Instrumenten. So gesehen hatte dieses Studio also all das, was ich auch aus dem Fernsehen kannte. Nur die Band selbst hatte etwas weniger, nämlich an. Keins der Mitglieder trug ein T-Shirt oder sonstiges Kleidungsstück, das ihre Oberkörper bedeckt hätte. Mal abgesehen von den zahllosen Tattoos. Ian hatte noch immer die schwarze Lederhose an, die seine muskulösen Oberschenkel so gut betonte. Was Darren trug, konnte ich hinter seinem Schlagzeug nicht erkennen. Kiran trug eine Jeanshose, die zahlreiche Risse und Löcher aufwies, was zugegeben deutlich heißer aussah, als es klang. Conner, der Donnergott, hatte sich auch für eine Lederhose entschieden. Ich war ziemlich sicher, dass es in den Highlands nicht noch eine Band gab, die so … anregend war.

»Warum haben sie denn nichts an«, fragte ich Kathrin, die mich zu einem der Barhocker zog, die so hinter dem Pult platziert waren, dass man freie Sicht auf die Geschehnisse hinter der Scheibe hatte.

»Sie haben noch viel zu viel an«, murmelte Kathrin und grinste Bob an, der mit hochgezogenen Augenbrauen zu uns hoch sah.

Bob saß auf einem niedrigen Sessel und drückte Knöpfe, die wiederum Regler wie von Zauberhand hoch- und runterfahren ließen. »Das musst du Ian fragen, Kleine. Ich hab keine Ahnung. Aber wenn er dir das erklärt hat, musst du es mir unbedingt verraten.«

»Wenn sie auftreten, tragen sie doch aber mehr?«

Bob schüttelte den Kopf.

»Nicht?«

»Nein«, bestätigte Kathrin.

Darren schlug seine Sticks sanft gegeneinander und gab einen ruhigen Rhythmus vor. Ich sah auf. Ian zwinkerte mir zu und Kathrin stieß mir in die Seite und strahlte mich wissend an. Dann spielte Ian ein paar leise Töne auf seiner E-Gitarre. Als er anfing zu singen, überzog eine Gänsehaut meine Arme. Was für eine Stimme! Dunkel, herb und elektrisierend.

Ians Stimme hatte große Ähnlichkeit mit der von *Dave Gahan* von *Depeche Mode*. Sie war besonders, vibrierte in meinem Körper und ihm zuzusehen, wie er seine Gitarre hielt, seine Lippen nahe an das Mikrofon brachte, es fast zu liebkosen schien, ging mir durch und durch.

Dieser Anblick erregte mich so sehr, dass Hitze durch meine Adern floss wie träge Lava und ich nur noch meine Finger ausstrecken und Ians nackte verschwitzte Haut berühren wollte. Noch nie hatte mich der Anblick eines Mannes so sehr verzaubert und angezogen wie Ians in diesem Augenblick. Sein kinnlanger Pony hing ihm in die Augen und verlieh ihm etwas Wildes. Dazu die Tattoos, die seine Haut zierten, und die E-Gitarre an seinem Körper. Und die schwarzen Stoppeln seines Fünftagebartes, ich wollte meine Finger darin eintauchen und mit meinen Lippen darüberfahren. Wer immer gesagt hatte, Frauen können Männern mit Gitarren nicht widerstehen, der hatte recht. Dieser Mann auf der anderen Seite des Fensters war die perfekte Verkörperung aller Mädchenträume.

Ich war so in das, was ich sah, vertieft, dass ich erschrocken zusammenfuhr, als der langsame, sanfte Rhythmus urplötzlich in einen harten wechselte und Ian mit lauter, fast kreischender Stimme in das Mikrofon brüllte. Gab es etwas Männlicheres als einen Mann mit einer Gitarre vor seiner breiten Brust? Ich atmete zitternd ein und unterdrückte im letzten Moment ein Aufseufzen.

Kathrin stöhnte neben mir und legte verträumt ihren Kopf schief. »Ich liebe ihre Songs. Sind sie nicht unglaublich gut? Ist Kiran nicht unglaublich? Wenn ich ihm zuschaue, dann werde ich immer ganz kribbelig. Am liebsten würde ich dort reingehen, ihn in sein Zimmer zerren und über ihn herfallen.« Sie leckte sich über die Lippen und verdrehte die Augen nach oben. »Es macht mich ganz heiß, ihn so zu sehen.«

Einen Moment beobachtete ich den Mann mit dem Kinnbart. Er zupfte an den Saiten seiner Bassgitarre, beugte sich nach vorne und sang mit Ian zusammen eine Zeile des Refrains. Die zwei Männer so nahe nebeneinander stehen zu sehen, ein harmonisches Duo, ja das wirkte noch anregender.

Ich nickte bestätigend. Wenn man sich erst mal von den Bandmitgliedern losriss und sich nur ihrer Musik hingab, dann musste man wirklich feststellen, dass sie gut waren. Die Groupies da draußen standen also nicht nur wegen ihrer heißen Körper vor dem Tor. *Wild Novel* war eine fantastische Band.

»Am kommenden Wochenende sollen sie bei *T in the Park* auftreten. Warst du schon mal bei *T in the Park*?«, fragte Kathrin und beobachtete verträumt jede Bewegung, die Kiran durchführte. Sie wiegte ihren Körper hin und her. Ihr war anzusehen, dass sie verrückt nach Kiran war.

»Nein«, gestand ich. »Zu viele Menschen und zu viele Menschen und zu viele Menschen.«

Kathrin und Bob sahen mich beide gleichzeitig verwundert an. »Menschen?«, hakte Bob nach.

»Ich hab es nicht so mit Menschenmassen. Da fühle ich mich unwohl.«

»Aber Musik? Du magst doch Musik?«, wollte Bob wissen.

Ich sah durch die Scheibe hindurch zu Ian, der gerade ein Riff spielte. Er sah mir dabei in die Augen und in seinem Blick lag ein Feuer, das mich verbrannte. Verdammt, er war aber auch eine fleischgewordene Sünde. Es war wirklich schwer, wütend auf ihn zu sein, wenn er mich so ansah. Mein Körper hatte wirklich eigene Pläne. Ich konnte spüren, wie Hitze von meinem Unterleib zwischen meine Schenkel schoss und mein Höschen durchtränkte. Ich versuchte das Pulsieren dort unten abzustellen, indem ich meine Beine fest zusammenpresste. Dieser dunkle Blick drang bis in meine Seele und verschlang mich. Und während er das tat, flüsterte er mir düster zu: »Ich will mit dir schlafen.« Und etwas in mir reagierte darauf und wollte sich ihm hingeben. Ich schüttelte nervös den Kopf und sah Bob an.

»Ja, ich mag Musik. Früher hab ich gerne gesungen und auch Gitarre gespielt. Aber das ist Ewigkeiten her.«

»Ich erinnere mich«, sagte Kathrin. »Du warst gar nicht so schlecht.«

»Du kannst singen?« Bob wirkte ehrlich überrascht.

»Konnte. Nur für mich und manchmal für meine Mutter oder Kathrin.«

Der Song endete und Bob drückte wieder Knöpfe. »Nicht schlecht, Jungs«, sprach er in ein Mikrofon und Ian und Conner nickten.

Ians Blick wanderte wieder zu mir. Und ohne dass er etwas hätte sagen müssen, wusste jeder, der mit mir im Raum saß, genau, was Ians Augen mir signalisieren wollten.

Kathrin sah grinsend von Ian zu mir und wieder zu Ian. »Ich will ja nicht viel sagen, aber du hast eindeutig sein Interesse geweckt. Oder auch etwas anderes«, deutete sie grinsend an.

Ich boxte ihr in den Oberschenkel. Ians Stimme setzte erneut ein. Diesmal sang er etwas sehr Langsames.

»Du solltest mitkommen zu *T in the Park*.«

»Nein. Selbst wenn ich nicht hier festsitzen würde, könnte ich nicht.«

Kathrin kniff die Lippen zusammen und lächelte aufmunternd. »Bis zum Wochenende wirst du nicht mehr hier festsitzen. Und du wirst keine Ausrede haben. Jetzt, wo ich dich wiedergefunden habe, lasse ich dich nicht einfach wieder gehen. Du kommst mit!«

Ich stöhnte. Warum sollte ich mich jetzt mit ihr streiten? Ich sah ohnehin kaum eine Chance, dass diese Sache mit dem Ripper sich innerhalb einer Woche klären würde, also zuckte ich nur mit den Schultern. Kathrin nahm das wohl als ein Ja und lächelte zufrieden.

Ians Lippen strichen über das Mikrofon und in meiner Fantasie taten sie das gleiche mit meinen Lippen. Ich erschauderte. *Denk an deine Wut*, erinnerte ich mich. *Er ist das Böse. Der Teufel.* Leider schürte die Vorstellung, dass er ein Bad Boy war, mein Verlangen nach diesem Mann nur noch mehr, statt es abzustellen. Okay, dann eben hinsehen und genießen. Nur weil dieser Körper mich bis in die kleinste Zelle zum Beben brachte, hieß das noch lange nicht, dass ich mich ihm hingeben musste. Nicht in diesem Leben. Aber gucken war erlaubt.

6. Kapitel

Michelle stand neben Ian, der marinierte Steaks auf den heißen Gasgrill legte. Eine warme Abendbrise trug den Duft von gebratenem Fleisch und Gemüse zu uns anderen Frauen an den Tisch herüber. Die Männer hatten darauf bestanden, dass wir Frauen uns an diesem Abend von ihnen verwöhnen lassen sollten. Natürlich erst, nachdem wir verschiedene Salate und Sandwiches zubereitet hatten. Und ich vermutete, das Verwöhnen beinhaltete auch nicht den Abwasch, der im Anschluss an dieses Barbecue in der Küche warten würde.

Ians und Michelles kleine Tochter war ein hübsches kleines Mädchen, das Ians Augen- und Haarfarbe geerbt hatte. Sie saß mit uns am Tisch und lachte fröhlich, weil wir mit ihr Würfelspiele spielten.

»Ihr wohnt jetzt alle hier im Haus?«, wollte sie von Theresa wissen, die sie sofort in ihr Herz geschlossen hatte und schon nach zehn Minuten und einem Muffin glücklich Oma nannte.

»Ja, vorerst.«

»Ich würde auch gerne hier wohnen, aber Papa sagt, das geht nicht, weil ein Mädchen nicht mit so vielen Männern allein wohnen darf. Aber jetzt seid ihr ja auch hier, dann bin ich nicht mehr das einzige Mädchen.«

Ian beobachtete uns und wartete wohl darauf, dass wir eine Ausrede für seine Tochter parat haben würden. Ich erwog ernsthaft, Tamara einzuladen, im Haus zu übernachten, nur um Ian zu ärgern. Aber es war schon ein Risiko, dass sie heute zum Barbecue hergekommen waren. Leider hatte Michelle sich nicht davon abhalten lassen.

»Dummerweise haben wir jetzt gar kein Bett mehr frei. Aber vielleicht beim nächsten Mal«, sagte ich daher zu Tamara und streichelte ihr tröstend über den zarten Unterarm.

»Ich könnte doch in Papas Bett schlafen, oder in deinem?« Tamara sah mich mit wässrigen Augen bittend an und ich wusste nicht, was ich ihr entgegnen sollte.

Darren sprang ein, wenn auch etwas fragwürdig. Er setzte sich neben mich und beugte sich über den Tisch. »Die Emma schläft heute Nacht in meinem Bett. Sie hat kein eigenes, weil in ihrem Frank schläft. Und dein Papa, der hat morgen einen ganz wichtigen Tag, weswegen er gut ausgeruht sein muss.«

»Außerdem kannst du doch deine Mama nicht allein nach Hause gehen lassen. Du weißt doch, dass sie sich in der Nacht fürchtet«, fügte Frank an und stellte einen Teller mit fertiggegrilltem Fleisch und Gemüse in die Mitte des Tisches.

»Ja und vielleicht schläft Emma ja auch nicht bei Darren, sondern lieber bei deinem Vater«, fügte Ian an und erntete ein abfälliges Grinsen von Michelle.

»Wäre ich an Emmas Stelle, würde ich deinem Daddy eher einen Eimer Wasser in sein Bett kippen, als mich neben ihn zu legen.« Sie funkelte mich giftig an. »Wahrscheinlich würde sie sich ohnehin viel lieber ihrem neuen Freund mit der Videokamera ausliefern, statt dem alten, der ihr Herz gebrochen hat.«

Meine Kehle schnürte sich zu und ich suchte verzweifelt einen Punkt, zu dem ich hinsehen konnte. Nur keins der erstarrten und peinlich berührten Gesichter der Menschen um mich herum ansehen.

»Michelle«, knurrte Ian und zog sie weiter vom Tisch weg.

Frank entschuldigte sich bei mir. »Ich weiß zwar nicht, um was es hier ging, aber es tut mir leid. Michelle kann manchmal ein echtes Miststück sein.«

»Frank«, ermahnte ihn meine Mutter und wies mit dem Kopf zu Tamara, die ängstlich zwischen uns hin und her sah.

»Tut mir leid, kleines Mädchen. Onkel Frank kann auch manchmal ein Miststück sein«, sagte er und lächelte Tamara aufmunternd an. »Erwachsenenprobleme. Du weißt doch, Erwachsene sind nicht so schlau wie Kinder.«

Tamara nickte und sah sich nach ihren Eltern um, die die Terrasse verlassen hatten und ein paar Meter in Richtung eines kleinen, idyllischen Teichs mit einem Springbrunnen in der Mitte gelaufen waren. Ian redete auf Michelle ein und die gestikulierte wild zurück. Ian wirkte selbst von hier aus zornig, als sein Blick mich traf, dann sah er wieder weg, sagte noch etwas zu Michelle und kam mit großen Schritten auf mich zu. Packte mich am Oberarm und zerrte mich ins Haus, weiter durch das große Esszimmer mit dem langen Tisch hindurch und in die Küche, wo uns keiner mehr sehen konnte.

»Darum geht es also?«, knurrte er mich regelrecht an.

Ich zog verständnislos die Augenbrauen hoch. »Worum?«

»Die Sache in der Schule. Es geht um das, was ich zu dir gesagt habe. Deswegen bist du sauer auf mich.«

Ich nickte. »Was hast du denn erwartet? Du hast mich wochenlang angelächelt, mit mir geflirtet, mir Briefchen geschickt und dann stellst du mich vor der gesamten Schule bloß. Du hast mit meinen Gefühlen gespielt und mich verletzt. So sehr, dass ich bis heute ein kleines Problem damit habe, Männern, und ganz speziell dir, zu vertrauen.« Bei dem Wort »dir« stieß ich ihm meinen Zeigefinger gegen seine muskulöse Brust.

Ian sah mich nachdenklich an und setzte sich auf die Arbeitsplatte neben der Spüle. Ich hatte mich gegen die Lehne eines Stuhls gelehnt und versuchte, nicht zu nervös zu wirken.

»Ich hatte keine Ahnung, dass dich das so sehr verletzt hat.« Die Wut, die Michelle verursacht hatte, war aus seiner Stimme gewichen und er klang jetzt eher traurig.

»Nun ja, Überraschung«, schnaubte ich und warf die Hände hoch. »Du hast mir das Herz gebrochen, denn zufälligerweise war ich damals wie irre in dich verknallt. *Damals!*«, betonte ich.

»Davon hatte ich auch keine Ahnung.« Er lächelte mich schief an und dieses Lächeln ließ meinen Magen heftig flattern.

»Dann wäre das ja jetzt geklärt.« Ich wandte mich wütend ab und wollte gehen, doch Ian war schneller und hielt mich fest. Er zog an meinem Arm und ich stolperte auf ihn zu. Geradewegs zwischen seine Oberschenkel.

»Ich hab es für Michelle getan. Sie war damals schon schwanger und hat damit gedroht, das Baby wegmachen zu lassen, wenn ich nicht aufhöre, mit dir zu flirten.«

Erstaunt sah ich zu Ian auf und suchte in seinem Gesicht nach einem Hinweis darauf, dass er mich schon wieder reinlegen wollte, aber er schien völlig ehrlich zu sein.

»Ich dachte, du kannst dich nicht an mich erinnern?«

»Das war gelogen.«

Ich entzog Ian meinen Arm. »Warum?«

»Ich weiß nicht. Vielleicht wollte ich cool wirken. Oder ich war einfach feige und wollte dieses Gespräch umgehen. Um ehrlich zu sein, ich habe dich nie ganz vergessen.«

Ich sah ihn zweifelnd an.

»Es tut mir leid. Das musst du mir glauben!«

Ihm glauben? Das konnte ich noch nicht. Ich musste erst einmal gründlich über das, was er mir erzählt hatte, nachdenken. Verwirrt befreite ich mich und ging, ohne Ian noch einmal anzusehen, zurück zu den anderen.

Michelle hatte inzwischen meinen Platz neben Kathrin eingenommen und sah mich mit zusammengekniffenen Lidern an. Ich wusste nicht, was ich tun oder sagen sollte, also stellte ich mich einfach zu Darren, der das Grillen übernommen hatte, um Abstand zwischen mich und Michelle zu bekommen.

Sie war also so eifersüchtig gewesen, dass sie mit einer Abtreibung gedroht hatte. Ich beobachtete die kleine Tamara. Das arme Mädchen. Von der Mutter als Druckmittel missbraucht. Aber wenn Michelle zu einem solchen Druckmittel greifen wollte, hatte Ian in mir vielleicht doch mehr als ein Spielzeug gesehen? Der Gedanke spülte Wärme in mein Herz und ließ Schmetterlinge durch meinen Bauch flattern. Gleichzeitig wurde mir vor Abscheu übel. Wie konnte jemand mit Abtreibung drohen, nur um den Vater nicht zu verlieren? Wenn Michelle zu so was fähig war, zu was war sie noch fähig? Und Ian, er hatte für das Leben seines Kindes alles aufgegeben, auch mich. Auch wenn die Konsequenzen für mich schmerzhaft gewesen waren, so musste ich doch zugeben, dass Ians Kampf um sein Kind mich berührte und meinen Entschluss, ihm auf ewig zu misstrauen, erheblich wanken ließ. Wie viele Männer dieses Alters standen schon so unverrückbar hinter einem Baby?

»Alles geklärt?«, hakte Darren nach.

»Zumindest bin ich etwas schlauer«, gab ich zurück.

»Vielleicht willst du heute Nacht doch bei mir schlafen. Ich bin gut im Trösten.« Darren legte einen Arm um meine Taille und zog mich an seinen Körper. »Oder hast du ein Problem mit älteren Männern?«, flüsterte er mir dunkel ins Ohr.

Ian stand an der Terrassentür und beobachtete uns. Ich war unsicher, wie ich reagieren sollte. Mir war eigentlich danach, mich von Darren loszumachen, aber Ians finsteres Gesicht freute mich auch. Also legte ich auch einen Arm um Darren, stellte mich auf Zehenspitzen und flüsterte zurück: »Ältere Männer haben auch ihren Reiz.«

Darren lachte laut und ließ mich los, um Folienkartoffeln vom Grill zu nehmen. Als er damit fertig war, wandte er sich wieder mir zu.

»Leider kann ich dir das gar nicht glauben. Es ist nicht zu übersehen, wie zwischen dir und Ian die Funken fliegen. Ich hab Michelle noch nie so eifersüchtig erlebt.«

Aufgebracht holte ich Luft und starrte Darren erschrocken an. »Da funkt nichts«, protestierte ich.

»Es ist nicht zu übersehen. Sei aber lieber vorsichtig! Michelle macht dir sonst das Leben zur Hölle.«

»Das wäre dann nichts Neues«, entgegnete ich schnippisch. »Aber ich dachte, sie sind nicht mehr zusammen? Oder nur noch Freunde mit Extras. Sagt man das nicht so?«

»So sieht Ian das vielleicht. Michelle sieht das anders. Das Problem ist wohl, dass er sie immer wieder an sich ranlässt.«

Ich nickte verstehend. »Solange er das tut, wird sie nie verstehen, dass zwischen ihnen nichts Ernstes mehr läuft. Eigentlich ist das verdammt unfair von Ian.« Nicht, dass ich Mitleid mit Michelle gehabt hätte. Aber ich fand es auch nicht richtig, dass Ian Michelle auf diese Art benutzte. »Vielleicht ist es Ian nur nicht klar, dass er sie doch nicht gehen lassen kann. Vielleicht fühlt er doch noch mehr für sie, als er sich selbst eingestehen will«, überlegte ich laut.

Darren sah mich fragend an. »Glaubst du das wirklich?« Er lachte.

»Okay, du hast wohl recht.« Hinsichtlich der Groupies, mit denen er sich auch noch so vergnügte, war es wohl eher fragwürdig, dass Ian noch immer ernsthafte Gefühle für Michelle hegte.

Darren nahm die letzten Steaks vom Grill und drehte die Gasflammen aus. »Lass uns an den Tisch gehen, bevor die anderen den Salat gegessen haben! Ich hatte schon Ewigkeiten kein selbstgemachtes Essen mehr.«

»Das stimmt nicht. Ich habe heute Morgen erst Eier gemacht«, wies ich ihn hin und grinste breit.

»Du hast doch wohl nicht geglaubt, dass ich davon was abbekommen habe?«

»Dann solltest du morgen früh eher aufstehen!«, sagte ich lachend und boxte Darren in den Oberarm. Der stellte den Teller auf dem Tisch ab, packte mich und warf mich über seine Schulter.

»Mädchen, dafür gehst du im Teich baden.«

Ich quiekte und strampelte, bis er mich schnaubend herunterließ.

»Alte Männer sollten sich nicht so anstrengen«, sagte ich keuchend und rannte vor Darren weg, der mich sofort verfolgte.

»Hast du gerade gesagt, ich bin alt?«

Ich rannte in einem Bogen um die Terrasse und setzte mich dann schnell auf den letzten freien Stuhl. Als Darren am Tisch ankam, grinste ich ihn breit an. »Das war als Kompliment gemeint.«

Darren sah Ian an, der etwas Unverständliches murmelte und mich mit traurigen Blicken taxierte.

»Was?«, wollte ich wissen.

»Nichts«, knurrte er, nahm sich ein großes Steak und begann mit finsterer Miene zu essen. Für den Rest des Barbecues erntete ich von Ian immer mal wieder einen grimmigen Blick, ansonsten ignorierte er mich. Ich hatte keine Ahnung, warum er plötzlich so wütend auf mich war. Aber ich hatte auch keine Lust, darüber nachzudenken.

Nachdem Kathrin und ich den Abwasch gemacht hatten (war ja klar, dass der an uns Frauen hängen bleiben würde), wusste ich nicht so recht, was ich mit dem Abend noch anfangen sollte. Erst überlegte ich, mir ein Buch aus einem der Regale unten zu holen. Dann dachte ich darüber nach, meine Emails zu überprüfen. Und während ich überlegte, was ich tun könnte, nur um nicht an den Ripper und das Damoklesschwert, das über meinem Kopf schwebte, nachdenken zu müssen, schlich ich durch das Haus und sah mich um. Irgendwann stand ich vor der Tür zum Aufnahmestudio und die Bilder vom Vormittag holten mich wieder ein.

Ich sah Ian vor mir, der seine E-Gitarre vor seinem nackten Oberkörper hielt. Auf seiner linken Brust hatte ich die Tätowierung eines flammenden Herzens ausgemacht, das umgeben war von Schrift, die wirkte wie eine Seite aus einem Notizbuch. Auf die Entfernung hatte ich nicht lesen können, was da stand. Und eigentlich hatte ich auch nicht darüber nachgedacht, doch jetzt fragte ich mich, was dort wohl geschrieben stand.

Ich öffnete die Tür und ging einfach in den Raum hinter der Glasscheibe. Ians rote *Fender Stratocaster* lehnte an einem Verstärker. Es war einige Zeit her, seit ich eine E-Gitarre in der Hand gehalten hatte. In unserer kleinen Wohnung in Edinburgh hatte ich noch eine Konzertgitarre, auf der ich manchmal spielte und Summer hörte mir dann zu.

Ich nahm die Strat und hängte sie mir um. Bei dem Gedanken, dass die Rückseite so nahe wie kaum etwas anderes mit Ians Körper verbunden war, dass sein Schweiß an jedem Zentimeter dieser Gitarre klebte, stieg Hitze in mir auf und das dringende Bedürfnis, das lackierte Holz mit meiner nackten Haut berühren zu können. Für einen Moment gab ich diesem Bedürfnis nach, schloss die Augen und strich über die Rückseite der Stratocaster. Dann riss ich mich zusammen und setzte mich auf das schwarze Ledersofa in der Ecke. Die Gitarre legte ich auf meinem Oberschenkel ab. Sie war nicht mit dem Verstärker verbunden, weswegen ich keine Angst haben musste, dass mich jemand hörte.

Ich spielte ein paar leise Akkorde. Dann versuchte ich mich am berühmten Riff von »Smoke on the Water« von *Deep Purple*. Nach einigen Fehlversuchen, bekam ich es endlich zusammen und freute mich wie ein kleines Kind. Darüber, dass ich mich freute, konnte ich nur den Kopf schütteln, denn eigentlich war es traurig, dass ich so viel verlernt hatte. Mein Vater hatte mir das E-Gitarrespielen beigebracht. In seiner Jugend war er selber Leadsänger einer Band gewesen, die kleine Gigs überall in Schottland hatte. Wenn ich jetzt darüber nachdachte, wunderte es mich, dass er heute ein so strenger und langweiliger Mensch war.

Ich wechselte zum Riff von »Carry on my wayward Son« von *Kansas*. Zufrieden stellte ich fest, dass ich mit jeder Minute wieder mehr reinkam. Ich sollte zumindest hinsichtlich des Gitarrenspiels meine Wut auf meinen Vater vergessen. Immerhin hatte mich das Erlernen täglich eine Stunde meiner Freizeit gekostet, obwohl ich erwähnen sollte, dass es mir das wert gewesen war. Denn ich verbachte die Stunde mit meinem Vater. Und damals bedeutete mir diese ganz persönliche, gemeinsame Zeit mit ihm noch alles.

»Du spielst Gitarre?«

Erschrocken fuhr ich zusammen. Ian kam mit ernstem Blick auf mich zu und setzte sich neben mich. »Das mit Michelle tut mir leid«, sagte er leise.

Sein Oberschenkel berührte meinen, so nah saß er neben mir. Erst prickelte nur die Stelle, wo sein Schenkel meinen berührte, doch dann sah ich zu ihm auf, direkt in seine Augen und ich konnte seinen warmen Atem auf meinem Gesicht spüren und mein ganzer Körper begann zu prickeln vor Nervosität. Mir wurde ganz flau im Magen und ich schluckte trocken, bevor ich verlegen auf die Gitarre sah und nervös meine Finger zu einem Akkord auf die Saiten eines Bundes legte. Das Ganze war schwierig, weil das Griffbrett der Gitarre vor Ians Oberkörper schwebte. Also rutschte ich etwas von ihm ab, ohne befürchten zu müssen, dass er denken könnte, ich täte das, um seiner Nähe zu entkommen. In Ians Augen blitzte es trotzdem belustigt auf.

Er griff nach einer grünen Strat und legte sie sich auf den Oberschenkel. »Zeig mal, was du kannst! Fünf Riffs in Folge?«

»Ich hab eine Weile nicht mehr gespielt.«

»Keine Sorge, ich werde nicht lachen.« Er setzte sich so, dass wir uns fast gegenübersaßen und nannte mir fünf der bekanntesten Gitarrenriffs. »Kennst du alle?«

Ich nickte. Ian zählte leise bis drei und wir spielten zusammen die Riffs. Ich verhaspelte mich zweimal, mehr, weil ich nervös war, als weil ich durcheinanderkam mit meinen Fingern. Beim dritten Anlauf hatte ich mich aber soweit, dass ich Ians Nähe vergaß und mich nur noch auf die Musik fokussierte und wir konnten alle Riffs ohne Fehler durchspielen. Ian setzte seine Gitarre ab und grinste.

»Gar nicht schlecht. Dein Vater hat dir das beigebracht?«

»Ja, woher weißt du das?«

»Ich hab eine alte Bandaufnahme von ihm. Er war brilliant an der Gitarre. Wirklich schade, dass er nicht mehr spielt. Warum hat er aufgehört?«

»Sein Vater hat ihn unter Druck gesetzt, glaube ich. Für Großvater stand immer fest, dass sein Sohn gefälligst einen Beruf ausüben sollte, der zukunftssicher war.«

»Ja, das kenne ich. Aber mich hat nie interessiert, was mein Vater gesagt hat. Ich hab mein Studium beendet, das hat ihn schon glücklich gemacht. Und nebenbei habe ich mich immer auf die Band und die Musik konzentriert.«

»Ich hatte keine Ahnung, dass du eine Band hast. In der Schule war das nie ein Thema«, stellte ich fest und zupfte an den Gitarrensaiten.

»Damals war das auch wirklich noch nicht geplant. Das war vielmehr Zufall. Kiran und Conner waren auf dem gleichen College wie ich. Die Band gab es schon. Ihr damaliger Leadsänger ist ausgestiegen. Irgendein Hai einer Plattenfirma hatte einen ihrer Auftritte in einem Pub gesehen und fand, dass Daniel auch ganz gut ohne die Band dran wäre. Daniel unterschrieb einen Vertrag und stieg aus der Band aus. Ich hab Kiran auf einer Party kennengelernt. Bis dahin wusste ich selbst nicht, dass ich einmal in einer Band singen würde. Klar war die Musik mir immer wichtig. Aber eher nur für mich. Ich habe nie darüber nachgedacht, eine Musikkarriere anzustreben, bis Kiran mich gefragt hat. Zu dem Zeitpunkt hatte *Wild Novel* schon einige Fans aber noch keinen Vertrag. Der folgte als Frank mitbekam, was ich da trieb, statt mich auf mein Studium zu konzentrieren. Durch Michelle und Tamara hatten wir manchmal Kontakt. Frank kannte die richtigen Leute. Wusstest du, dass er in der Band deines Vaters war?«

»Was? Nein, ich hatte keine Ahnung. Dad hat nie viel über diese Zeit gesprochen. Ich habe nur gemerkt, dass ihm etwas fehlte, wenn er mit mir zusammen gespielt hat.«

»Ja, wir haben Frank viel zu verdanken.«

Ich stellte die Gitarre ab und sah Ian ernst an. »Kannst du Michelle deswegen nicht den Rücken kehren?«

Ian kniff die Lippen zusammen. Seine hellblauen, fast grauen Augen schienen eine Nuance dunkler geworden zu sein. »Nein, ich weiß es nicht. Michelle weiß, dass zwischen uns nichts Ernstes läuft. Ich weiß nicht einmal, was genau da läuft. Vielleicht ist es zur Gewohnheit geworden. Oder es ist einfach »einfach« geworden.«

»Ich denke nicht, dass es für Michelle einfach ist. Für sie ist es mehr als nur Sex«, sagte ich und sah Ian direkt in die Augen. »Man merkt es ihr an. Sie hat die Hoffnung, dass du die Groupies irgendwann satt hast und dann bei ihr bleiben wirst.«

»Nein.« Ian schüttelte entschieden den Kopf. »Dazu ist zu viel vorgefallen. Ich hätte damals in der Schule schon einen Schlussstrich ziehen sollen. Aber ich konnte nicht, wegen des Babys. Bis dahin habe ich mich nie um einen anderen Menschen gesorgt, aber als sie mir gesagt hat, dass sie schwanger ist ... Etwas ist da mit mir passiert. Da war plötzlich dieses kleine, unsichtbare Wesen, das ein Teil von mir war.«

»Und sie hat deine Gefühle gegen dich verwendet.« Wenn ich Michelle noch mehr hassen und verwünschen konnte, dann jetzt. Sie hat Ian damals in eine Situation gedrängt, aus der er sich bis heute nicht hatte befreien können. Und ob es ihr bewusst war oder nicht, sich selbst schadete sie damit auch.

»Du musst sie gehen lassen! Wenn du das nicht tust, wird sie nie frei für eine neue Beziehung sein. Sie wird sich ewig an dich klammern und hoffen. Und du wirst ewig ihr Gefangener sein.«

»Ich weiß.« Ian sah mich traurig an. »Vielleicht lag es nur daran, dass sie nicht nur den Sänger in mir sieht. Alle anderen Frauen wollen nicht mit mir schlafen, sondern mit dem Rockstar. Ich denke, das hat mich immer abgehalten, sie gehen zu lassen. Der Traum, dass zumindest eine Frau Ian wollte, und nicht den Musiker.«

»Ich bin mir sicher, dass da draußen eine Menge Frauen sind, die nicht wissen, dass du Leadsänger in einer Rockband bist und die sich trotzdem sofort von ihrem Höschen trennen würden«, sagte ich und lachte.

Ian schüttelte die deprimierte Stimmung auch von sich ab, hob eine Hand und strich von unten nach oben über den Arm, mit dem ich mich auf der Sitzfläche des Sofas abstützte. Sofort züngelten kleine Flammen über meine Haut und das Atmen fiel mir schwerer. »Würdest du dein Höschen auch ausziehen?«

Ich zog meinen Arm weg und versuchte, meine Verlegenheit mit einem Kichern zu überspielen. »Vielleicht, wenn ich dich nicht kennen und es da nicht diesen Ripper geben würde, der eine Frau, mit der du geschlafen hast, umbringt, wenn ich dich an mein Höschen lasse.«

Ians Gesicht wurde für eine Sekunde wieder ernst, dann lächelte er. »Abgesehen von den offensichtlichen Problemen, die uns beide auseinanderhalten. Würdest du zulassen, dass ich meine Hand in den Bund deiner Hose schiebe, nur um zu schauen, ob sich da etwas für mich regen würde?«

Ian hatte eine Hand auf meinen Oberschenkel gelegt und ließ diese ganz langsam nach oben wandern. Diese einfache Berührung ließ mich erschaudern. Feuchtigkeit bildete sich zwischen meinen Beinen und meine Atmung ging flacher.

»Wenn ich dich nicht kennen würde und da nicht diese Geschichte zwischen uns schweben würde, die mein ganzes Leben beeinflusst hat, dann vielleicht. Aber selbst wenn ich jetzt, wo ich die Gründe dafür kenne, warum du mich so tief verletzt hast, darüber hinwegsehen könnte. Da hängt immer noch ein Menschenleben davon ab, dass du jetzt sofort deine Finger von meinem Bein nimmst.«

Ich hielt Ians Hand fest, bevor sie mein vor Sehnsucht pulsierendes Lustzentrum erreichte. »Und dann ist da immer noch Michelle. Ich könnte nie mit einem Mann etwas anfangen, solange dieser noch eine wie auch immer geartete Beziehung mit einer anderen Frau hat.« Das könnte ich keiner Frau antun. Nicht mal Michelle. Ich hatte gesehen, wie sehr es meine Mutter verletzt hatte, zu erfahren, dass Dad sie betrogen hatte.

Ich stand auf, wäre fast über die Gitarre gestolpert, die neben mir an dem Sofa lehnte und verließ das Studio. Bevor ich es durch die Tür in den Korridor schaffte, holte Ian mich ein. Seine Hand lag auf meiner, die den Türgriff umfasste und verhinderte, dass ich die Tür weiter öffnete. Stattdessen zog er sie wieder zu. Die Hitze seines Körpers durchdrang meine Kleidung und verbrannte meinen Rücken. Ich hatte aufgehört zu atmen, als er seine Hand auf meine gelegt hatte. Jetzt saugte ich meine Lunge mit Sauerstoff voll, um dann flach und zitternd weiter zu atmen.

Ians zweiter Arm legte sich um meine Taille und presste mich näher an seinen Körper. Ich hatte den Eindruck, jede Wölbung seiner Muskeln, seine Rippen, jeden heißen Zentimeter seines Körpers in meinem Rücken zu spüren. An meinen Po drängte sich seine Erektion und jagte Stromstöße durch meinen Körper. Ich konnte mich nicht daran erinnern, jemals durch eine bloße Umarmung so erregt worden zu sein. Ein leises Stöhnen floh über meine Lippen. Mein Herz hämmerte hart gegen meinen Brustkorb.

Ians Hand löste sich von meiner und dem Türknauf und strich mein Haar über meine Schulter zurück. In dem Moment, als ich mich mit einem geflüsterten »Ian« aus seiner Umarmung befreien wollte, konnte ich die feuchte Hitze seiner Lippen auf meinem Nacken spüren. Er strich meinen Hals aufwärts, sog mein Ohrläppchen in seinen Mund und strich mit seiner Zungenspitze darüber.

»Angenommen, du könntest darüber hinwegsehen, wie tief ich dich verletzt habe. Der Irre würde niemals erfahren, was sich innerhalb dieses Hauses abspielt. Und ich hätte Michelle heute Abend nach Hause gefahren und ihr gesagt, dass unsere Beziehung sich in Zukunft nur noch auf Tamara beschränkt, würdest du mich dich dann gegen diese Tür drängen lassen und dich für mich von diesen Klamotten trennen?«, hauchte er in mein Ohr. Eine seiner Hände legte sich breit auf meinen Unterleib und drückte meinen Hintern gegen seine Härte. Ich erschauderte und meine Knie wurden so weich wie Gummi. Zwischen meinen Beinen zog es und ich wurde von dem Bedürfnis überwältigt, seine Hand weiter nach unten zu schieben, sie gegen den pulsierenden Punkt zu pressen, der um Aufmerksamkeit bettelte. Ich war drauf und dran zu verlieren.

Es wunderte selbst mich, woher ich den Willen nahm, aber ich löste mich von ihm und wandte ihm mein Gesicht zu. In seinen Augen wütete ein Sturm, der mir den letzten Überlebensfunken fast wieder genommen hätte. Aber ich leckte mir entschlossen über die Lippen und sagte mit heiserer Stimme: »Angenommen, du hast das wirklich getan, dann würde ich dich bitten, mich darüber nachdenken zu lassen.« Es kostete mich jedes bisschen Kraft, mich von ihm abzuwenden und mit zittrigen Beinen das Studio zu verlassen.

In meinem Zimmer angekommen, lehnte ich mich erleichtert gegen die geschlossene Tür und atmete mehrmals tief durch. Noch immer flutete Hitze durch meine Venen. Kühle Feuchtigkeit zwischen meinen Beinen erinnerte mich daran, wie sehr Ian MacLeod mich erregt hatte. War ich überhaupt schon jemals so heiß gewesen?

Dieser Mann übte eine Anziehung und Faszination auf mich aus, die nicht gut für mich war. Jedes Mal, wenn wir aufeinander trafen, verbrannte ich innerlich und nichts blieb mehr übrig als einem Häufchen sich nach Erlösung verzehrender Asche.

Eine kalte Dusche würde mir jetzt guttun, aber ich wagte es nicht, noch einmal mein Zimmer zu verlassen. Die Angst, ich könnte Ian begegnen, war größer als das Bedürfnis, zu duschen. Wenn ich ihm jetzt noch einmal auf dem Flur über den Weg laufen würde, würde ich meinen Kampf aufgeben. Mein Wille war nicht halb so stark, wie ich immer geglaubt hatte. Und eigentlich war ich sogar immer der Überzeugung gewesen, würde ich jemals wieder auf Ian MacLeod treffen, würde alles andere passieren, als dass ich mich ihm an den Hals werfen wollte. Aber ich hatte nicht damit gerechnet, dass dieser Ian ein so unglaublich anziehender, gefährlicher und erregend arroganter Mann geworden war.

7. Kapitel

In dieser Nacht vermischten sich Bilder von gefesselten und gefolterten Frauen mit erotischen von Ian und mir in meinen Träumen. Immer wieder erlebte ich die Szene im Aufnahmestudio, in der Ian mich in seinen Armen gehalten hatte. Schweißgebadet erwachte ich am späten Vormittag. So lange schlief ich eigentlich nie, aber vielleicht hatte mein Körper diese Pause gebraucht.

Da alle schon gefrühstückt hatten, musste ich heute Morgen keinen Kaffee kochen. Kathrin und Theresa hatten sogar schon den Abwasch erledigt. Ich hatte also Zeit, meine E-Mails abzurufen. Mit meinem Laptop setzte ich mich an den Sekretär in meinem Zimmer und begann mein sonst alltägliches Ritual. Ich sah das Mailpostfach des Ladens durch, obwohl ich wusste, dass Summer sich darum kümmerte, solange ich nicht da war. Kurz überlegte ich, Summer über das in Kenntnis zu setzen, was hier passierte, entschied mich aber doch dagegen. Ich wollte sie nicht unnötig verängstigen.

Als ich Facebook aufrief, erwartete mich der erste Schock am diesem Tag. Ich hatte eine Freundschaftsanfrage von »The Ripper«. Jeder andere hätte den Namen wohl lustig gefunden, mir jagte er eine Gänsehaut ein und beschleunigte meinen Herzschlag. Mein erster Impuls war: abweisen. Aber bevor ich klickte, trieb mich ein innerer

Zwang dazu, das Profil von »The Ripper« aufzurufen. Das Banner im oberen Bereich zeigte leere Handschellen, die an einer Wand befestigt waren, die fast in der Dunkelheit versank. Nur die Handschellen waren klar zu erkennen. Das Profilbild zeigte die Maske, die ich im Umschlag gefunden hatte. Kein Zweifel »The Ripper« war der Ripper. Facebook vor zwei Tagen beigetreten.

Der einzige Eintrag im Profil war an mich persönlich gerichtet: »Hallo Emma, ich bin jetzt auch bei Facebook.«

Ein Schrei arbeitete sich meine Kehle hoch und wurde vom Kloß aufgehalten, der sich schon in meinem Hals gebildet hatte. Ein leises *Bing* riss mich aus meiner Schockstarre und kündigte mir eine Chatnachricht an. Mit zitternden Fingern klickte ich auf das kleine Chatfenster am unteren Rand.

»Geliebte Emma, ich habe einen Auftrag für Dich. Geh in Dein Zimmer, verrate niemandem etwas hiervon! Pack Dein Handy und Deinen Laptop ein und fahr mit dem Wagen Deiner Mutter zu ihrem Haus! Bleib im Haus, bis ich mich wieder bei Dir melde! Tust Du das nicht, stirbt meine kleine Freundin. LG Dein persönlicher Ripper«

Das grüne Licht, das anzeigte, dass jemand online war, erlosch. Minutenlang saß ich regungslos vor dem Monitor und starrte auf die Nachricht, bevor ich mit einem Ruck aufwachte und hastig begann, meinen Laptop in der Reisetasche zu verstauen.

Heiße Tränen liefen mir über die Wangen. Ich wusste, diese Nachricht hatte nur den Zweck, mich aus der Sicherheit von Glenoak Hall zu treiben. Kurz dachte ich darüber nach, einfach hierzubleiben. Was ging mich schon das Schicksal dieser Fremden an? Aber schon die Vorstellung, dass ein Mensch meinetwegen sterben könnte, ließ meinen Verstand überlaufen. Ich wollte und konnte nicht schuld am Tod eines anderen Menschen sein. Nicht einmal dann, wenn ich ihn nicht kannte. Trotzdem flüsterte eine leise und giftige Stimme in mir dieser Tara zu: »Selbst schuld, was schläfst du auch mit einem MacLeod?«

»Was zur Hölle tust du da?«, donnerte Ians Stimme von der Tür her. Sein Gesicht schien zu glühen vor Wut.

»Das siehst du doch, ich packe.«

Ian trat in das Zimmer und blieb auf der mir gegenüberliegenden Seite des Bettes stehen. »Und wo willst du hin?«

»Das geht dich gar nichts an.«

Ich zog den Reißverschluss der Tasche zu und das ratschende Geräusch durchschnitt die Stille mit einer schaurigen Endgültigkeit. Es schien zu sagen, das war es jetzt Emma Finnley. Du bist gerade dabei, dich einem Irren auszuliefern. Und das nur, um das Leben einer Fremden zu retten. Die Entschlossenheit, die ich extra für Ian an den Tag legte, fühlte ich keineswegs. Innerlich zitterte ich wie ein ängstlicher Chihuahua. Ich hängte mir die Tasche um und ging um das Bett herum in Richtung Tür.

Ian packte mein Handgelenk und sah mich zornig an. »Wohin?«, knurrte er.

»Weg von dir?«, entgegnete ich und meine Stimme verriet, dass ich meine Entschlossenheit nur spielte. Ians Augen blitzten mich unter halb geschlossenen Lidern hervor an.

»Vergiss es! Du bleibst!«

Verzweifelt zog ich an meinem Arm, was Ians Griff nur noch verstärkte. »Ich muss gehen«, sagte ich weinerlich und blinzelte gegen die Tränen an.

»Dann sag mir erst warum!«

Ich ließ die Tasche von meiner Schulter rutschen. Eigentlich war sie nicht schwer, doch im Moment fühlte sie sich an wie ein Felsen, der sich auf mich drückte. »Das kann ich nicht sagen.«

Ian schnappte sich auch meine zweite Hand, sodass ich ihm gegenüberstand. Ich starrte stur an ihm vorbei. Ich konnte ihm jetzt nicht in die Augen sehen. Womöglich würde ich mich einfach in seine Arme werfen, nur um ihn ein einziges Mal gespürt zu haben, bevor ich sterben musste.

»Dann lass mich raten! ER hat sich gemeldet.«

Ich schüttelte energisch den Kopf.

»Lüg mich nicht an! Du bleibst!«, befahl er so laut, dass mir der Tonfall seiner Stimme bis ins Mark ging. Mit einer schnellen Bewegung, die ich nicht hatte kommen sehen, warf er mich über seine Schulter und stapfte mit mir in sein Zimmer, wo er mich auf das Bett warf, noch bevor ich überhaupt wusste, was geschah.

Hastig trat ich mit beiden Füßen gegen seinen Brustkorb, was ihm ein erstauntes »Umpf« entlockte und ihn einen Schritt zurücktaumeln ließ. So schnell ich konnte, richtete ich mich auf und versuchte, über das Bett zu krabbeln und ihm zu entkommen. Ians Finger schlossen sich um meinen Knöchel und hielten mich fest.

Ich wand mich zurück auf den Rücken und holte aus, um ihm mit dem noch freien Fuß einen weiteren Tritt zu verpassen. Ians Blick verdüsterte sich. »Wag es ja nicht!«

Ich stoppte in der Bewegung und beschloss, dass ich wohl gezwungen war, ihn doch einzuweihen. Er musste mich einfach gehen lassen, wenn er erfuhr, was der Ripper mir aufgetragen hatte, und was meine Weigerung für Konsequenzen nach sich ziehen würde. »Wenn ich nicht tue, was er will, wird er Tara töten«, sagte ich und sah ihn flehend an.

Ian zögerte einen Moment, dann wurde sein Griff wieder fester. Er zog mich bis an den Rand des Bettes und packte sich meine Handgelenke. »Und wenn du tust, was er verlangt, wirst du sterben. Und das wird nicht passieren.«

Plötzlich waren da Handschellen um meine Gelenke und einen Wimpernschlag später war ich an Ian MacLeods Bett gefesselt. »Das kannst du nicht machen«, schrie ich entrüstet und zerrte an den Handschellen, die durch meine Bewegungen in meine Haut einschnitten.

»Halt still, sonst tust du dir nur weh!«, befahl er und sah mit gerunzelter Stirn auf mich herab.

»Das ist Freiheitsberaubung«, kreischte ich ihn wütend an.

»Ich denke, der Versuch dein Leben zu retten, wird mein Strafmaß mildern.«

»Aber sie wird sterben!« Ich strampelte mit den Beinen und versuchte, nach ihm zu treten. Ian wich nur breit grinsend aus und lachte. In seinen Augen glitzerte es.

»Oh, dir macht das auch noch Spaß!«, keifte ich atemlos.

»Ja, irgendwie schon. Ich glaube, ich habe erst letzte Nacht davon geträumt, genau das mit dir zu tun. Und ich bin sicher, sterben wird sie auch, wenn du dich diesem Idioten auslieferst. Glaubst du wirklich, er lässt sie gehen? Überlass das gefälligst den Profis!«

Ich stellte meine Gegenwehr ein, als mir bewusst wurde, dass Ian recht hatte. »Und wer bitte hat Handschellen griffbereit an seinem Bett?«

Ian lachte laut auf. »Manchmal erweisen die sich als nützlich.«

Ich schüttelte mich bei der Vorstellung, in welchen Situationen die sich schon als nützlich erwiesen hatten. »Ekelhaft«, murmelte ich und Ian lachte noch lauter.

Er legte sich neben mich auf das Bett, lehnte den Kopf gegen die metallene Kopfstütze und verschränkte die Arme auf der Brust. Nachdenklich sah er auf mich herab. »Ich hatte noch nie so eine Wildkatze in meinem Bett«, stellte er fest, als ich ein letztes Mal kreischend an den Handschellen zog. »Mir gefällt dieser Anblick so sehr, dass ich in Erwägung ziehe, dich hier liegen zu lassen, bis dieser Idiot gefangen wurde.«

Wütend hob ich den Kopf und versuchte mit meinen Zähnen nach ihm zu schnappen, was natürlich ein sinnloses Unterfangen war, da er zu weit weg war.

»Was ist denn hier los?« Meine Mutter und Kathrin tauchten gleichzeitig in Ians Zimmer auf. Und weder meine Mutter noch Kathrin wirkten schockiert oder entsetzt. Beide grinsten breit und gackerten wie Hühner.

»Na endlich. Ich dachte schon, meine Tochter lässt sich nie von einem Mann einfangen.«

»Hier ist gar niemand eingefangen worden«, keifte ich zornig und strampelte.

»Für mich sieht das aber ziemlich eindeutig aus.« Kathrin strahlte mit meiner Mutter um die Wette. Neben mir lachte Ian so sehr, dass die Matratze unter uns bebte.

»Mach mich los!«, blaffte ich ihn an.

»Niemals.«

Ich knurrte wie wild. Alles lachte.

Peinlich! Jetzt kam auch noch Bob ins Zimmer gestürmt. »Ich wollte sie gerade davon abhalten, eine Dummheit zu begehen, aber wie ich sehe, warst du schneller.« Der Bär von einem Mann schnaufte außer Atem. Er hatte sich wohl wirklich beeilt.

»Stopp! Woher weißt du …«

»… warum du an Ians Bett gefesselt bist?« Mein Gesicht brannte vor Scham bei dieser Aussage. Bob zuckte verlegen mit den Schultern. »Wir überwachen deine E-Mailaccounts, dein Facebookprofil und die Website deines Ladens.«

»Was?«, kreischte ich aufgebracht. »Aber wie?«

»Scotland Yard«, sagte Bob, als würde das alles erklären. »Uns war klar, er würde versuchen, wieder mit dir in Kontakt zu treten. Ich denke, das beantwortet dann auch deine Frage: Nein, natürlich wirst du dieses Grundstück nicht verlassen. Wenn du das tust, haben wir bald zwei Leichen.«

Meine Mutter sah mich ungläubig an. »Sie wollte gehen?«

»Ja, das hatte sie vor. Sie ist der festen Überzeugung, dass der Ripper sein erstes Opfer gehen lässt, wenn sie tut, was er will«, meinte Ian.

»Du lässt sie an dieses Bett gefesselt!«, sagte meine Mutter zornig.

»Aber es ist sein Bett«, protestierte ich.

Meine Mutter wandte sich ab und zuckte mit den Schultern. »Vielleicht verbringst du dann mal mehr als nur eine Nacht mit einem Mann zusammen im Bett.«

Bob lachte laut auf und Ian sah mich mit hochgezogener Augenbraue an. Wenn ich gekonnt hätte, hätte ich trotzig die Arme vor der Brust verschränkt. Vertretungsweise streckte ich Ian die Zunge raus. »Und? Du bist doch wohl auch nicht gerade ein Fan von Beziehungen. Abgesehen von ziemlich ungesunden«, fügte ich an.

Die anderen verließen grinsend Ians Schlafzimmer und ließen mich mit ihm allein zurück. Gefesselt! An sein Bett! Ich konnte nicht fassen, dass meine Mutter das zuließ.

»Ja, da hast du wohl recht. Aber, vielleicht hab ich ja Lust, das zu ändern.«

»Laut Vertrag darfst du gerne wechselnde Beziehungen haben, aber keine festen«, erinnerte ich ihn.

»Aye, das stimmt wohl.« Ian seufzte. »Was denkst du? Würde es der Band wirklich schaden, wenn ich eine feste Freundin hätte?«

»Ja, wahrscheinlich schon. Sämtliche Mädchenträume wären dahin. Das kannst du den armen Dingern nicht antun«, sagte ich sarkastisch. »Wahrscheinlich wären eure Konzerte nur noch halb so gut besucht und eure CDs würden als Ladenhüter enden.«

Ian kniff die Lippen fest zusammen. »Denkst du, unsere Musik ist nicht gut?«

Ich sah ihm an, dass er eine ehrliche Antwort erwartete. Wahrscheinlich war er sogar ein wenig enttäuscht, von dem, was ich gesagt hatte. »Nein, ihr seid gut.« Ich zog an meinen Handschellen. »Jetzt, wo ich das gesagt habe, lässt du mich da gehen?« Ich stülpte die Lippen zu einem Schmollmund und sah Ian unter gesenkten Lidern hervor an.

Ian lachte, beugte sich über mein Gesicht und strich mir eine Haarsträhne aus den Augen. Dabei berührten seine Fingerspitzen meine Wange und schickten winzige Funken über meine Haut. »Ganz bestimmt nicht.« Ian stand auf und verließ das Zimmer, ohne noch etwas zu sagen. Ich fluchte innerlich. Wie konnte er es wagen? Dieser arrogante Mistkerl! Ich wollte ihm am liebsten etwas antun. Irgendetwas Schmerzhaftes. Leider fiel mir gerade nichts ein.

Um nicht darüber nachdenken zu müssen, was der Ripper diesem Mädchen antun würde, versuchte ich mich damit abzulenken, Ians Zimmer genauer unter die Lupe zu nehmen. Ian und die Anderen hatten wahrscheinlich ohnehin recht, wenn sie sagten, der Ripper würde die Frau nicht lebend davonkommen lassen.

Ians Zimmer unterschied sich kaum von meinem. Es gab nichts Privates im ganzen Raum, außer seiner Kleidung, die über einem Sessel hing, auf dem Schreibtisch lag und am Ende des Bettes darauf wartete, im Schrank verstaut zu werden. Mit einem diebischen Grinsen robbte ich so weit es ging an den Stapel gefaltete Wäsche heran und stieß sie einfach vom Bett. Der schwere doppeltürige Schrank und der Schreibtisch bestanden aus dunklem, eichefarbenem Holz. Nur das Metallbett wollte nicht so wirklich in diesen Raum passen. Es gab weder auf den beiden Nachttischschränken noch sonst wo im Raum Fotos. Ich hätte zumindest erwartet, eins von Tamara zu finden.

Nachdem ich meine Inspektion beendet hatte, starrte ich an die weiße Decke, starrte an die dunkelgrünen Vorhänge, starrte hoffnungsvoll zur Tür, sobald ich draußen Schritte hörte. Krampfhaft versuchte ich, nicht an den Ripper zu denken und daran, was er sich als nächstes einfallen lassen würde, um mich beschäftigt zu halten.

Denn was anderes war es nicht, das er mit seinen Nachrichten bezweckte. Spielte er nur mit mir, oder bereitete er sein nächstes Opfer nur langsam und qualvoll auf das vor, was noch kommen würde? Für eine kurze Zeit hatte ich mich auf Glenoak Hall mit all den Menschen um mich herum wohl gefühlt. Doch diese neue Nachricht hatte mir gezeigt, dass dem nicht so war. Meine Sicherheit war nur eine Illusion. Sie würde nur so lange anhalten, bis der Ripper keine Lust mehr hatte, das Spiel fortzusetzen. Ich konnte die Bedrohung regelrecht fühlen. Wie sie ihre Klauen nach mir ausstreckte, langsam immer näher kam.

Ich schüttelte den Kopf. Nein, das würde nicht passieren. Die Polizei würde diesen Mann finden und alles würde wieder sein wie immer. Vielleicht würde ich mit Summer sogar darüber lachen – nach ungefähr einer Flasche Rotwein und mindestens zwei Gläsern Whisky, die mich vergessen ließen, dass ein Mensch hatte leiden müssen, vielleicht sogar sterben.

»Es gibt doch nicht ein heißes Mädchen, dass nicht in diesem Bett landet.« Darren lehnte im Türrahmen, die Arme vor der Brust verschränkt, und schaute mich ernst an.

»Sehr witzig. Danke. Wenn du irgendeine Ahnung hast, wo der Schlüssel für diese Dinger ist, dann wäre ich dir sehr dankbar.«

Er stieß sich ab und kam näher. Einen Schritt vor dem Bett blieb er stehen, zog halbherzig ein Schubfach aus dem Nachttischschrank und warf einen kurzen Blick hinein. »Kondome, eine Packung Taschentücher, ein Foto von Tamara direkt neben den Kondomen - irgendwie doppeldeutig – eine Lederpeitsche und ein paar Nippelklammern.«

Ich schluckte. »Was?«

Darren schob das Fach wieder zu und sah zu mir. »Na ja, das sind solche Teile, die man ...«

»Ich weiß, was das ist!«, kreischte ich. »Er hat so was wirklich da drin?« Hinsichtlich der Tatsache, dass ich Handschellen um meine Gelenke trug, war das wohl nicht so weit hergeholt, trotzdem durchlief mich ein Schauder bei dem Gedanken, auf was für eine Art Sexspiele Ian stand. Er und Summer würden gut zusammenpassen.

Darren lachte. »Keine Angst, Kleine. War nur ein Spaß. Ich wollte die Panik in deinem Gesicht sehen.«

»Panik? Warum das denn?«, entgegnete ich verärgert.

»Nun ja, du liegst in seinem Bett. Glaubst du, er nutzt das nicht aus? Man sieht doch, dass es hier gewaltig knistert.«

»Mach mal halblang! Ich hab da ja wohl auch noch mitzureden. Und da knistert nichts.«

Darren sah mich selbstgefällig an. »Das hast du gestern schon behauptet. Ich glaub dir immer noch nicht. Aber wenn du das sagst ...«

»Richtig«, betonte ich und starrte ihm direkt in die Augen, um zu untermalen, was ich gesagt hatte. *Knistern, dass ich nicht lache!*

»Bob schickt mich. Er hat gemeint, ich soll dir sagen: Izz setzt sich in Theresas Haus und wartet auf den Irren. Vielleicht ist der ja wirklich so blöde und sie können ihn dort schnappen, hat er gesagt.«

Ich nickte. Zumindest beruhigte mich diese Nachricht etwas. Vielleicht kam der Ripper ja wirklich, weil er dachte, ich wäre im Haus und dann könnten sie ihn festnehmen und alles wäre vorbei. Ich konnte nicht verleugnen, dass ein Funken Hoffnung sich in mir breitmachte. »Danke.«

Darren beugte sich zu mir runter, nur so weit, dass seine Fingerspitzen meine Beine berührten und strich fast beiläufig über meine Wade. »Also dann, viel Spaß noch.« Er zwinkerte mir zu und ging.

»Viel Spaß noch«, murmelte ich zornig. Und ruckte noch einmal an meinen Fesseln. Hilflos ließ ich mich zurücksinken und starrte an die Decke.

»Wenn du dort oben Spinnweben entdeckt hast, meine derzeitige Haushälterin verbringt leider den ganzen Tag im Bett von irgendeinem Typen. Aber ich werde es ihr natürlich ausrichten.« Ian sah herausfordernd auf mich herunter. In der Hand hielt er ein Tablett mit duftendem Essen. »Die Steaks hat deine Mutter gemacht, ich bin mir ziemlich sicher, die sind genießbar. Leider kann ich das vom Salat nicht sagen, den hat Kathrin gemacht. Und ehrlich, wir sind schon froh, dass Darren sie in die geheimen Künste des Omelettekochens eingeweiht hat.«

Ich zuckte möglichst lässig mit den Schultern, was in meiner Lage leider nicht so einfach war. »Ich denke, ich geh das Risiko ein. Deiner Haushälterin bestell bitte von mir, dass Betten von irgendwelchen Typen überbewertet werden, besonders das Bett dieses speziellen Typen.« Ich versuchte mich aufzurichten, damit ich das Tablett über meine Beine stellen konnte, aber leider war das mit Handschellen einfach nicht möglich. »Wenn du willst, dass ich das esse, wirst du mich schon losmachen müssen«, giftete ich Ian an. Mit einem unverständlichen Brummen registrierte Ian den Wäschestapel, der auf dem Boden lag.

In Ians Augen funkelte so heiße Glut auf, dass sich mein Unterleib zusammenzog und ich irritiert seinem Blick auswich. »Wie wäre es, wenn ich dich angebunden lasse und stattdessen füttere?«

»Auf gar keinen Fall wirst du mich wie ein Kleinkind füttern«, keuchte ich auf.

»Nun gut, eine Hand«, sagte er. »Und die andere mache ich am Seitenrahmen fest. Nur zu deiner Sicherheit.«

»Das verstehe ich natürlich«, entgegnete ich sarkastisch. »Der große Kerl schafft es anders nicht, mit einer harmlosen Frau fertig zu werden.«

»Süße, du bist alles andere als harmlos.« Ian stellte das Tablett mit dem Mittagessen neben mich auf das Bett, zog einen kleinen Schlüssel aus seiner Gesäßtasche und löste die Handschellen vom Kopfteil des Bettes. Eine Handschelle löste er ganz, die zweite befestigte er wie versprochen an der Seite des Bettes. Zumindest konnte ich mich jetzt hinsetzen. Mit dem Rücken lehnte ich mich gegen mehrere Kissen, die Ian mir freundlicherweise in den Rücken schob, bevor er mir das Tablett über die Oberschenkel stellte.

»Was ist das?«, keifte ich erschrocken.

»Eigentlich hatte ich angenommen, dass gerade du dein eigenes Buch wiedererkennen würdest. Das, meine rothaarige Schönheit, ist »Gefangene eines Vampirs«.«

»Das sehe ich auch«, sagte ich zornig und zugleich peinlich berührt. Ich hatte absolut kein Problem damit, wenn die ganze Welt mein Buch las, aber bei der Vorstellung, Ian könnte es tun, wurde mein Gesicht rot vor Scham, heiß vor Wut und blass vor Panik. Wahrscheinlich würde er glauben, dass die expliziten Szenen in diesem Buch, meine tiefsten Sehnsüchte widerspiegeln würden. Genau genommen, taten sie das wohl auch ein kleines bisschen. Und genau aus diesem Grund hatte ich kein Bedürfnis danach, dass Ian erfuhr, was in diesem Buch stand. »Du willst es doch wohl nicht lesen? Wer hat dir das überhaupt gegeben?«

»Theresa. Sie war unheimlich stolz. Sie hat es uns allen beim Essen gezeigt. Und ich dachte, da wir beide hier an das Bett gefesselt sind, warum uns nicht mit einem spannenden und hoffentlich actiongeladenen Buch die Zeit vertreiben?«

»Gib es her!« Ich versuchte mit meiner freien Hand nach dem Buch zu greifen, ohne das Tablett umzuwerfen, doch Ian wich mit einem triumphierenden Grinsen aus. Actiongeladen, das war auch ein Grund, warum ich nicht wollte, dass er dieses

Buch las. Action kam darin nämlich keine vor. Zumindest keine, die Männer toll fanden.

»Hör auf zu zappeln! Ich werde dieses Buch lesen. Iss endlich, bevor alles kalt wird!«

Brabbelnd gab ich mich geschlagen, wahrscheinlich würde er ohnehin nicht bis zu den Stellen kommen, die er nicht lesen sollte. Andererseits wäre alles andere immer noch peinlich genug. Diese Art Bücher war nun mal für Frauen bestimmt. Männer würden nie verstehen, worum es darin ging.

Ich begann zu essen, aber schmecken konnte ich nicht viel. Zu nervös achtete ich auf jeden Atemzug und – so unauffällig wie ich nur konnte – auch auf jedes Zucken in seinem Gesicht, während Ian las. Die ersten Seiten hatte er schon umgeblättert und in Gedanken folgte ich jeder Szene, die er gerade las.

Erste Szene: Gregori, ein dunkler mächtiger Vampir stand auf einem Hügel, der über einem Dorf inmitten der Karpaten aufragte. Er betrachtete die weihnachtlich geschmückten Häuser und war auf der Suche nach seiner nächsten Mahlzeit. Da kommt Sarah aus dem Wald heraus, er hält sie auf, mustert sie und etwas regt sich in ihm. Gregori entführt sie einfach zu sich nach Hause.

War es das, was Ian gerade gelesen hatte, denn seine Mundwinkel zogen sich erst leicht nach oben, dann runzelte er die Stirn. Ian räusperte sich, warf mir einen kurzen Blick zu und sah mich fragend an. Mein Magen zog sich schmerzhaft zusammen.

»Als Sarah zu sich kam, lag sie weich und geborgen in einem Bett. Erst dachte sie, sie hätte nur geträumt. Dieser Fremde wäre nur ihrer Fantasie entsprungen. Doch als sich ihre Augen an die Dunkelheit gewöhnt hatten, konnte sie an den Umrissen der Möbel sehen, dass sie nicht in ihrem Zimmer in der Herberge war. Jemand räusperte sich und dann wurde eine Kerze angezündet.

Sarah setzte sich auf, zog die Decke schützend vor ihre Brust und drängte sich mit dem Rücken so nahe an das Kopfteil des Bettes, wie es ihr möglich war.

Gregori musste lächeln, als er sah, wie die Frau, die in seinem Bett lag, sich ängstlich wie ein Reh versuchte zu verstecken. Nichts könnte ihn von dieser Frau fernhalten. Ihr Blut war genauso köstlich wie ihr Duft. Nachdem er sie hergebracht hatte, hatte er sich einen winzigen Schluck aus ihrer Halsschlagader gegönnt. Fast war es ihm unmöglich gewesen, der Verlockung ihres Blutes zu widerstehen. Aber er hatte sich dazu gezwungen aufzuhören.

Die Frau schluchzte. Langsam schritt er auf sie zu, setzte sich neben sie auf das Bett. Sie war eine Versuchung. Ihr langes, blondes Haar fiel in warmen Wellen über ihre Schultern und verdeckte das Mal, das sie als die Seine kennzeichnete. Vorsichtig hob Gregori eine Hand, beugte den Oberkörper näher zu ihr und strich ihr das Haar über die Schulter zurück. Seine Hand ruhte auf ihrem Nacken. Mit dem Daumen strich er über die Bisswunde an ihrem Hals. Sie sah aus wie ein

Engel. Ein Engel in seinem Bett. Gregoris Blick glitt tiefer zu der Wölbung ihrer Brüste. Wohlgeformte Brüste, deren Konturen sich deutlich unter dem engen Stoff des moosgrünen Pullovers abzeichneten, der so wundervoll zu ihren großen Augen passte.«

Ian las die Szene laut vor und sah mich abermals fragend an. »Erklär mir, warum Frauen in ihren dunkelsten Fantasien darauf stehen, entführt zu werden!«

Ich rollte mit den Augen, war doch klar, dass er das fragen würde. Ich hoffte nur, dass ihn das Buch bald langweilen würde. Ich ließ mir Zeit damit, den Bissen Fleisch in meinem Mund zu kauen und dann herunterzuschlucken.

»Wir stehen nicht darauf, entführt zu werden«, verteidigte ich meine Geschlechtsgenossinnen. »Hierbei geht es doch gar nicht darum, entführt zu werden. Es geht darum, einem geheimnisvollen, unglaublich starken und sehr attraktiven Mann schonungslos ausgeliefert zu sein.«

»Interessant. Ihr habt also all die Energie in die Emanzipation investiert, die euch befreien sollte von der Unterdrückung des Mannes, nur um euch im Geheimen wieder dorthin zu sehnen?« Ian wirkte sichtlich verwundert.

Ich wand mich nicht nur innerlich, sondern auch körperlich, indem ich auf dem Bett herumrutschte. »Das ist nur eine Fantasie, etwas, wovon wir träumen. Es ist nur für kurze Zeit. Keine Frau würde sich auf ewig einsperren und bevormunden lassen. Ihr Männer habt doch auch eure Fantasien. Wie sieht es denn damit aus?«

»Wir träumen von einem Dreier mit zwei Frauen oder davon, zuzusehen, wie es zwei Frauen miteinander tun. Und ja, gelegentlich wünsche ich mir auch, eine Frau an mein Bett zu fesseln und so dafür zu sorgen, dass sie sich mir ausliefert. Aber das sind Dinge, weswegen mich kein Psychiater einsperren würde.«

»Du glaubst also, ich müsste zum Psychologen, nur wegen einer Geschichte, die ich geschrieben habe?« Ich trank das Glas Wasser, das auf dem Tablett stand in einem Zug und war froh, dass es erfrischend kalt war.

»Nein, das nicht. Aber du musst zugeben, das ist krank.«

»Pff«, machte ich und schob mein Essen mitsamt Tablett ein Stück von mir. Ich würde mit Ian nicht über Frauenfantasien diskutieren.

Ian stieg aus dem Bett, versicherte sich mit einem abschätzenden Blick, ob ich auch gut verwahrt war und nahm mir das Tablett ab. »Ich bring das nur schnell nach unten, dann muss sich deine Mutter nicht nach oben bemühen. Ich schätze unsere Zweisamkeit nämlich.«

»Ich kein bisschen.«

»Du meinst, du hast dich noch immer nicht mit deiner Situation abgefunden? Woran liegt es? An mir? Aber das hier müsste doch die Erfüllung deiner dunkelsten Fantasien sein? Du bist an das Bett eines Mannes gefesselt, ihm völlig ausgeliefert ...«

»Eines Mannes, ja. Aber nicht eines gefährlich gut aussehenden, unglaublich erotischen Mannes.«

Ian stellte das Tablett auf dem Boden ab, trat zu mir ans Bett – in seinen Augen glitzerte es – und beugte sich über mich. Ängstlich wich ich, so weit es die Handschellen zuließen, vor ihm zurück. Sein Gesicht kam meinem ganz nah, seine Hand legte sich in meinen Nacken und seine weichen, warmen Lippen auf mein Ohr. Mir stockte der Atem und ich spannte jeden Muskel vor Nervosität an.

»Du findest mich also nicht attraktiv?«, hauchte er heiser in mein Ohr.

Ich schluckte schwer. Mein erster Instinkt war: lügen. Aber ich brachte kein Wort über meine Lippen, stattdessen verriet mein zitternder Körper mich. Meine Brustwarzen drängten sich gegen den Stoff meines Shirts und rieben an Ians Oberarm. *Bitte lass es ihn nicht merken*, flehte ich.

»Vergiss nicht unsere Vorgeschichte!«, sagte ich bebend. Weil mich daran festzuhalten mein letzter Verteidigungswall war.

Ruckartig löste sich Ian von mir, in seinem Blick lag Zorn und Enttäuschung. »Wie du wünschst.« Er wandte sich ab, nahm das Tablett und ging. Mein Magen zog sich krampfhaft zusammen, weil mir selbst klar war, dass es falsch war, mich wieder auf diese Geschichte zu berufen. Er hatte mir gesagt, warum er es getan hatte. Und selbst ich musste gestehen, dass ich verstand, dass sein Baby zu retten vorging. Michelle hatte ihn erpresst. Am liebsten wollte ich mich ohrfeigen. Aber was hätte ich tun sollen?

Ians Nähe verwirrte mich. Er zog mich mit einer Macht an, die ich mir nicht erklären konnte. Und diese Anziehung machte mir Angst. Ich wusste nicht, wie ich damit umgehen sollte. Wenn er in einem Raum mit mir war, fühlte es sich an, als würde aller Sauerstoff herausgesaugt, die Temperatur stieg schlagartig an und trotzdem fröstelte mir. Gleichzeitig wurde mein Körper wie ein Magnet von seinem angezogen und ich brauchte all meine Willenskraft, um nicht aufzustehen, meine Arme um seinen Nacken zu schlingen und meine Beine um seine Taille.

Stöhnend ließ ich mich zurück gegen das Kopfteil des Bettes sinken. Mein Blick fiel auf das Buch, das am Fußende seiner Betthälfte lag. Hastig schob ich mich so weit ich konnte runter und versuchte das Buch, mit meinem Fuß näher zu ziehen.

»Wer bitte legt ein offenes Buch verkehrt herum«, fluchte ich, als das Buch sich keinen Zentimeter bewegen wollte. »Da verknickt doch der Buchrücken.« *So was machen nur Leute, die Bücher nicht zu schätzen wissen,* dachte ich zornig. Ich hasste Leserillen im Buchrücken. So geht man doch nicht mit Literatur um! Wenn dieser Mann zurück kam, würde ich ein ernstes Wörtchen mit ihm reden müssen. Aber zuvor musste ich an dieses Buch herankommen, bevor Ian noch weiterlesen konnte.

Da es mit dem Fuß nicht klappte, musste ich versuchen, mit den Händen dranzukommen. Mit den Beinen bewegte ich mich im Uhrzeigersinn, bis ich mit dem Kopf in Richtung Fußende lag, nur um festzustellen, dass mein freier Arm nicht lang genug war.

»Wenn du Matratzensport machen willst, hättest du mir das sagen sollen. Ich hätte dir helfen können.« Ian stand breit grinsend im Zimmer, in der einen Hand zwei Tassen Kaffee in der anderen einen Teller mit Haferkeksen. »Deine Mutter meinte, du magst die.«

»Danke.« Ich nahm Ian den Teller ab, nachdem ich mich wieder herumgedreht hatte.

»Du solltest mal die Küche sehen. Die Frauen haben Langeweile.«

»Meine Mutter backt immer, wenn sie Ärger hat. So verarbeitet sie ihre Probleme.«

Ian nahm das Buch und legte sich wieder in die andere Hälfte des Bettes.

»Dann mal weiter«, meinte er und ich hatte den Eindruck, begeistert war etwas anderes.

8. Kapitel

Ian

Gregori genoss es, die Menschenfrau so nahe bei sich zu haben. Sie duftete so köstlich. Seine Nase, tief in ihrem Haar, nahm er den Duft von Wald und Harz wahr, gemischt mit dem betörenden Geruch von Jasmin. Ihr Körper passte sich so gut an seinen an. Ihre Rundungen waren weich und nachgiebig. Gregori presste seinen harten Unterleib an den wohlgeformten Po der Frau. Er konnte spüren, wie sie erschauderte und ein Zittern durch ihren Körper floss. Er wünschte sich, sie würde nicht vor Angst zittern, sondern vor Begierde.

Sarah konnte die Erregung des Mannes spüren, die ihr gegen das Steißbein drückte. Sie wollte fliehen, sich aus seinen Armen befreien, doch sie hatte Angst. Angst, dass der kleinste Fehler, den sie begehen würde, ihn wütend machte. Sie würde warten, bis er eingeschlafen war, und dann fliehen. Der Mann strich ihre Haare aus ihrem Nacken und hauchte ihr einen Kuss auf ihren Hals. Langsam wanderten seine Lippen ihren Hals entlang, hinunter zu ihren Schultern. Seine Hände streichelten über ihre Taille hinauf zu ihren Brüsten. Ein enges Band zog sich um Sarahs Brustkorb. Sie wagte nicht zu atmen. Ihr Körper verkrampfte sich unter seinen Berührungen. Sarah fürchtete sich vor dem, was jetzt passieren würde. Doch ihr Körper entwickelte ein Eigenleben.

Gregori stöhnte leise auf, als seine Hände die Wölbung ihrer Brüste fanden. Ganz sanft ließ er seine Finger über die zarten Knospen streichen, die sich ihm entgegenreckten. Ein leichter Duft von Erregung stieg ihm in die Nase. Gregori wusste sofort, dass der Körper der Frau auf seine Liebkosungen reagierte. Auch wenn ihr Geist Angst hatte, so forderte ihr Körper doch mehr von dem, was Gregori ihm anbot. Ganz von allein stieß sein Unterleib nach vorne, presste sich noch enger an den zitternden Körper der Frau. In Gregoris Kopf entstanden erotische Bilder. Dinge, die er gerne mit ihr anstellen würde. So lange schon hatte er nicht mehr an solche Dinge gedacht. Jetzt flackerten die Bilder in solcher Intensität vor ihm auf, dass er kaum noch Imstande war, sich zu kontrollieren. Heftig atmend drängte er sich noch näher an die Frau, rieb seine Erektion an ihrem runden, verführerischen Po. Er musste sich stoppen, wenn er der Frau nicht wehtun wollte.

Ich musste zugeben, diese Szene war erotisch. Auch wenn ich noch immer nicht verstand, was Frauen an Geschichten um Entführungen und heißblütige Blutsauger gut fanden, aber dieses Buch zu lesen, erregte selbst mich. Vielleicht war es eher der Gedanke, zu wissen, dass sie diese Worte geschrieben hatte? Dass diese Fantasie Emmas hübschem Kopf entsprungen war. Die Vorstellung, wir würden mit den Figuren in ihrem Buch die Plätze tauschen, machte mich unglaublich an.

Wann war sie eingeschlafen? Ich hatte es nicht bemerkt. War ich so vertieft in dieses Buch gewesen? Ich beobachtete, wie sich ihr Brustkorb langsam hob und senkte und sich dabei ihr Top über ihren Brüsten spannte. Als ich sie vorhin berührt hatte, war sie überrascht gewesen, aber nicht ganz abgeneigt. Ich hatte gesehen, wie ihre kleinen Knospen sich gegen den Stoff gedrückt hatten. Es hatte mich alle Überwindung gekostet, nicht meine Lippen um ihre vorwitzigen Erbsen zu legen und daran zu saugen.

Seit sie hier aufgetaucht war, bekam ich sie nicht mehr aus meinem Kopf. Alles an ihr erregte mich, entfachte mein Verlangen nach ihr: ihr Haar, diese dunklen, grünen Augen, ihr blumig süßer Duft, die Art, wie sie ihre Nase kräuselte, wenn sie wütend auf mich war. Ich hatte noch nicht gesehen, dass ihre Nase sich auf diese Weise kräuselte, wenn sie auf jemand anders wütend war. Vielleicht, weil sie bisher auf niemand anders wütend gewesen war? Bis auf den Idioten. Aber auch er hatte ihr dieses Kräuseln nicht entlocken können. Es war ganz allein mir vorbehalten. Der Gedanke gefiel mir. Er ließ nicht nur meinen Magen flattern, sondern brachte mich dazu, sie besitzen zu wollen, zu brandmarken, so dass jeder erkennen konnte, dass sie mir gehörte. Was sie nicht tat.

Ich hatte in den letzten Jahren viele Frauen neben Michelle, aber keine schaffte es, mich so schnell zornig zu machen und mich gleich darauf wieder zum Lachen zu bringen. Auch nicht Michelle. Sie schaffte es, mich zornig zu machen. Klar. Das schaffte sie immer. Aber dieser Zorn war anders als der, den Emma in mir auslöste. Emmas Zorn brandete durch meine Venen und schürte mein Verlangen danach, diesen wundervollen Körper mit meinem zu bedecken.

Und sie hatte mich vorhin zornig gemacht. Diese unüberlegten Worte. Der Hinweis auf das, was ich ihr angetan hatte. Warum konnte sie mir nicht verzeihen? Konnte ich mir verzeihen? Nein, genau das war der Grund, warum es mich so sauer machte, wenn dieser Vorfall zum Thema wurde. Weil ich mir selbst nicht verzeihen konnte, dass ich sie so sehr verletzt hatte. All die Jahre hatte ich nicht mehr an sie gedacht und dann stand sie plötzlich vor mir und ich hatte das Gefühl, mein Herz würde zerreißen. Und die Sehnsucht war wieder da, noch viel stärker als damals und nicht mehr so unschuldig, sondern voll von einem Verlangen, das ich als Teenager noch nicht gekannt hatte. Vom Augenblick, da ich sie in der Küche entdeckt hatte, hatte ich sie haben wollen. Ihr Anblick hatte etwas Ursprüngliches in mir angesprochen. Etwas, das ich vorher nie empfunden hatte.

Und die Art, wie sie mich ansah, wenn ich einen Raum betrat. Liebevoll. Nein, mit wildem Verlangen in ihren Augen. Sie atmete dann immer zitternd ein, so als wäre sie unsicher oder von sich selbst überrascht. Dann straffte sie ihre Schultern und ihr Blick änderte sich von sehnsuchtsvoll zu herausfordernd. Auch wenn sie es sich selbst nicht eingestehen konnte, sie begehrte mich genauso sehr, wie ich sie begehrte.

Vielleicht wäre es nicht fair von mir, sie weiter zu drängen, aber ich konnte mich ihrer Anziehung und dem, was sie mit meinen Körper anstellte, nicht entziehen. Es war als würde das Verlangen nach ihr mich innerlich zerreißen. Aber was war, wenn ich sie dazu brachte, ihre Abwehr gegen mich aufzugeben? Was, wenn ich erst gesiegt hatte? War sie nicht zu schade für eine kurze Affäre? Konnte ich ihr noch einmal wehtun? Aber sie hatte meinen Jagdinstinkt geweckt und dieser trieb mich nur noch mehr an. Ich wollte sie. Wollte ihren Körper an meinem spüren. Wollte, dass sie mich so sehr begehrte, wie ich sie. Wollte ihre nackte Haut an meiner spüren. Schon die Vorstellung ließ mich hart werden. Warum?

Warum empfand ich so für sie? So intensiv? So sehr, dass ich jedes Mal, wenn sie mich ansah, über sie herfallen wollte? Lag es nur daran, dass sie nicht den Rockstar in mir sah? Lag es daran, dass sie nicht nur durch ein Schnippen meiner Finger wie von Zauberhand ihre Klamotten fallen ließ?

Aber ihr Blick, den sie mir zuwarf. Das, was in diesem Blick lag. Ich sollte ihr wirklich fernbleiben, weil ich ihr nicht geben konnte, was sie wollte. Nicht nur, weil ich nicht dazu bereit war. Sondern auch, weil der Vertrag es mir verbot, etwas Ernstes mit einer Frau anzufangen. Etwas Ernstes? Woher kam das? Wer sagte, dass ich das überhaupt wollte? Was ich wollte, war ihr Körper unter meinem. Von einer Beziehung konnte keine Rede sein. Beziehungen waren nichts für mich.

Emma regte sich neben mir, ihre Hand blieb nahe an meinem Oberschenkel liegen. Mit einem Finger strich ich sanft über ihre zarte Haut, dann ihren Arm hinauf bis zur Schulter. Ein leises Stöhnen kam über ihre leicht geöffneten, roten Lippen. Sie hatte volle Lippen, die zum Küssen wie geschaffen waren. Ich glaubte, dass es diese Lippen waren, in die ich mich damals als erstes verliebt hatte. Ich legte das Buch neben mir ab. Was, wenn ich sie wirklich berührte, wenn ich sie zärtlich streichelte, wie der Vampir in ihrem Buch? Würde sie darauf reagieren?

Ich lehnte mich näher zu ihr herüber und strich noch einmal über die ganze Länge ihres Arms. Ihre Mundwinkel zogen sich zu einem Lächeln nach oben und sie seufzte. Ich nahm eine ihrer roten Locken, die weit gefächert auf dem Kissen lagen. Meinem Kissen. Ein Kissen das nach mir roch. Der Gedanke allein erregte mich und ließ einen Feuersturm in meine Lenden schießen. Dass sie in meinem Bett, auf meinem Kissen lag, fühlte sich so intim an, dass es mich wunderte, dass ich diesen Gedanken bei keiner anderen Frau zuvor hatte.

Ich vergrub meine Nase in ihrem weichen Haar. Es roch nach Frühling, Blumen und den ersten Sonnenstrahlen, die das Zwitschern der

Vögel zum Leben erwecken. Ich schüttelte mich innerlich bei dem schmalzigen Gedanken. Andererseits, vielleicht sollte ich das in einen Song packen? Ich beugte mich über sie und drückte meine Nase in ihren zarten Nacken, küsste sie auf die Kuhle unter ihrem Ohr. Sie seufzte und rekelte sich unter mir. Verdammt war das heiß. Ich brachte meine Zunge zum Einsatz und leckte über ihren Hals. Wurde mutiger und saugte an ihrem Ohrläppchen.

Wieder bewegte sie sich und ich hob den Blick genau rechtzeitig, um zu sehen, wie sie die Augen öffnete, um mich erst verwirrt, dann mit Begehren und dann zornig anzusehen. Ihre freie Hand wanderte an meine Brust und versuchte mich wegzustoßen, aber ich hielt dagegen. Sah sie herausfordernd an. Ich war mir sicher, in all der Zeit hatte ich nie etwas annähernd Erotisches erlebt. Ich hatte das Gefühl, ihre kleine Hand brannte sich durch mein T-Shirt bis auf meine Haut.

»Was machst du da?«

Emma

Was zur Hölle tat er da? Sein Gesicht so nah an meinem zu sehen, als ich die Augen aufschlug, hatte mich erst schockiert, dann erregt und mich dann wütend gemacht, als ich begriff, was er da machte. Aber seine Berührung hatte auch eine unerfüllte Sehnsucht in mir wachgerufen. Eine, der ich nicht widerstehen konnte.

»Ich stelle eine Szene aus deinem Buch nach. Ich wollte wissen, ob es dich wirklich erregen würde, wenn dein Entführer – also ich – dich zärtlich verwöhnt.«

»Was?« Ich presste meine Hand noch fester gegen seine harte Brust. Unmöglich konnte ich zugeben, dass genau das passiert war. Mein Körper stand in Flammen. In meinem Unterleib zog es, mein Puls raste und ich wünschte mir nichts sehnlicher, als dass er mich küssen würde.

Aber dies hier wäre anders als meine One-Night-Stands. Das wusste ich. Das fühlte ich. Wenn ich zuließ, dass Ian mich küsste, oder noch mehr mit mir tat, dann würde ich ihn in mein Herz lassen. Dann würde ich zulassen, dass er mich noch einmal verletzen konnte. Und doch wollte ich, dass er fortführte, was er begonnen hatte.

Zweifelnd sah ich zu ihm auf. Noch immer war sein Blick auf mich gerichtet, so als warte er genauso darauf, dass ich eine Entscheidung traf, wie mein Körper, der in seiner Erregung die Pausetaste gedrückt zu haben schien. Ich konnte das Verlangen in seinen Augen sehen, diesem unendlich blauen Ozean, der mich in die Tiefe riss. Dieses Verlangen galt mir. Seine Arme hatte er rechts und links neben meinem Kopf abgestützt und seine Beine lagen neben meinen. Sein Oberschenkel so nah an meinem, dass ich brennende Hitze spürte, die von dort aus direkt zwischen meine Schenkel schoss.

»Weißt du was?«, sagte er mit einer rauen Stimme, die mein Innerstes zum Vibrieren brachte. »Es ist mir egal, ob du glaubst, mich bis an dein Lebensende hassen zu müssen. Ich werde dich jetzt küssen.«

Er sah mir tief in die Augen. Wartete er darauf, dass ich es ihm verbot? Ich konnte nicht. Bei jedem Wort, das er gesagt hatte, hatten meine Augen auf genau diesen Lippen geklebt und sich gewünscht, dass er genau das tun würde. War ich denn verrückt geworden? Aber wäre es nicht schön, diesem ganzen Irrsinn für einen Augenblick entschwinden zu können? Alles in mir schrie danach, meinen Widerstand aufzugeben.

Ians Gesicht näherte sich meinem und ich erstarrte. Mit meiner freien Hand drückte ich genau in dem Moment gegen seine Schulter und hielt ihn auf, als er meine Lippen streifte und sein heißer Atem auf meine Wange traf. »Bis hierhin und nicht weiter!«, knurrte ich.

Mit gerunzelter Stirn sah Ian mich herausfordernd an. »Noch immer kratzbürstig?«

»Oh ja«, sagte ich drohend. »Und in der Lage dazu, dir die Eier abzureißen, wenn du auch nur einen Millimeter näher kommst.«

»Was willst du dagegen unternehmen?«, flüsterte Ian und sein Blick brannte sich in meinen. Er schob seinen Körper so unerwartet über meinen, dass ich nicht reagieren konnte. Hätte ich auch nur geahnt, dass er das vorgehabt hatte, ich hätte ihm meinen Oberschenkel zwischen die Beine gerammt. Stattdessen wand ich mich unter ihm, was ihn nur dazu brachte, heiser zu lachen. Seine Härte lag schwer auf meiner Hitze und leerte meinen Verstand. Ich musste mich zwingen, still zu halten, um mich nicht an der Naht seiner Hose zu reiben.

Und dann war da sein arrogantes Verhalten, das mich so wütend machte, dass ich die Nägel meiner freien Hand in die Haut seines Oberarms trieb. Zischend zuckte er zurück. Sein Blick verfinsterte sich für einen Augenblick.

»Du willst also kämpfen?« Er zerrte sich meine Hand vom Körper und drückte sie über meinem Kopf auf die Matratze. Sein Unterleib spannte sich an und presste mich noch tiefer ins Bett. Dabei drückte sich seine Erektion gegen meine Klitoris und schürte die Hitze, die sich zwischen meinen Beinen entwickelt hatte, noch an. Wie konnte mein Körper mich so verraten? Das hier durfte nicht sein. Aber die Blitze, die durch meinen Unterleib schossen, sagten etwas anderes. Sein harter, muskulöser Körper auf meinem. Es fühlte sich so richtig an. Obwohl alles in mir mich hiervor warnte.

»Ian, geh runter von mir!«, flehte ich, aber selbst er bemerkte, dass es nicht das war, was ich wollte. Ich wollte mehr von ihm spüren.

»Du willst doch gar nicht, dass ich aufhöre. Warum belügst du dich selbst?«

»Und ob ich das will«, sagte ich keuchend und hob mein Becken, noch bevor ich es verhindern konnte. Diese Bewegung sorgte dafür, dass ich mich an ihm rieb und in Ians Augen blitzte pures Verlangen auf. Er drückte seine Härte gegen mich und ich konnte gerade noch so ein Stöhnen unterdrücken.

»Sag, dass ich weitermachen soll!«

»Darauf kannst du lange warten.«

»Ich hab mir fast gedacht, dass du nie mutig genug sein würdest, deine kleinen Fantasien wirklich wahr werden zu lassen.«

»Nicht mutig genug? Und ob ich es wahr lassen werde. Aber nicht gerade mit dir.«

Lachend rieb Ian sich ein weiteres Mal an mir und alles in mir zog sich verlangend zusammen. »Ich wette, dass du im wahren Leben viel zu prüde bist, um so hemmungslos zu sein. Deswegen lebst du deine dunkelsten Wünsche in Geschichten aus.«

»Das stimmt nicht. Und wie ich hemmungslos sein kann. Ich hatte unzählige Male hemmungslosen Sex.« Und nicht ein einziges Mal hatte mich so sehr erregt, wie dieser kleine Zweikampf mit Ian. Ich strampelte unter ihm und er wandte nur noch mehr Kraft an, um meinen Körper unter seinem festzuhalten.

»Wir werden wohl nie erfahren, ob das stimmt«, sagte er und sah mich herausfordernd an. Sein Blick war auf meine Lippen gerichtet. Mir stockte der Atem. Würde er mich küssen? Ich versteifte mich und runzelte warnend die Stirn.

Er umschloss meine Handgelenke fester mit seinen Händen, dabei drückte sich meine Handschelle schmerzhaft gegen meine Knöchel. Ich sog die Luft zischend ein. »Du tust mir weh.«

Ian legte den Kopf schief und kniff die Lippen aufeinander. »Du tust mir auch weh. Du treibst mich in den Wahnsinn.« Er lockerte seinen Griff.

»Hat der arme Junge Samenstau?«, neckte ich ihn.

Er drückte seine Erektion gegen meine Hitze. »Als ob du das nicht wüsstest.« Sein Atem ging keuchend. Bei jedem Atemzug drückte sich sein Oberkörper gegen meine Brüste, rieb an meinen Brustwarzen und brachte mein Innerstes zum Klingen. Er hatte recht. Ich wollte ihn. Ich sehnte mich danach, dass er das Feuer, das er mit seinem Körper in meinem entfacht hatte, erstickte.

Er löste seine Hand von meiner gefesselten und legte sie auf meine Taille. Genau dorthin, wo der Stoff meines Shirts endete. Seine Finger strichen zärtlich über meine nackte Haut und Hitze verteilte sich von dort, wo er mich berührte in meinen ganzen Körper und sammelte sich in meinem Unterleib. Ich biss mir auf die Unterlippe, um nicht stöhnen zu müssen.

Ian deutete meine Reaktion genau richtig. Seine Mundwinkel verzogen sich zu einem gefährlichen Grinsen. Er schob seine Hand weiter unter den Stoff, meine Rippen hinauf bis zum Ansatz meiner linken Brust. Als er das Hämmern meines Herzens spürte, leuchteten seine Augen wissend auf.

»Bist du dir wirklich sicher, dass dir das hier nicht gefällt?«

Ich wagte nicht zu antworten, er wusste ohnehin, dass es eine Lüge gewesen wäre. Aber ich wagte auch nicht, meinen Körper unter seinem zu entspannen. Dieses letzte bisschen Gegenwehr war ich noch nicht bereit aufzugeben.

Er nickte und senkte seine Lippen auf mein Schlüsselbein. Ein Schauder durchlief mich und als er zärtlich meinen Hals küsste, schloss ich stöhnend die Augen. Zitternd ließ ich mich fallen. Das flehentliche »Ian«, das ihn eigentlich aufhalten sollte, wurde ein seufzendes Stöhnen, als er mit seiner Zunge die kleine Kuhle unter meinem Ohr leckte.

Ian hob seinen Kopf und sah mich mit einem Verlangen im Blick an, das meines noch schürte. »Willst du noch immer, dass ich aufhöre?«

Wenn ich vorgehabt hatte, ihm doch noch zu entfliehen, dann war es jetzt zu spät. Ian eroberte meinen Mund im Sturm. Nicht zärtlich, sondern voll Begierde. Hart und fordernd pressten sich seine Lippen auf meine. Hitze baute sich zwischen meinen Schenkeln auf. Ich stand in Flammen. Ians Kuss war heiß und kalt und ich konnte nicht fassen, dass ich mich auf ihn einließ. Mein Magen flatterte aufgeregt. Ich legte meine Hand in seinen Nacken und zog ihn zu mir herab. In all meinen erotischen Träumen war immer er es gewesen, der mich geküsst und in mir ein brennendes Verlangen hervorgerufen hatte. Und jetzt, wo er es wirklich tat, war dieses Verlangen noch verzehrender als in meiner Fantasie. Er zupfte mit seinen Zähnen an meiner Unterlippe wie an einer Gitarrensaite und brachte damit meinen ganzen Körper zum Vibrieren. Pure Begierde brandete durch meine Zellen. Nur dieser Kuss allein entzündete einen Steppenbrand in mir, brannte alles nieder, was ihn je gehasst hatte und ließ nur noch rasendes Verlangen nach ihm übrig.

Fordernd drängte ich mich an ihn. Ein leises Lachen ertönte, bevor er mit seiner Zunge über meine Unterlippe glitt und um Einlass bat. Seine Zungenspitze tastete erst vorsichtig nach meiner, umspielte sie, bevor sie ihren unheilvollen Tanz mit meiner begann. Er saugte an meiner Zunge, knabberte an meiner Unterlippe und entlockte mir ein leises Stöhnen. Ich küsste Ian MacLeod! Und jede Zelle in mir sang für ihn. Nach all den Jahren, in denen ich ihn gehasst hatte, lag ich jetzt bebend unter ihm und ließ zu, dass seine Hände sich unter mein T-Shirt schoben.

Heiß legte eine seiner Hände sich auf meine Brust und ich bäumte mich ihm willenlos entgegen. Mit dem Daumen strich er über meine harte Knospe. Träge Schwere verteilte sich in meinen Brüsten und ich seufzte wohlig an seinen Lippen. Ian löste sich von mir und sah mit verhangenem Blick auf mich herunter.

»Sag, dass du mich willst! Ich will es hören«, sagte er mit rauer Stimme und die Begierde in seinen Augen verwandelte jeden Knochen in meinem Körper in Götterspeise.

Ich wollte ihn wortlos dazu drängen, weiterzumachen, aber er schüttelte den Kopf. »Sag es!«

Er zupfte an meiner Brustwarze und verursachte ein sehnsuchtsvolles Ziehen in meinem Unterleib. »Ich will dich«, stöhnte ich verzweifelt, denn unmöglich konnte ich es zu diesem Zeitpunkt noch zulassen, dass er mich auf halber Strecke verhungern ließ. In mir wütete ein Sturm, der befriedigt werden wollte. Bettelnd rieb ich meinen Unterleib an seiner Härte. Ich schob meine Hand unter sein Shirt und schob es so weit nach oben, wie es ging. Ian lächelte, hob seinen Oberkörper an und half mir dabei, ihn von seinem Shirt zu befreien.

Fasziniert hielt ich einen Moment inne und verschlang seine muskulöse Brust und seine zahlreichen Tattoos mit den Augen. Ich ließ meine Finger über die Linien gleiten und umkreiste seine Brustwarze, die sich unter meiner Berührung aufstellte. Ian stöhnte leise auf.

»Jetzt du«, knurrte er und zerrte mein Shirt über meinen Kopf.

»Wenn du mich losbindest, kann ich es ganz ausziehen«, wies ich ihn hin.

»So gefällt es mir besser.« Er entledigte mich auch meines BHs. Schob ihn soweit es die Handschellen zuließen meinen Arm hinauf. Vergessen waren der Ripper und die Bedrohung, die in den letzten Tagen in meinem Nacken saßen. Ich hatte so viele Jahre von diesem Augenblick geträumt. Nie hatte ich die Gefühle, die Ian in mir geweckt hatte, vergessen. Trotz der Verletzung, unterschwellig hatte ich mir immer vorgestellt, wie es geworden wäre, wenn er nicht gesagt hätte, was er gesagt hatte. Es hatte sich angefühlt, wie eine Sache, die ich nie hatte beenden können. Etwas, das seinen Abschluss noch nicht gefunden hatte.

Ians Hände legten sich zärtlich auf meine Brüste. »Die sind wirklich schön«, sagte er und drückte sie sanft. Er senkte seine Lippen auf einen der wartenden Nippel und als er ihn in seine feuchte Höhle sog, bäumte ich mich ihm stöhnend entgegen. Seine Zunge umkreiste meine Knospe und die feuchte Hitze seiner Mundhöhle strahlte direkt in meine pochende Mitte aus. Ich schlang meine Finger in sein Haar und seufzte. Er knabberte an meinem Nippel und biss zärtlich zu, bevor seine Lippen seinen forschenden Händen folgten und er sich über meinen Bauch zum Verschluss meiner Hose vortastete. Egal wohin Ians Lippen und Finger auf meinem Körper wanderten, entfachten sie Hitze und Eis auf meiner Haut. Jede Berührung verstärkte die Leidenschaft in mir, als würde seine Haut auf meiner eine Sehnsucht nach etwas in mir auslösen, das ich mir vor langer Zeit verboten hatte.

Und ich wusste, ich hätte es dabei belassen sollen. Ich spielte ein gefährliches Spiel, indem ich dieses Verbot aufhob, auch wenn es nur für eine einzige Nacht sein sollte. Denn so sehr Ian auch etwas in mir wach rief, nach dem ich mich so lange gesehnt hatte, war mir bewusst, dass wir beide wussten, dass nach dieser einen Nacht alles wieder sein musste wie vorher. Für ihn würde es sowieso ohne Bedeutung sein. Und für mich musste es einfach ohne Bedeutung sein, auch wenn etwas tief in mir mir zuflüsterte, dass ich mir etwas vormachte, wenn ich das wirklich glaubte.

In meinem Bauch zog es, als er mir direkt in die Augen sah. Mit ruhiger Gelassenheit, die mich fast in den Wahnsinn trieb, öffnete er Knopf für Knopf seiner Hose. Und mit jedem Knopf, den er löste, steigerte sich das Gefühl der Erregung und die Anspannung. »Ian!«, trieb ich ihn an.

»Dies hier werde ich genießen, also immer mit der Ruhe!«

Als er endlich den letzten Knopf geöffnet hatte, schwor ich, dass ich alle Hosen mit Knopfleiste aus meinem Kleiderschrank verbannen würde. Unruhig hob ich mein Becken und half Ian dabei, mich von dem störenden Kleidungsstück zu befreien. Ians Finger schoben sich unter das Bündchen meines mitternachtsblauen Seidenhöschens.

»Meine Lieblingsfarbe«, brummte er. Einen Wimpernschlag ruhte sein Blick auf meinem Höschen, dann presste er seinen Mund auf meinen Venushügel und blies sanft seinen heißen Atem durch den Stoff. Ich erschauerte.

Ian drückte seinen Mund gegen meine Scham und strich mit seiner Zunge über diesen einen Punkt, in dem all meine Empfindungen zusammenliefen. Ungeduldig hob ich ihm meine Hüften entgegen. Ian leckte noch einmal über den Stoff, bevor er einen Finger seitlich unter das Höschen schob und damit meine Schamlippen teilte.

»Du bist feucht und warm«, stöhnte er und Erregung flackerte in seinem Blick, als er zu mir aufsah. Ein Blick der unmissverständlich sagte: »Feucht für mich.«

Mit der anderen Hand schob er die blaue Seide weg und entblößte meine pulsierende Hitze. Sein Blick versank in meiner Mitte und etwas Wildes trat in sein Gesicht. Pure Lust und Gier. Mein Innerstes zog sich erwartungsvoll zusammen bei dem Anblick.

»Ja, Ian, bitte!«, flehte ich. Ein Finger tauchte in meine feuchte Höhle und neckte mich. Ein zweiter kam dazu und stieß in mich. Ich wand mich, legte meine Hand auf meine schwere schmerzende Brust und drückte sie.

»Das gefällt mir«, flüsterte Ian mit sinnlicher Stimme und beobachtete, wie ich meine Brust knetete.

Endlich teilte Ian meine Scham mit seiner Zunge. Seine Spitze flatterte über den kleinen Lustpunkt. Spannung baute sich in meinem Inneren auf. Ians Zunge streichelte, umkreiste und neckte mich und jeder Schlag steigerte meine Ekstase, die sich in meinem Körper ausbreitete und meinen Verstand vernebelte. Alle Empfindungen bündelten sich in meinem Unterleib, ballten sich immer fester zusammen, bis ich glaubte, es nicht mehr aushalten zu können. Nie hatte etwas sich so richtig und so falsch zugleich angefühlt. Und nie hatte etwas sich so intensiv angefühlt. In mir, über mir, um mich herum war nur noch der Mann, dessen harte, verletzende Worte mich tagsüber und in jeder meiner kurzen Beziehungen begleitet hatten, und der mich nachts in meinen Träumen verfolgt hatte. Ich konnte nur noch ihn fühlen. Ians Hände auf meiner überhitzten Haut, seine

Zunge zwischen meinen Schamlippen und sein Fünftagebart, der rau über die weiche Haut meiner Innenschenkel rieb. Dann trieb Ian mich über den Abgrund und Welle um Welle schlug über mir zusammen, bis ich bebend und zitternd zusammensank.

Mit vor Leidenschaft verzerrtem Gesicht riss Ian mir das Höschen vom Körper und schob sich über mich. Die harte Naht seiner Lederhose, die sich über seiner Erektion befand, rieb über meine geschwollene Klitoris und schickte neue Wellen durch meinen Körper.

Ungeduldig zog ich Ian zu mir nach oben und küsste ihn. Seine Lippen schmeckten nach mir, nach Sex und nach ihm. Diese Erkenntnis jagte Schauer durch meinen Körper. Ian schmeckte nach mir. Hastig öffnete ich Ians Hose, denn ich wollte diesen Mann ganz haben. Ian half mir dabei, sie loszuwerden, dann küsste er mich wieder. Erst sanft und zärtlich, dann elektrisierend hart. Seine Lippen wanderten zu meinem Hals und schickten neue Blitze auf die Reise.

»Ich bin völlig verrückt nach dem hier«, sagte er keuchend.

»Wie wäre es, wenn du mir zeigst wie verrückt?«

Ian verstand die Aufforderung. Seine Finger pflügten durch meine Scham und stießen fest in mich. Ich stöhnte und drängte mich gegen seine Hand. Mein Unterleib zog sich erneut zusammen, machte sich bereit für neue Ekstase, kaum dass der letzte Orgasmus abgeklungen war.

»Ich will in dir sein.« Ian streckte sich zu seinem Nachttisch und beförderte ein Kondom daraus hervor.

Er sah mich fragend an und ich nickte. »Wenn ich das hier nicht gewollt hätte, hätte ich schon früher was gesagt.«

Ich rieb mich schnurrend an seinem Oberschenkel. Ich wollte ihn endlich spüren. Wollte, dass er mein Verlangen stillte.

Ian kniete sich zwischen meine Schenkel. Seine pralle Erektion ragte über mir auf und reckte sich mir auffordernd entgegen. Er hatte einen breiten, kräftigen Penis, dessen Eichel dunkellila schimmerte, so geschwollen war sie. Mit meiner freien Hand umschloss ich ihn und Ian seufzte leise auf. Er schloss die Augen und hob das Gesicht zur Zimmerdecke hoch, als ich meine Hand an seinem Schaft auf- und abgleiten ließ. Seine Hüften zuckten und er stieß kräftig in meine Faust. Ich hatte selten etwas so Erotisches gesehen wie Ian, der über mir aufragte, seine muskulöse, tätowierte Brust, die im sanften, roten Licht der untergehenden Sonne orange schimmerte. Seine straffen, harten Bauchmuskeln, die sich bei jedem Stoß unter dem Tattoo bewegten, das unter seinem schwarzen Schamhaar verschwand. In nicht ganz so entfernter Vergangenheit, hatte er sich dort unten rasiert. Sein Haar war noch nicht lang. Nicht einmal lang genug, um sich zu kräuseln. Es gefiel mir, so wie es jetzt war. Ein Siebentagebart aus dem seine kräftige Erektion herausragte.

Ich selbst ließ bei mir kein einziges Haar stehen, weil ich mein hellrotes Schamhaar verabscheute. Aber schwarzes Haar dort unten bei einem Mann fand ich unglaublich erregend.

»Darf ich ihn in den Mund nehmen?«

Ian sah erstaunt zu mir herunter. Ich hatte mich soweit möglich aufgesetzt, aber es reichte nicht, um Ians Härte zu erreichen. Ich rieb seinen Schaft und sah ihn dabei bittend an. Ich leckte mir über meine heißen Lippen und Ians Blick verdunkelte sich, als er meine Zunge dabei beobachtete. Er kroch näher an meinen wartenden Mund. Sein Penis wippte gegen meine geschlossenen Lippen. Zwischen meinen Beinen pochte es aufgeregt, als ich ihn umschloss. Zuerst saugte ich nur an seiner Spitze, dann leckte ich über die pralle Eichel.

»Emma!«, keuchte Ian rau auf und sein Unterleib zuckte mir entgegen. Ich nahm ihn weiter in mich auf, saugte, ließ ihn ein Stück hinausgleiten und rieb seine Wurzel mit meiner Hand, bevor ich meine Lippen wieder an ihm hinabgleiten ließ.

Ians Hände umfassten meinen Kopf und hielten mich, als er heftig in meinen Mund stieß. Seine verdrehten, verhangenen Augen zu sehen, erregte mich ungemein. Ich wunderte mich darüber, wie sehr das hier mein Verlangen schürte, bisher war das immer etwas für mich gewesen, wozu ich mich verpflichtet gefühlt hatte. Aber es für Ian zu tun, fühlte sich anders an. Es bereitete mir Freude, ihm Freude zu bereiten, und gleichzeitig erregte mich sein Anblick während ich an ihm saugte. Ich schwelgte in dem, was ich tat, und dem Ausdruck auf seinem Gesicht, den ich dorthin zauberte. Ian keuchte heftig. Schweiß perlte auf seiner Stirn und auf seinem Oberkörper. Seine Finger krallten sich grob in mein Haar und er stöhnte dunkel auf.

»Emma! Stopp! Du musst aufhören, sonst komme ich in deinem Mund. Und ich möchte viel lieber in dir sein, wenn ich komme«, stöhnte er und befreite seinen Penis aus meiner Mundhöhle.

Hastig riss er die Kondompackung auf und zog sich das Gummi über seine Erektion. Meine Hitze zog sich in Vorfreude zusammen, als er mich grob an den Schultern packte und mich zurück auf die Matratze drückte. Seine Hand glitt von meiner Schulter zwischen meine Brüste, meinen Bauch hinab und legte sich auf meinen empfindlichen Venushügel. Die andere Hand hatte er neben meinem Kopf abgestützt und er sah mir tief in die Augen. Dieser Blick war mehr als nur Verlangen, etwas darin beunruhigte mich, irritierte mich für eine winzige Sekunde – war da mehr als nur Leidenschaft? -, dann wich er meinem Blick aus und sah zwischen unseren Körpern nach unten, wo er seinen Schaft in seiner Faust hielt. Seine Spitze drückte sich gegen meinen Eingang und ich drängte mich ihm flehend entgegen.

Er teilte meine Schamlippen mit seinem Penis und rieb über meine pochende Klitoris. Umkreiste sie ein paar Mal und entfachte mein Verlangen von neuem. Ich hob mich ihm entgegen, rieb mich stöhnend an seiner Spitze und wünschte, er würde endlich in mich gleiten. »Ian! Jetzt!«

Ian lachte leise und sein Gesichtsausdruck hatte etwas gefährlich Wölfisches, bevor er mit einem kräftigen Stoß in mich eindrang. Keuchend bog ich meinen Oberkörper, als er mich so plötzlich und unerwartet ausfüllte. Der süße Schmerz seines Stoßes verteilte sich von meinem Unterleib bis hin zu meinen Brüsten. Ian dehnte mich vollkommen aus. Ich konnte die sanfte Reibung spüren, als er sich aus mir zurückzog und wieder tief in mich stieß. Sein Unterkörper klatschte gegen meinen und traf hart auf meine zuckende Perle. Ich stöhnte laut auf und genoss den Schmerz tief in mir, den Ian mit seinen harten Stößen auslöste.

Mit einer Hand hielt er mich an der Taille, seine Finger bohrten sich grob in mein Fleisch. Die andere Hand lag auf meiner Brust, rieb über meine wunde Brustwarze. Ich streichelte über seine gespannten Oberarmmuskeln und ertastete jede wundervolle Erhebung. Schwelgte in der Schönheit seines Körpers und in dem, was dieser Körper mit mir anstellte. Ich war schon hart genommen worden. Aber Ian tat es mit einer Wildheit, die meinen ganzen Körper beben ließ. Jeder Stoß gegen meine innersten Barrieren schickte süße Blitze durch mich hindurch und steigerte mein Verlangen, brachte mich immer näher und näher an den einen Punkt heran, der meinen Verstand für Sekunden auslöschen und mein Innerstes zerbersten lassen würde.

»Ian!«, schrie ich und krallte meine freie Hand in die Bettlaken.

Er hielt mich jetzt auch mit der zweiten Hand und hämmerte noch heftiger in mich. Bei jedem Stoß traf sein Unterleib auf meine geschwollene Klitoris und jagte Funken durch mich hindurch. Jedes Nervenende schien auf magische Weise sensibilisiert. Ich spürte seinen Atem auf meinem heißen Gesicht. Den leichten Luftzug schwüler Sommerhitze, die zum offenen Fenster hereinkam, auf meinen nackten Brüsten. Und das alles steigerte meine Erregung ins Unermessliche. Ich konnte spüren, wie der nächste Höhepunkt sich in mir aufbaute, wie mein Innerstes sich zusammenzog. Hitze schoss in meine Wangen, meine Nägel bohrten sich schmerzhaft in meine Handinnenflächen und mein Atem ging noch flacher.

Ich schloss die Augen um Ians Blick, der auf mich konzentriert war, auszusperren.

»Sieh mich an! Ich will, dass du mich ansiehst, wenn du kommst. Ich will in deine unglaublichen Augen sehen«, sagte er atemlos.

Ich zögerte einen Moment, riss dann aber meine Augen auf und blickte direkt in das Blau seiner Iris. Es war dunkler und verhangen und voll von sexueller Begierde. Und ihn so anzusehen, das löste etwas aus. Es schien so intim, so persönlich. Etwas, das mir völlig fremd war beim Sex. Bisher hatte ich Sex immer für unpersönlich gehalten, aber dies hier war anders. Ian löste eine Hand von meinen Hüften und legte sie auf meinen Venushügel, presste mit dem Handballen auf meine

Lustperle. Und ich kam in einem Feuerwerk. Mein Unterleib zog sich heftig um Ians Penis zusammen. Vor meinen Augen tanzten tausend Sterne, während mich ein heftiger Orgasmus schüttelte. Mit zitternden Oberschenkeln ließ ich mich fallen, den Blick auf Ians Gesicht gerichtet, dass sich vor Ekstase verkrampft hatte. Er stieß heftig und schnell in mich, dann hielt er ganz still und ich konnte spüren, wie er in mir pulsierte, bevor Ian keuchend über mir zusammenbrach.

Ich schlang meinen Arm um seinen Oberkörper, während er heftig atmend auf mir lag. Sein Gewicht drückte mich tief in die Matratze, aber ich genoss es, ihn so nah bei mir zu haben, seine verschwitzte Haut zu spüren und seinen würzigen Duft zu riechen.

Viel zu schnell zog Ian sich aus mir zurück und rollte sich von mir herunter. Er zog mich in seine Arme und hielt mich mit dem Rücken an seine Brust gedrückt. »Das war unglaublich«, flüsterte er in meinen Nacken und küsste mich zärtlich.

Ja, das war unglaublich, dachte ich und wusste gleichzeitig, dass es unglaublich falsch war. Meine Kehle fühlte sich ganz eng an, weil ich wusste, dass sich unsere Wege wieder trennen würden. Nein, nicht darüber nachdenken! Das hier war nichts anderes, als jeder andere bedeutungslose One-Night-Stand deines Lebens. Einfach nur Sex.

9. Kapitel

Jemand hämmerte gegen die Tür und riss uns aus dem Schlaf. Ian hielt mich noch immer in seiner Umarmung. Seine Hitze an meinem Rücken zu spüren, schickte erneute Schauer durch meinen Körper. Und als die Erinnerung an die letzte Nacht kam, da zog mein Magen sich nervös zusammen. Ich stöhnte erschrocken über mich selbst auf. Was hatte ich nur getan? Warum hatte ich zugelassen, dass mein Körper meinen Verstand ausgeschaltet hatte. Hatte ich wirklich gedacht, ich könnte mir einreden, dass mit Ian MacLeod zu schlafen mir nichts bedeutete? Wenn ich das wirklich geglaubt hatte, dann sollte das heftige Pochen in meiner Brust und die plötzliche Enge mich vom Gegenteil überzeugen. Ich durfte nicht noch mehr Nähe zulassen.

Hastig befreite ich mich aus seiner Umarmung und setzte mich auf den Bettrand. Weiter kam ich nicht. Meine Hand war noch immer gefesselt. Wieder klopfte es an der Tür. Ian schlief seelig weiter. Er hatte sich nur auf den Rücken gedreht, dabei war seine Hand auf seiner Brust gelandet und verdeckte dort jetzt eins seiner Tattoos. Ich betrachtete seine langen schlanken Finger, deren Kuppen vom Gitarrespielen rau waren. Diese Finger konnten einer Gitarre wundervolle Klänge entlocken und selbst meinen Körper zum Musizieren bringen.

Murmelnde Stimmen vor der Tür erinnerten mich daran, dass dort jemand auf ein Lebenszeichen von uns wartete. Ich sah an mir herunter. Ich war noch immer nackt. »Einen Moment. Nicht reinkommen!«, rief ich, bevor ich merkte, dass genau das demjenigen vor der Tür zu viel über uns hier drinnen verriet. In dem Moment, wo mir das klar wurde, hörte ich auch schon ein dunkles Lachen, gefolgt von einem hellen Kichern – Kathrin. Also gehörte das dunkle Lachen wahrscheinlich Kiran.

Mein T-Shirt und mein BH hingen noch immer um meinen Arm herum. Ich fuchtelte so lange herum, bis ich erst den BH entwirrt und dann auch das T-Shirt übergezogen hatte.

»Du ziehst dich schon an?« Ich sah hinter mich. Ian hatte wohl doch beschlossen, wach zu werden. Er grinste mich schelmisch an und wackelte mit den Augenbrauen. »Ich hatte gehofft, wir könnten noch eine Runde im Ring bewältigen.«

»Da hast du falsch gedacht«, sagte ich frostig. Ich wollte lieber schnell auf Abwehr gehen. *Keine Nähe mehr zulassen,* erinnerte ich mich. Trotzdem klopfte es zwischen meinen Schenkeln erwartungsvoll und in meinem Bauch flatterte es aufgeregt.

»Können wir endlich rein?«, wollte Kiran wissen und hämmerte noch einmal gegen das Holz.

»Oder wir geben ihnen noch ein paar Minuten. Was auch immer Bob will, kann bestimmt noch fünf Minuten warten«, hörte ich Kathrin sagen. Ich verdrehte die Augen.

»Mach fünfundvierzig draus!«, rief Ian. »Vielleicht dauert es bei Kiran nur fünf Minuten. Ich mag gern das volle Programm!«

Kiran brummte irgendetwas, das wir nicht hören konnten.

»Was gibt es denn?«, rief ich der Tür mit belegter Stimme zu. Ich wollte unbedingt das Thema wechseln. Zum Einen war mir das extrem peinlich, mein Gesicht fühlte sich an wie ein Hochofen. Zum Anderen brauchte ich einen Grund, um vor der Erektion zu fliehen, die pochend auf Ians Bauch lag. Ich unterdrückte das Bedürfnis, mir über die Lippen zu lecken.

»Der Ripper hat eine neue Mail geschickt«, meinte Kiran und klang recht ungehalten.

Wenn mich eben noch Sehnsucht nach Ians Körper und der Wunsch noch einmal in seinen Armen zu liegen, durchzogen hatten, dann war jetzt jegliches sexuelles Verlangen verschwunden.

»Du musst mich losmachen«, sagte ich zu Ian und versuchte angestrengt, nicht auf seinen Bauch zu schauen.

»Vergiss es! Damit du gleich wieder losrennen kannst und irgendeine Dummheit machst?«

»Ich mache keine Dummheiten!« Ich sah ihn zornig an. Nur das Gesicht! Gestern Abend hatte ich eine begangen, aber das musste ich Ian nicht sagen, das wusste er mit Sicherheit selbst. Und eben hatte ich für einen Augenblick den Wunsch, diese Dummheit zu wiederholen. Auch das musste Ian nicht wissen.

»Was stört dich daran, in meinem Bett bleiben zu müssen?« Ian kam näher, seine Hand legte sich auf meinen Oberschenkel und schob sich langsam auf meine Mitte zu. Zitternd atmete ich ein. In meinem Unterleib zog es sehnsuchtsvoll.

»Es war ein Fehler«, brach es aus mir heraus, ohne dass ich es gewollt hatte.

Ian zog seine Hand zurück, als hätte ich ätzende Säure auf meiner Haut und sein Gesicht verfinsterte sich. Er stand auf, schnappte sich seine Hose vom Boden und zog sie über. Ohne Unterwäsche. Na toll! Jetzt würde ich die ganze Zeit daran denken müssen, dass er nichts darunter trug. Er kam um das Bett herum, fischte den Schlüssel aus der Potasche seiner Hose und schloss auf. Erst als die Handschelle abfiel, spürte ich den Schmerz um mein Gelenk. Ich rieb über die Haut, um den unangenehmen Begleiter des gestrigen Tages zu vertreiben. Als ich die Abweisung in Ians Gesicht sah, wusste ich, dass ich erreicht hatte, was ich wollte. Ich hatte ihn erfolgreich von mir gestoßen.

Aber es war richtig so. Wenn ich es nicht getan hätte, hätte er es gemacht. Vielleicht hätte er noch, solange ich hier ans Haus gebunden war, seinen Spaß mit mir gehabt, aber dann hätte er mich schnell wieder vergessen und durch einen Groupie oder durch Michelle ersetzt. Das war es doch, was sein Musikvertrag verlangte. Und wahrscheinlich wollte auch er es, sonst hätte er sich gegen den Vertrag gewehrt oder ihn gar nicht erst unterschrieben. Wenn ich mir so sicher war, dass ich das Richtige getan hatte, warum fühlte es sich dann so falsch an? Woher kam dann dieser dumpfe Schmerz in meiner Brust? Und wieso war die Stimmung zwischen uns plötzlich so kalt und unerträglich unangenehm. Ich wagte nicht ihn anzusehen. Am liebsten wollte ich den Raum fluchtartig verlassen.

»Wenn ihr fertig seid, kommt in die Küche!«, brüllte Kiran durch die Tür.

Ich nahm meine Tasche, die Ian gestern in sein Zimmer geholt hatte, und ging in das Bad, das an Ians Zimmer anschloss. Bevor ich die Tür schließen konnte, hörte ich, dass Ian die Zimmertür aufriss und Kiran hinterher rief: »Ich bin fertig!« Dann fiel die Zimmertür mit einem lauten Knall ins Schloss. Ich zuckte zusammen und wünschte, ich könnte zurücknehmen, was ich gesagt hatte. Aber das durfte ich nicht. Ich musste standhaft bleiben. Selbst wenn es diese Klausel nicht geben würde, uns trennten Welten. Und wer sagte denn überhaupt, dass Ian mehr von mir wollte, als ein Abenteuer?

Ich machte es kurz unter der Dusche und folgte den anderen dann mit noch feuchtem Haar in die Küche. Der Gedanke an den Ripper ließ mich Ian für einige Minuten vergessen. Was hatte dieser Irre geschrieben? Hatte er seine Warnung wahr gemacht? Mein Herz krampfte vor Sorge um die Frau. War sie getötet worden, während ich in Ians Armen gelegen und ihr Schicksal völlig vergessen hatte?

Ich war die Letzte, die die Küche betrat. Meine Mutter reichte mir eine Tasse Kaffee und ich setzte mich auf einen noch freien Stuhl. Alle wirkten angespannt. Doch trotz dieser Anspannung hatte ich das Gefühl, von allen Seiten gemustert zu werden. Ich konnte es nicht verhindern, meine Wangen wurden heiß und ich warf einen flüchtigen Blick auf Ian, der mich aber nicht zu bemerken schien. Er war in ein Gespräch mit Bob vertieft. Eine Sekunde hatte ich mich gefragt, ob mich alle wegen Bobs neuer Mitteilung so verstohlen anschauten oder wegen dem, was zwischen mir und Ian gewesen war. Doch noch bevor ich den Gedanken zu Ende bringen konnte, fand ich die Antwort im breiten, selbstgefälligen Grinsen meiner Mutter, die neben den beiden stand und mit spitzen Ohren lauschte. Ich wollte vor Scham im Boden versinken. Meine Mutter war nun wirklich die Letzte, die etwas von meinem Sexleben mitbekommen sollte. Ich hatte schon genug mit ihren ewigen Vorwürfen wegen meines »unkonventionellen Liebeslebens«, wie sie es nannte, zu tun.

Ich kniff die Lippen zusammen und legte die Hände um die heiße Tasse, als ob diese mich schützen könnte. Kathrin lehnte an Kiran, der wiederum an einem der Schränke lehnte und seine Arme um Kathrins Taille geschlungen hatte. Während Kiran mich breit angrinste, sah Kathrin mich besorgt an. Sie löste sich aus Kirans Umarmung und kam zu mir herüber. Mit einem »Kusch-Kusch« jagte sie Donnergott Thor vom Platz neben mir und setzte sich. Mit hochgezogenen Augenbrauen sah ich Conner erstaunt an, doch der zuckte nur mit den Schultern und stellte sich zu Kiran.

»Weißt du, um was es hier geht?«, fragte ich Kathrin und beugte mich näher zu ihr.

Kathrin grinste schelmisch. »Zuallererst wohl um die eindeutigen Geräusche, die gestern Abend aus Ians Zimmer kamen.«

Ich schnappte nach Luft, aber Kathrins Blick riet mir, nichts abzustreiten, also antwortete ich so beiläufig wie möglich. »Da war nichts, was etwas zu bedeuten hätte.«

»Nichts zu bedeuten? Versucht ihr deswegen euch so angestrengt nicht anzusehen? Ich dachte, um Sex peinlich zu finden, sind wir alle schon zu alt.«

Verzweifelt winkte ich ab und nippte an meinem Kaffee. »Reden wir später über Ian! Was will Bob und worauf warten wir?« Ich hatte irgendwie ein mulmiges Gefühl, besonders da Ian mich eben, als er geglaubt hatte, ich würde es nicht bemerken, unter zusammengekniffenen Lidern hervor gemustert hatte. Und ich war mir ziemlich sicher, dass es bei dem Gespräch der beiden um mich ging. Aber wie immer in meinem Leben erfuhr ich alles zuletzt.

»Ich weiß nur, dass wir noch auf Izz warten. Mehr kann ich dir auch nicht sagen.« Kathrin sah mich bedauernd an. Sie vermutete wohl das Gleiche wie ich. Wenn wir auf Izz warteten, dann bestimmt nicht nur, weil der Ripper irgendetwas Belangloses geschrieben hatte. Aber warum hatte Bob uns dann alle hergerufen?

»Und du und Kiran?«, fragte ich Kathrin, um mich abzulenken. Ich trank von meinem Kaffee und schielte Ian über die Tasse hinweg an. Meine Mutter fing meinen Blick auf und lächelte verschmitzt. »Da kocht was über«, rief ich ihr bitter zu, als hinter ihr Schaum aus einem Topf aufstieg. Es roch nach Fleisch und Gewürzen. Ian sah mich kurz an, aber in seinem Gericht regte sich, wenn überhaupt, Widerwillen. Mich fröstelte. Und ich ärgerte mich über ihn. Und noch viel schlimmer war die plötzliche Unsicherheit, weil ich nicht wusste, was ich von dieser Kälte, die er mir gegenüber ausstrahlte, halten sollte. Oder besser, ich wusste es sogar sehr genau: Ich hatte ihn verletzt. Hatte ihm zugefügt, was er einst mir zugefügt hatte.

Schnell wich ich seinem Blick aus und widmete mich wieder Kathrin. »Also?«

Kathrin rutschte nervös auf ihrem Stuhl herum und strahlte mich verlegen an. Sie griff nach meinem Kaffee, trank hastig einen Schluck und wedelte mit der Hand, als sie sich verbrühte. »Er hat heute Michelles Onkel beiseite gezogen und hat ihm gesagt: »Ich scheiß auf den Vertrag. Ich hab Kathrin gern.« Dann hat er ihn stehen lassen und ist gegangen. Ich hab es zufällig mitbekommen, weil ich gerade auf der Suche nach ihm war.«

Überrascht sog ich Luft in meine Lungen und konnte nicht verhindern, Ian kurz anzusehen. »Das ist toll. Ich freu mich für dich.«

»Danke. Leider fühle ich mich trotzdem etwas komisch dabei. Was, wenn das Konsequenzen für die Band hat?«

»Ich weiß nicht. Eigentlich kann ich mir nicht vorstellen, dass so eine Klausel überhaupt rechtens ist. Man kann doch einem Menschen sein Privatleben nicht verbieten. Vielleicht betrifft das eher die Öffentlichkeit. Weißt du, was ich meine? Vielleicht dürfen sie schon, sollen es wegen der Fans nur nicht an die große Glocke hängen.«

Kathrin musterte verträumt Kiran und schien darüber nachzudenken. »Könnte sein.«

»Bestimmt«, sagte ich in dem Augenblick, als Izz die Küche betrat. Das Gemurmel um uns herum verstummte und alle sahen ihn erwartungsvoll an.

Izz grinste breit und verneigte sich. »Ich weiß ja nicht, was ihr von mir denkt, aber ich habe genauso wenig Ahnung, um was es hier geht, wie ihr.« Er lachte, als alle ratlose Gesichter machten.

Bob trat an den Tisch heran und stützte sich schwer auf. Er sah alle ernst an und sein Blick verweilte etwas länger auf meinem Gesicht. Lange genug, um einen Kloß in meiner Kehle entstehen zu lassen. »Um es kurz zu machen, wir haben wieder Post von unserem Freund bekommen. Genau genommen hat Emma sie bekommen.«

Ich schluckte schwer und Bob schaute mich mitleidig und irgendwie auch verbissen an. »Ich will dir ersparen, dass du dir das ansehen musst, deswegen sag ich dir einfach, was er geschickt hat. Es ging an deine Emailadresse. Nur ein Video, keine Nachricht.« Bob stockte und wich meinem

Blick aus, dann sah er Izz an. »Er hat aufgezeichnet, wie er sie umgebracht hat. Kein schöner Anblick.«

Mir schnürte es die Kehle zu und ich schnappte heftig nach Luft. Es fühlte sich an, als wäre aller Sauerstoff aus dem Raum verschwunden. Oder so, als würde jemand auf meinen Lungen sitzen. Jemand ganz besonders Schweres. Ich hatte es geahnt, warum war ich denn jetzt so überrascht? Ich spürte, wie die Tränen in meine Augen schossen und dann überschwappten und meine Wangen hinunterliefen. Übelkeit stieg in mir auf und ich musste würgen.

Jetzt sah Ian mich doch an. Die ganze Zeit hatte er mich ignoriert und jetzt sah er mich an? Ich wollte nicht, dass er mich so sah. Heulend. Zitternd. Kathrin legte einen Arm um meine Schultern, aber sie wirkte genauso schockiert wie ich. Theresa war kreidebleich geworden. Sie sah aus, als wollte sie anfangen zu schreien. Als wäre ihr gerade erst bewusst geworden, dass ich in Lebensgefahr schwebte. Und als wüsste sie jetzt, dass sie vollkommen hilflos zusehen musste und nichts dagegen tun konnte, dass ein Irrer das Leben ihrer Tochter jede Sekunde beenden konnte. Es war so ruhig im Raum. Nur das Blubbern im Topf war zu hören. Irgendwie war dieses Blubbern irritierend beruhigend. So, als würde es nicht hierher gehören und es mich doch hier verankern. Ich atmete zitternd ein und riss mich zusammen. Ich wollte nicht vor so vielen Menschen zusammenbrechen. Aber besonders wollte ich nicht vor meiner Mutter und Ian zusammenbrechen.

»Der Grund, warum ich euch alle hier haben wollte ist, *T in the Park.* Jungs, ihr habt in zwei Tagen euren Auftritt. Bis dahin wird die Sache nicht ausgestanden sein. Aber ich muss euch deutlich sagen, dass nicht nur Emma in Gefahr schwebt. Wir alle tun es. Nach dem, was ich auf dem Video gesehen habe, ist ziemlich klar, der Mann ist irre. Und er scheint entschlossen, zu Ende zu bringen, was Molly angefangen hat. Er ist besessen von dem Gedanken. Ich habe so was schon erlebt. Für diese Art Mörder existiert nichts anderes mehr als dieser eine Gedanke. Das ist wie ein Drang, den sie nicht beherrschen können. Wenn er in absehbarer Zeit nicht an Emma herankommt, wird er zum Äußersten greifen und das bringt jeden in ihrer Nähe in Gefahr. Mein Vorschlag also, ungeachtet dessen, was hier geschieht, ihr lasst *T in the Park* nicht sausen. Ihr fahrt, dann seid ihr aus der Gefahrenzone. Ich bleibe mit Izz und Emma im Haus.«

Bedrücktes Schweigen. Ian sah zu Bob, zu Kiran und Conner und dann zu mir. »Das gefällt mir nicht. Wenn der Typ wirklich so irre ist, wäre es nicht besser, wir bleiben alle zusammen?«

»Nein«, sagte Izz entschlossen. »Jeder, der nicht in ihrer Nähe ist, ist in Sicherheit. Alles was er will ist sie. Sie steht ganz oben auf seiner Prioritätenliste.«

»Ich fühl mich nicht wohl bei dem Gedanken, euch hier zurückzulassen«, meinte jetzt Conner und musterte mich nachdenklich.

All diese Menschen hier waren wegen mir in Gefahr? Das konnte ich nicht zulassen. Ich wusste schon jetzt nicht, wie ich mit dem Tod des ersten Opfers umgehen sollte. Wenn noch mehr Menschen wegen mir sterben mussten, das würde ich nicht ertragen können.

»Ihr geht«, sagte ich entschlossen. »Wir kommen hier schon zurecht. Ich denke nicht, dass er eine Chance hat, hier ins Haus zu kommen.«

Darren warf mir einen unergründlichen Blick zu und lächelte dann. »Nicht, solange die Überwachungsanlage läuft. Habe ich schon erwähnt, dass die meine Idee war?«

Ians Blick ruhte auf mir und ich senkte verlegen den Blick. Warum musste ich ausgerechnet jetzt Bilder der letzten Nacht vor mir sehen? Diese Augen, die sich voller Verlangen in meine gebrannt hatten. Die Muskeln unter seiner gebräunten Haut, die sich unter seinen kräftigen Stößen anspannten.

»Was denkst du, wie lange das hier noch dauern wird?«, fragte ich Izz. Ich musste unbedingt aus diesem Haus heraus. Weg von Ian. Seine Nähe war plötzlich so erdrückend. Nur mit ihm in einem Raum zu sein, hinterließ ein stechendes Gefühl in meiner Brust. Obwohl er auf der anderen Seite des Tisches stand, konnte ich seine Wärme spüren. Mit ihm geschlafen zu haben, machte mich noch verletzlicher. Noch anfälliger für diese Situation. Ich wünschte mir so sehr, ich könnte einfach meine Arme um ihn schlingen und mich von ihm trösten lassen.

»Ich weiß es nicht. Meine Männer arbeiten mit Hochdruck an der Auswertung aller Materialien. Aber einfach ist das nicht. Die Mails gehen über so viele Umwege, dass wir nicht rausfinden können, von wo er sie schickt.«

Ruckartig stand ich auf, der Stuhl schabte laut über die Fliesen. »Ich muss an die frische Luft.«

Ich stürmte aus der Küche, durch das Esszimmer und riss die Terrassentür auf. Draußen war es heute Morgen neblig und dicke Wolken hingen am Himmel, aber das bemerkte ich kaum. Ich lief hinunter zum kleinen Teich, in dessen Mitte ein Springbrunnen stand, und setzte mich auf die weiße Parkbank.

10. Kapitel

Mit dem Handballen wischte ich mir die Tränenspuren von den Wangen. Ich starrte auf das graue Wasser und auf das Spiel des Springbrunnens. Im Baum über mir zwitscherte ein Vogel. Da ich nie viel Interesse für die Natur aufgebracht hatte, konnte ich nicht sagen, was für eine Art Vogel es war. Merkwürdig, dass es mich gerade jetzt brennend interessierte.

Ich schloss stöhnend die Augen und rieb mit den Händen über mein Gesicht. Wie sollte ich nur damit leben können, dass ein Mensch wegen mir hatte sterben müssen? Ich wusste natürlich, dass nicht ich schuld war, sondern der Ripper. Er hatte sie getötet. Und doch flüsterte eine leise Stimme mir beharrlich zu, dass es auch meine Schuld war und ich mehr hätte tun können, als mich in Ians Armen zu rekeln.

Hinter mir lief jemand den Kiesweg entlang, der vom Haus zum Teich führte. Ich sah mich nicht um. Mich zu bewegen fiel mir gerade schwer. Oder fehlte mir einfach die Motivation? Ich schlang meine Arme um meinen Oberkörper, um die Morgenkälte zu vertreiben. Vom Tor her hörte ich plötzlich Kreischen und Schreie und laute Rufe nach Ian. Ich brauchte also nicht einmal mehr den Kopf heben, um zu wissen, wer sich neben mich setzte.

Sein Oberschenkel war Zentimeter von meinem entfernt und doch spürte ich ihn viel zu intensiv. Es fühlte sich an, als würden Funken zwischen uns hin und her springen. Ich war mir seiner Nähe nie so sehr bewusst gewesen wie in diesem Moment. »Und ich hätte Hundert Pfund gewettet, dass meine Mutter mir nachrennen würde.«

»Das hatte sie auch vor. Aber ich konnte sie davon überzeugen, dass du viel lieber mich in deiner Nähe haben willst.«

»Und ich hab keinen Zweifel daran, dass sie dir das gerne geglaubt hat.«

»Ja, ich werde das Gefühl nicht los, dass sie mich mag.«

»Ich würde mich an deiner Stelle hüten. Sie hat bestimmt schon den Druck der Einladungskarten in Auftrag gegeben.« Ich starrte weiter stur vor mich auf den Teich und versuchte krampfhaft, Ians Präsenz neben mir zu ignorieren, was gar nicht so einfach war, denn alles in mir sehnte sich danach, ihn zu spüren.

»Welche Karten?«

»Die für unsere Hochzeit.« Ich sah ihn kurz an und hoffte, dass er meinem Tonfall und meinem Gesichtsausdruck entnahm, wie ernst es mir damit war.

»Oh die.«

Wir saßen eine Weile schweigend nebeneinander. Über uns zwitscherte es wieder und der Nebel verzog sich langsam.

»Mach dir keine Vorwürfe!«, sagte er irgendwann und griff nach meiner Hand. Er verschränkte seine Finger mit meinen und legte unsere Hände auf seinen Oberschenkel. Ich konnte die Härte seiner Muskulatur unter meinen Fingerkuppen spüren und seufzte unterdrückt. Ich konnte auch seinen Blick auf mir spüren, aber ich war nicht bereit, ihn anzusehen.

»Deine Mutter war drauf und dran, dich nach Südafrika ausfliegen zu lassen, aber ich konnte sie davon überzeugen, dass dir die Karpaten lieber wären.« Er drückte aufmunternd meine Hand.

»Ja, Gregori wäre wohl ein guter Leibwächter. Ihm würde ich meinen Körper gerne anvertrauen«, sagte ich und setzte ein Lächeln auf, bevor ich zu Ian aufsah.

Ians Gesicht verfinsterte sich. »Ich bezweifle, dass er so gut küsst wie ich.«

»Hmm. Mit Jahrhunderten Erfahrung? Da verlierst du.«

Ian ließ meine Hand los. Sein Blick wurde wieder ernst und er starrte auf den Teich hinaus. »Warum war es ein Fehler?« In seiner Stimme lag unterdrückter Zorn.

Verzweifelt schloss ich die Augen und kämpfte gegen mein klopfendes Herz an. Mit dieser Frage hatte ich nicht gerechnet. »Weil sich unsere Wege hiernach wieder trennen werden«, sagte ich und sprach dann flüsternd weiter. »Und irgendwie kann ich nicht sagen, dass sich das, was zwischen uns passiert, für mich belanglos anfühlt.«

Ian sah mich überrascht an. Sein Adamsapfel bewegte sich, als er schwer schluckte. Mein Geständnis hatte ihn offensichtlich überrascht. »Was da zwischen uns passiert ist ...«, setzte er an und runzelte die Stirn, als Bob und Izz aus dem Haus gerannt kamen und vor dem Tor die winkenden Mädchen einem Polizeiauto Platz machten. »Was ist denn da los?«

Ich war mindestens genauso perplex wie Ian und folgte ihm. Aus dem Polizeiauto stiegen zwei Beamte und schnappten sich jemanden aus der Gruppe der Fans. Das Tor öffnete sich und Bob und Izz gingen mit großen Schritten auf die Beamten zu. Sie redeten laut, während die Fans plötzlich verstummt waren und nicht einmal kreischten, als Ian und ich uns dem Tor näherten. Ian griff nach meiner Hand und hielt sie fest umklammert. Wir blieben innerhalb des Anwesens stehen und beobachteten, wie die beiden Beamten den Typ in das Auto stießen, der immer dieses Ripper-T-Shirt anhatte. Izz stieg in sein Auto und folgte dem Polizeiwagen, ohne einen weiteren Blick auf uns andere zu werfen. Aber in seinem Gesicht spiegelte sich eine Mischung aus Wut und Erleichterung wieder.

Ich sah Bob fragend an, als er auf uns zukam. Erst jetzt bemerkten die Fans Ian und kamen schreiend auf uns zu gerannt. Da das Tor noch offen war, umringten sie Ian und drängten mich von ihm weg. Ian sah mich über die Gruppe aus etwa zwanzig Mädchen hinweg angespannt an. »Bring sie rein!«, befahl er Bob, der mich sofort an der Hand nahm und mit mir ins Haus rannte.

»Aber Ian«, protestierte ich. Was wenn einer von denen da draußen der Mörder war? Ian war vollkommen schutzlos. Ich sah mich nervös nach ihm um. Er überragte die Fans um einen ganzen Kopf. Gab er da in aller Seelenruhe Autogramme?

Bob schubste mich in das Haus und rannte zu Ian zurück. Über die Schulter rief er knapp: »Darren soll das Tor schließen, sobald ich alle draußen habe.«

Darren tauchte hinter mir auf. »Schon dabei!«

Ich beobachtete unruhig, wie Bob sich zu Ian durcharbeitete und dann mit ausgebreiteten Armen jeden, der nicht auf das Grundstück gehörte, wieder vor das Anwesen bugsierte. Die Mädchen protestierten lauthals und wimmerten, aber Bob war unnachgiebig. Ian winkte seinen Fans noch einmal und warf ihnen Küsse zu, dann kam er mit großen Schritten auf mich zu.

»Wir sind noch nicht fertig mit unserem Gespräch«, sagte er ernst.

Als Bob kam, hatten sich schon alle wieder in der Küche versammelt und lauerten auf eine Erklärung von ihm. Bob lehnte sich mit verschränkten Armen gegen die Anrichte. Er wirkte entspannter als noch vorhin, was mich wunderte, nach dem, was gerade geschehen war. »Dieser Typ war sonst jeden Tag hier, seit Monaten schon. Die letzten beiden Tage plötzlich nicht mehr. Und heute ist er wieder hier. Irgendwie habe ich das Gefühl, das ist kein Zufall, dass er ausgerechnet heute wieder auftaucht.«

»Du meinst, er könnte der Ripper sein? Davon mal abgesehen, auch wenn er es nicht ist, irre ist er trotzdem. Idiot!«, murmelte Kiran und überraschte mich damit, mal mehr als zehn Wörter am Stück gesagt zu haben.

»Ja, das denke ich.«

Meine Mutter lächelte und stellte eine Kanne Kaffee auf den Tisch. Kathrin holte frische Tassen aus dem Schrank und stellte sie dazu. Dankbar griff ich nach einer der Tassen und schenkte mir von der schwarzen Köstlichkeit ein, die ich gerade äußerst nötig hatte.

»Wie kommst du darauf?«, hakte ich nach.

Bob räusperte sich. »Es kann kein Zufall sein, dass er die letzten Tage zu beschäftigt war zu kommen und ausgerechnet heute, wo das Opfer tot ist, plötzlich wieder Zeit hat, uns mit seiner nervigen Anwesenheit zu beehren.«

Das leuchtete selbst mir ein und weil mir das so einleuchtete, rollte eine Zentnerschwere Kanonenkugel von meiner Brust. »Ja, dann kann ich ja packen«, sagte ich erleichtert und erhob mich von meinem Stuhl. Endlich konnte ich weg von Ian. Edinburgh-weit-weg. Und dort würde ich mich dann für ein paar Wochen oder Monate in mich selbst zurückziehen, bis ich vergessen hatte, wer Ian MacLeod war und wie sehr ich mir wünschte, dass ich nur noch ein einziges Mal seine Lippen auf meiner nackten Haut spüren durfte.

Ian stand plötzlich hinter mir und drückte mich zurück auf meinen Hintern. »Nicht so schnell!«

»Was? Warum nicht?«

»Weil wir nicht wissen, ob er wirklich der Mörder ist.« Ian sah schmunzelnd auf mich herunter.

»Aber meine Mutter fühlt sich bestimmt wohler, wenn sie zu Hause ist. Hier kommt sie ja doch nicht zur Ruhe. Ihr macht einfach zu viel Dreck«, sagte ich und wies auf den Abwasch, der sich schon wieder bis zur Decke stapelte.

»Du kannst ihr ja dabei helfen«, meinte Ian und sein Daumen streichelte über die Seite meines Halses und schickte Hitzewellen in meinen Unterleib.

»Ja, oder du hilfst Ian bei seinem Unterleibskrampf«, fügte Kathrin grinsend an und knuffte meine Mutter in den Oberarm, die nickend bestätigte.

»Ich weiß ja nicht, wie es dir geht, Schätzchen, aber ich habe mich selten so wohl gefühlt, wie mit all diesen hübschen Männern um mich herum.« Theresa kuschelte sich an Darrens Seite und ich schnappte entrüstet nach Luft, als der einen Arm um die Schulter meiner Mutter legte.

»Und wir haben uns noch nie so nett umsorgt gefühlt.«

»Ja, dann steht es ja fest. Ihr bleibt noch hier, bis wir mehr wissen.« Bob klatschte mit der flachen Hand auf den Tisch und brachte ihn zum Beben.

Ich schüttelte Ians Hände von meinen Schultern und gab mich geschlagen.

»Reden, jetzt«, knurrte Ian in mein Ohr und blies seinen warmen Atem in meinen Nacken. Meine Brustwarzen reagierten sofort und stellten sich auf.

Wütend wandte ich mich zu ihm um. »Über was zur Hölle willst du reden? Wir haben keinen Grund zu reden«, keifte ich und meine Mutter strafte mich mit ihren Augen ab. Die anderen sahen mich an. Aber im Moment war es mir egal, dass Ian und ich nicht allein waren. Eigentlich stärkte es mich sogar, dass ich nicht mit ihm allein war. Denn wenn ich mit ihm alleine wäre, würde ich wahrscheinlich nicht standhaft genug sein, um ihm klarmachen zu können, dass sich die Sache zwischen uns nicht noch einmal wiederholen würde. Wahrscheinlich würde ich nicht lange genug gegen mein Verlangen, ihm meine Beine um die Taille zu schlingen, ankämpfen können. Einmal in seinen Armen gelegen und von ihm gekostet zu haben, war gefährlich genug für mein Herz gewesen. Noch einmal wagte ich das einfach nicht. Und an dem Feuer in seinem Blick konnte ich nur zu deutlich sehen, dass für ihn die Sache zwischen uns noch nicht erledigt war.

Ian zerrte meinen Stuhl herum und baute sich vor mir auf. »Du weißt genau, über was wir reden sollten.«

»Nein, Vater. Ich möchte heute nicht Hausaufgaben machen«, feuerte ich zurück. Lachen um uns herum.

»Vielleicht möchte ich aber, dass du deine Hausaufgaben machst.«

»Aber Biologie war noch nie mein Lieblingsfach«, säuselte ich süß.

»Das hab ich anders in Erinnerung«, meinte Kathrin lachend.

Ich sah sie böse an. »Du warst immer besser in Biologie als ich.«

»Ich schätze, letzte Nacht hast du mich überholt.«

»Das schätze ich auch«, sagte Ian und sein Blick senkte sich provokativ auf meine Brüste. »Auch wenn ich der Meinung bin, du könntest deine Hausaufgaben noch etwas besser machen.«

»Was?«, keuchte ich auf.

»Das heißt »Wie bitte«, Kind«, kam es von meiner Mutter, die sichtlich Spaß hatte. Eigentlich hatten alle sichtlich Spaß.

»Aber vorerst sollten wir deine Kenntnisse im Debattieren erweitern. Du schuldest mir noch eine Antwort«, knurrte Ian und seine Brust hob und senkte sich unter kräftigen Atemzügen.

»Warum ist dir das so wichtig?«, fragte ich ruhiger.

Ian erstarrte und runzelte die Stirn. Wahrscheinlich hatte er selbst noch nicht darüber nachgedacht. Mit einem Stöhnen schnappte er nach mir, warf mich über seine Schulter und verließ mit mir die Küche. »Das besprechen wir jetzt nicht vor so vielen Zuhörern.«

»Lass mich sofort runter!«, kreischte ich und fühlte mich entsetzt an gestern erinnert. »Wehe du fesselst mich wieder an dein Bett!«

Ian stapfte mit mir die Stufen nach oben. »Genau das habe ich vor.«

Ich boxte auf seinen Rücken ein und bevor er mit mir die letzte Stufe erreichte, sah ich, wie sich unten vor der Küchentür eine Traube bildete und uns alle lachend hinterhersahen. Hatte Conner gerade den Zeigefinger seiner rechten Hand durch das Loch geschoben, das er mit Daumen und Zeigefinger seiner Linken gebildet hatte? Ich lief puterrot an und war froh, als Ian mit mir in seinem Zimmer verschwand.

Mit Schwung ließ Ian mich auf sein Bett fallen. Nachdem ich wieder Luft bekam, robbte ich so schnell ich konnte von der Matratze und stellte mich mit genügend Abstand zu Ian und zum Bett vor den großen Kleiderschrank. Ian kommentierte meine hastige Flucht aus seiner Schlafstatt mit hochgezogenen Augenbrauen und einem vielsagenden Grinsen.

»Warum interessiert es dich so sehr, dass ich gesagt habe, es wäre ein Fehler gewesen?« Und mach schnell, fügte ich in Gedanken an. Denn mit jeder Sekunde in diesem Zimmer, das Bett direkt vor Augen, überschwemmten mich die Erinnerungen, wie gut es sich angefühlt hatte, Ian zu berühren, in seinen Liebkosungen zu versinken und alles um mich herum zu vergessen. Ich heftete meinen Blick auf Ians Gesicht, nur um nicht auf das zerwühlte Laken sehen zu müssen, das so sehr nach ihm und seinem Aftershave gerochen hatte.

Ian kam näher und blieb nur zwei Schritte von mir entfernt stehen. »Weil es für mich kein Fehler war. Mir hat es Spaß gemacht. Aber wenn du sagst, es war ein Fehler«, sagte er mit ruhiger Stimme, »dann muss ich zu dem Schluss kommen, dass es dir nicht gefallen hat. Und dann will ich wissen warum nicht?«

Ich schluckte und drängte mich mit dem Rücken gegen den Kleiderschrank. Unter meinen zitternden Handflächen konnte ich das rissige Holz fühlen. Wenn Ian mir nur nicht so nahe wäre. Er verwirrte mich und ich konnte nicht richtig nachdenken. Krampfhaft versuchte ich, nicht daran zu denken, wie die Muskeln seiner Brust sich unter meinen Fingern angefühlt hatten: glatt und zart, und gleichzeitig kräftig und hart.

Ich blinzelte und sah ihm direkt in die Augen. »Oh, es geht dir also nur um deinen männlichen Stolz? Ich kann dich beruhigen, du warst gut.« Zu gut, dachte ich und verfluchte das fordernde Pochen zwischen meinen Schenkeln.

»Und woran liegt es dann? Warum blockierst du mich plötzlich?«

»Weil du mir zu wichtig bist, um den Sex nur als bloßen Sex zu betrachten. Und das macht mir Angst. Ich finde, einmal von dir verletzt worden zu sein reicht«, flüsterte ich fast tonlos und wagte dabei nicht, vom Boden aufzusehen. In meinen Ohren rauschte es.

Ian kam näher und lehnte sich gegen mich. Seine Finger spielten mit einer meiner Strähnen. »Aber ist es nicht das, was Sex interessant macht? Die Gefühle, die man füreinander hat?«

»Du meinst also, wenn du dort raus gehst und dir eins dieser Püppchen holst, dann empfindest du etwas für sie?«

»In dem Moment, in dem ich mit ihr schlafe? Ja, Verlangen nach ihr und nach ihrem Körper.«

»Oh, wie praktisch für dich.«

»Empfindest du nichts für die Männer mit denen du schläfst?«

»Nein. Ich benutze sie, mehr nicht. Sie bedeuten mir nicht mehr als ein guter Weg zu meinem nächsten Orgasmus.«

»Und ich bedeute dir etwas?« Ians Gesicht näherte sich meinem und als er seine Lippen auf mein Ohr legte, fröstelte ich wohlig.

»Ja, und deswegen geht das hier nicht«, sagte ich und stieß ihn bestimmt von mir weg, obwohl ich ihn eigentlich noch näher an mich ziehen wollte.

»Es geht also nur darum, dass du Angst hast, Gefühle zuzulassen«, stellte Ian fest.

»Es geht darum, dass ich glaube, es wäre nicht gut für mich, dich noch näher an mich heranzulassen.«

Ian trat zurück und hob abwehrend die Hände. »Wenn das so ist. Du kennst ja den Spruch, der an dieser Stelle immer folgt. Es war schön mit dir, aber lass uns doch Freunde bleiben«, sagte er hart und wandte sich von mir ab. Er verließ das Zimmer und ich blieb mit heftig klopfendem Herzen zurück. Tränen brannten in meinen Augen und mein Magen zog sich schmerzhaft zusammen. Von unten rief Bob donnernd meinen Namen.

Mit gemischten Gefühlen betrat ich das kleine Überwachungszimmer und versuchte, Ian nicht anzusehen, der auf dem zweiten Stuhl neben Bob Platz genommen hatte.

»Izz hat angerufen.« Bob sah mich mit großen Augen an. »Der Typ hat den Mord gestanden. Er wusste auch von den Nachrichten und den Videos. Er ist eindeutig unser Killer. Er kannte sogar den Fundort der Leiche. Sie lag genau da, wo Molly und Alfred die erste Leiche hinterlassen hatten.«

Für einen Moment stockte mir der Atem und ich musste erst mal sacken lassen, was Bob da gesagt hatte. Dann stieß ich erleichtert die Luft aus meinen Lungen und ließ mich gegen die Wand in meinem Rücken sinken. »Dann ist es vorbei? Einfach so?«

»Einfach so«, bestätigte Bob.

Meine Mutter und Kathrin tauchten auf und noch bevor ich etwas sagen konnte, zerrten mich beide in die Küche, wo auf dem Tisch eine Flasche Whisky und mehrere Gläser standen. »Partytime«, sang Kathrin und meine Mutter stimmte lachend ein. Einen Whisky konnte ich jetzt durchaus gebrauchen.

»Ich kann es gar nicht glauben«, sagte ich, nachdem ich mein Glas in einem Zug geleert hatte. Es fühlte sich unreal an, so wie ein Traum. Dabei hätte es anders sein müssen. Die Gefahr und der Ripper selbst hätten sich viel mehr wie ein Traum anfühlen müssen. Und nicht die Tatsache, dass es jetzt gar keinen Ripper mehr gab und mein Leben wieder ganz normal war. So normal, dass ich einfach zurück nach Edinburgh gehen und Ian und den Ripper und die vergangenen Tage einfach vergessen konnte. Aber da machte ich mir etwas vor, denn weder Ian, noch den Ripper noch die

Vorkommnisse der letzten Tage würde ich jemals vergessen können.

»Dann kann ich jetzt wieder nach Edinburgh. Ich werde Summer sofort anrufen und ihr Bescheid geben.« Die letzten Tage hatte ich vermieden, Summer anzurufen. Sie hätte sofort bemerkt, dass etwas nicht stimmte. Andererseits hatte sie das wohl auch so. Es war auffällig genug, dass ich mich nicht bei ihr meldete und nachfragte, ob sie alles unter Kontrolle hatte und der Laden überhaupt noch existierte. Und Jonathan Crown, den hatte ich auch ganz vergessen.

»Das wirst du nicht!«, befahl meine Mutter. Ich hatte mein Handy schon in der Hand, als sie es mir entriss.

Verständnislos sah ich sie an. »Aber dir geht es doch wieder gut. Du putzt und kochst hier für eine ganze Armee, so als wäre alles in Ordnung mit dir.«

»Es ist alles in Ordnung mit mir. Aber nicht mit dir.«

»Was soll mit mir nicht in Ordnung sein?«

»Du stößt den Mann weg, für den du etwas empfindest. Und du bist gerade einem durchgeknallten Irren entkommen und hast nichts Besseres im Sinn, als dich in die Arbeit zu stürzen«, schimpfte sie. Kathrin kicherte in sich hinein und nickte bestätigend.

Punkt eins der Anklage stimmte. Ja, ich empfand was für Ian, aber irgendwie hatte ich das schon immer getan. Aber Punkt zwei war falsch. Ich stürzte mich nicht wieder in die Arbeit und verdrängte, was ich erlebt hatte. Ich stürzte mich wieder in die Arbeit, um Ian zu vergessen und von ihm wegzukommen. Nur konnte ich das niemandem der hier Anwesenden sagen. »Das ist nicht wahr«, log ich stattdessen. Es gibt nur keinen Grund mehr für mich, länger hierzubleiben.«

Kathrin und Theresa starrten mich beide an und ihre Gesichter sagten mir, sie wussten, dass ich log.

Conner kam zu uns in die Küche und musterte uns aufmerksam. Er nahm sich ein Glas, trank den Whisky in mehreren kleinen Schlucken und räusperte sich. »Etwas Ablenkung täte dir gut. Wie wäre es, wenn du mit uns zu *T in the Park* kommst, dann musst du nicht den Bus nehmen. Es liegt doch auf dem Weg.«

»Das ist eine sehr gute Idee«, warf meine Mutter hastig ein und strahlte über das ganze Gesicht.

»Oh ja, das wäre super«, hüpfte Kathrin aufgeregt herum. »Du kommst mit uns.«

»Aber ...«

»Kein aber«, sagten alle drei wie aus einem Mund. Ich seufzte frustriert auf. *T in the Park* bedeutete ein weiteres Wochenende mit Ian, gröhlende Menschenmassen, kreischende Mädchen und eine Menge Kopfschmerzen. Aber zumindest gab es keine Chance, dass ich auch nur für fünf Minuten mit Ian allein sein würde.

11. Kapitel

»Ich bin`s, Emma.«

»Ich weiß. Ich kann es auf dem Display sehen. Da steht: Emma ruft an.«

»Schon klar, danke. Du musst mir das nicht jedes Mal sagen.«

»Ich sag dir das solange, bis du aufhörst zu sagen: Ich bin`s, Emma.«

»Was soll ich denn dann sagen? Nichts?«

»Wie wäre es mit Hallo?«

»Hallo!«

»Geht doch! Also, wie geht es dir so auf der Insel? Ich hoffe, du hattest Sex.«

»Ich bin erpresst worden und eine Frau wurde ermordet.« Über das andere wollte ich nicht mit Summer reden. Ich würde es niemals erwähnen. Ich würde niemals mehr den Namen Ian MacLeod in den Mund nehmen. Und schon gar nicht Summer gegenüber. Wenn es jemanden gab, der Ian noch mehr hasste als ich, dann sie. Bei dem Wort hasste, zog sich mein Magen schmerzhaft zusammen. Das war die Rache dafür, dass ich versucht hatte, mich selbst zu belügen.

»Hast du eben einen winzigen Moment gezögert? Und erpresst? Du verarschst mich!«

»Kein bisschen. Lass uns darüber reden, wenn ich Zuhause bin!«

»Versprochen?«

»Versprochen.«

»Nicht wieder in dich reinfressen, du weißt, ich mag es nicht, wenn du ewig vor dich hinbrütest.«

Summer hatte recht, ich neigte dazu, Probleme totzuschweigen und vor mich herzuwälzen. Summer war aber eine Verfechterin von: Rede es dir von der Seele, egal wie unwichtig oder peinlich es dir vorkommen mag. »Also, wie läuft es im Laden?«

Stille. Stoffrascheln. Kichern.

Ich warf einen Blick auf die Uhr. Der Laden hatte über Mittag zu. Da wir nur eine Straße weiter wohnten, gingen wir zum Essen immer nach Hause.

»Der Laden läuft super. John und ich haben ihn etwas umgeräumt.«

»Umgeräumt? Hast du gerade *umgeräumt* gesagt? Aber mein Schmuckstück war toll, so wie es war.«

»Dein Schmuckstück hatte das Flair von vor zwanzig Jahren. Da musste mal wieder frischer Wind rein. Wir haben jetzt sogar ein Erotikregal.«

»Aber ...«

»Jetzt reg dich nicht auf! Sieh es dir erst mal an! Ist wirklich toll geworden.« Ich fröstelte bei der Vorstellung, was Summer toll fand. Wahrscheinlich waren sämtliche Wände und Regale jetzt schwarz, selbst die Lampen waren wohl schwarz. Und an den Wänden würden Muster und Kringel in Leuchtfarben die Kundschaft vergraulen. Obwohl ... das würde sie nicht wagen. Aber sie würde wagen, Lederpeitschen und Ketten und andere Folterinstrumente in die neue Erotikecke zu hängen. *Tief durchatmen*, beruhigte ich mich.

»Darüber reden wir auch, wenn ich wieder da bin. Wie lief die Lesung?«

Stille. Rascheln. Flüstern. Kichern.

»Die lief genauso wie die letzte auch.«

»Dann war Crown genauso arrogant wie beim letzten Mal?«

Rascheln. Kichern.

»Ja. So wie immer.«

»Wer ist da bei dir?«

»Er heißt John, geliebte Mutter.«

»Der John, der auch den Laden umgeräumt hat?«

Das war ungewöhnlich. Das hieß, sie hatte sich schon mehr als nur einmal mit ihm getroffen. Und Summer und ich waren uns in einem Punkt einig. Keine festen Beziehungen. Das würde heißen, einen Mann in dein Leben und in dein Herz zu lassen. Und das ging nie gut aus.

»Genau der.«

»Kenne ich ihn?«

»Könnte sein. Du wirst ihn kennenlernen. Wir sind jetzt zusammen.« War das Schüchternheit in Summers Stimme?

»Dann halte ich dich besser nicht länger davon ab, mit John am helligten Tag im Bett zu liegen.«

»Danke. Das ist lieb. Und tu nichts, was ich nicht auch tun würde!«, zwitscherte Summer zum Abschied.

Verwirrt starrte ich das Handy an. Was war denn mit der passiert? Und was war mit meinem Buchladen passiert? Ich erschauderte. Bloß nicht darüber nachdenken.

Es klopfte an der Tür und im selben Augenblick wurde sie auch schon aufgerissen. Kathrin winkte mir. »Nun komm schon, die Band probt für ihren Auftritt.«

Noch bevor ich protestieren konnte, hatte Kathrin mich auch schon hochgerissen und in den Raum gegenüber gezogen. Als wir das Studio betraten, schaute Ian kurz auf und senkte seinen Blick dann gleich wieder auf die rote Strato, die er gerade stimmte. Immerhin Kiran hatte ein strahlendes Lächeln für uns und auch Conner winkte uns zu.

»Der kriegt sich schon wieder ein«, murmelte Kathrin.

»Das muss er gar nicht. Weder er noch ich haben Interesse an einer Beziehung.« Kathrin sah mich stirnrunzelnd an.

»Den Schwachsinn redest du dir ein? Das glaubst du doch selber nicht.«

»Ich komm gut damit klar. So halte ich das jetzt schon seit Jahren.«

Kathrin zuckte die Schultern. »Ich hab Augen im Kopf. Und ihr zwei fahrt total aufeinander ab.«

»Also, welche Pläne gibt es für euer Megaevent?«, lenkte ich vom Thema ab.

Kathrin hatte sehr wohl verstanden, dass ich nicht weiter über Ian reden wollte. Sie kniff die Lippen zusammen und sah durch die Scheibe auf die Jungs, die gerade ein ruhiges Stück spielten. Ian hatte seinen Blick noch immer gesenkt, sein langer Pony hing ihm in die Stirn und verdeckte sein Gesicht. Wich er meinem Blick nur aus, oder hasste er mich vielleicht? Ich konnte seine Abweisung fast körperlich spüren und es verletzte mich.

»Morgen fahren wir mit dem Tourbus zum Festival, am Samstag haben die Jungs ihren Auftritt und am Sonntag geht es wieder zurück.«

»Sie haben einen Tourbus?«

»Ja. Kiran sagt, das wird lustig. Ich bin schon aufgeregt. Ich bin noch nie mit einem Tourbus gefahren.« Kathrins Laune hob sich wieder und sie strahlte Kiran durch die Scheibe hindurch an. Ja, man sah den beiden an, dass sie verliebt waren. Ich freute mich für sie. Umso überraschter war ich, dass mir das Glück der beiden ein so heftiges Stechen in der Herzgegend bescherte.

Ian hob den Kopf und schüttelte seine Haare aus dem Gesicht. Sein eiskalter Blick traf mich und ich hatte das Gefühl, da lag wirklich Verachtung in seinem Blick. Diesmal sah ich weg.

»Und wo schlafen wir? Alle zusammen im Bus?«, fragte ich zweifelnd.

»Nein. Es gibt zwar ein Bett im Bus - Kiran meinte, das wäre schon für uns Frauen reserviert -, aber die Band wird in einer der Hütten schlafen, die der Veranstalter bereitstellt.«

»Ist das nicht gefährlich? Versuchen da nicht die Fans in die Hütten der Bands zu kommen?« In meiner Fantasie stellte ich mir vor, wie Ian mitten in der Nacht von einem übereifrigen Fan geweckt wurde. Leider verselbstständigte sich meine Fantasie und ich musste zusehen, wie Ian sich daran machte, dem weiblichen Fan die Kleidung vom Leib zu schälen.

»Nein, der Bereich, in dem sich die Bands und Veranstalter aufhalten, ist umzäunt und wird überwacht.«

Als ich jetzt zu Ian aufsah, hatte er mir den Rücken zugedreht und redete auf Kiran und Connor ein, die daraufhin nickten. Ich schob mich von meinem Stuhl.

»Ich seh mal nach, ob ich meiner Mutter mit dem Abendessen helfen kann.«

Meine Mutter betrat vor mir ihr Wohnzimmer und ließ sich schnaufend auf die kleine Couch fallen. »Ist es nicht schön Zuhause?« Sie strahlte mich abwartend an und legte ihre Beine auf die Sitzfläche.

»Das sage ich dir dann, wenn ich wieder Zuhause bin«, murmelte ich ungehalten. Immerhin hatte sie einen deutlichen Anteil daran, dass ich, bevor ich mich entspannen durfte, erst noch ein paar Tage vom Leben eines Rockstars kosten durfte.

Am Nachmittag hatte meine Mutter mich gebeten, sie nach Hause zu fahren, da es jetzt, wo der Ripper festgenommen wurde und gestanden hatte, keinen Grund mehr für sie gab, sich nicht noch ein paar Tage auszuruhen.

»Ach, jetzt schmoll doch nicht! Du bist so jung, genieß dein Leben! Es wird schnell genug unbequem werden, glaub mir!«

Als ich den traurigen Ausdruck auf dem Gesicht meiner Mutter sah, wurde mir ganz flau im Magen. Sie hatte in den letzten Jahren wenig Grund zur Freude gehabt. Ich ging zu ihr und nahm sie fest in die Arme. »Ich kann auch noch ein oder zwei Tage bleiben.«

»Kommt gar nicht infrage. Du fährst schön auf dieses Festival und hast deinen Spaß. Und du solltest Ian nicht für das büßen lassen, was dein Vater getan hat. Nicht alle Männer wachen mit fünfzig plötzlich auf und wollen ihre Jugend zurück. Und du vergisst, Ian hat noch einige Jahre, bis er in das Alter kommt.«

»Mom! Das hat nichts mit Dad zu tun.« Wenn ich ehrlich war, vielleicht hatte mein Vater doch auch seinen Anteil daran, dass ich dem männlichen Geschlecht kein Vertrauen entgegenbringen konnte. Es gab zwei Männer in meinem Leben, die mir wichtig waren. Und beide hatten mich auf irgendeine Art verletzt. Und gerade war ich dabei, mich in einen von ihnen zu verlieben. Schon wieder. Und er war dabei, mich erneut zu verletzen. Aber eigentlich stimmte das gar nicht. Ich hatte ihn weggestoßen, bevor er mich verletzen konnte. Ich hatte mich selbst verletzt.

»Du solltest nicht länger vor deinen Gefühlen davonlaufen. Du hast eine Mauer um dein Herz herum errichtet. Und wenn du nicht zulässt, dass irgendjemand sie einreißt, dann wird dieser zerbrechliche Teil von dir bald nicht mehr dazu in der Lage sein, überhaupt etwas zu empfinden, weil du alle Empfindungen irgendwo in den Tiefen deiner Seele vergräbst und nicht zulässt, dass sie herauskommen.«

»So bin ich nicht«, verteidigte ich mich und kniete mich neben das Sofa auf den Boden.«

»Doch, so bist du. Ich habe es in den letzten Tagen selbst miterleben müssen. Du stößt einen

Mann lieber weg, als zuzulassen, dass du etwas für ihn empfindest.«

Traurig schloss ich die Lider, um den Anblick meiner Mutter auszusperren. Sie hatte recht. Mir selbst war es nicht bewusst gewesen, weil ich mich nicht so sah. Aber jetzt, wo sie es mir vor Augen hielt, wurde mir klar, dass ich genau das tat. Aber es war sowieso egal. Ian hatte seinen Vertrag. Und er hatte nicht einmal angedeutet, dass er mehr von mir wollte, als nur Sex. Selbst wenn ich ihn nicht abgewiesen hätte, wäre am Ende nichts aus uns geworden. Nur vor der Gewissheit, noch einmal von ihm abgewiesen zu werden, hatte ich mich schützen wollen.

»Ich werde mich bessern, versprochen. Aber nicht bei Ian«, sagte ich und sah meiner Mutter fest in die Augen. Sie strich mir traurig über die Wange und seufzte.

Die Sonne war noch nicht einmal aufgegangen, da klopfte es gegen meine Tür. »Aufstehen Täubchen! Hunderttausend Fans warten darauf, dass *Wild Novel* ihnen einheizt.«

Müde streckte ich mich und starrte an die Decke. Meine Augen brannten und waren noch nicht bereit, den Schlaf zu verdrängen. Aber es nutzte nichts, ich musste mich aus dem Bett quälen.

Als ich gestern Abend nach Glenoak Hall kam, war die Band gerade dabei, einen mittelgroßen roten Bus zu beladen. Sie schleppten Kisten mit allem möglichen Equipment in den Anhänger des Busses. Kathrin zog Kiran gerade hinter den Bus und schmiegte sich an ihn, als ich den Fiat meiner Mutter parkte. Ich schaute höflich in die andere Richtung und wäre fast in Ian gelaufen, der mir, eine große Holzkiste in den Händen haltend, brummend auswich und um mich herum stapfte. Er hatte beschlossen, weiterhin wütend auf mich zu sein und mich so gut es ging zu ignorieren.

Das Wochenende würde also interessant werden. Mit diesem Gedanken quälte ich mich aus dem Bett. Ich war schon jetzt nicht bester Laune, aber die Vorstellung, über vier Stunden mit Ian gemeinsam in einem Bus verbringen zu müssen, verhagelte mir die Stimmung noch mehr.

»Ich hab dir ein Paar Gummistiefel von mir mitgebracht«, sagte Kathrin und zog Stiefel mit rosa Blümchenmuster aus einer Reisetasche.

Wir saßen seit zwanzig Minuten im Tourbus und Kathrin schnatterte, ohne Atem zu holen, aufgeregt vor sich hin. Mittlerweile hatte ich eine gute Vorstellung von dem, was mich auf dem Festivalgelände erwarten würde. Nur das mit den Gummistiefeln war mir unklar.

»Wozu brauchen wir Gummistiefel?« Ich beäugte misstrauisch die hässlichen Teile, die Kathrin mir über den kleinen Tisch zwischen uns hinweg reichte. Ich griff danach und stellte sie vor meine Füße.

»Glaub mir, du wirst mir dankbar sein. Es hat fast die ganze Nacht und den Morgen geregnet.« Ja, und der Morgen war noch nicht vorbei, dachte ich missmutig. Ich kippte gerade die dritte Tasse Kaffee in mich hinein.

»Aber Gummistiefel?« Ich rümpfte die Nase. »Es regnet sonst auch immer in Schottland, trotzdem besitze ich nicht mal welche. Die Teile sind eine Beleidigung fürs Auge.«

»Ja, schön sind sie nicht. Aber *T in the Park* findet auf einem ehemaligen Flughafengelände statt. Und bei zweihunderttausend Füßen, die dort über die Wiesen trampeln, und wenn es dann noch regnet ... Wir werden bis zu den Knien im Schlamm versinken.«

Na toll, dachte ich.

»Deine Füße sind etwas kleiner als meine. Zieh einfach zwei paar Socken über, dann geht das schon«, murmelte Kathrin zufrieden, als ich mich geschlagen gab.

Ein paar Meter weiter vorne saß Ian mit den anderen Bandmitgliedern, Frank und Bob in einer runden Sitzecke aus schwarzem Leder. Er stimmte eine seiner Gitarren und sah in regelmäßigen Abständen immer wieder zu mir auf. So wie gerade jetzt eben. Nur hatte sich in seinem Blick seit gestern etwas verändert. Er war nicht mehr zornig und abweisend.

Er sah mich an und ich hatte das Gefühl, in seiner Vorstellung lag ich nackt vor ihm. Aber nur seine Augen versprühten diese Hitze, die mein Höschen mit Feuchtigkeit durchtränkte. Der Rest von ihm strahlte weiter diesen Zorn aus, der meinen Magen rebellieren ließ. Diese abweisende Haltung jagte Adrenalin durch meine Venen und gleichzeitig war sie so erregend, dass sich meine Brustwarzen zu harten Knospen zusammenzogen.

Verzweifelt presste ich die Schenkel zusammen, um dem drängenden Pulsieren dazwischen Einhalt zu gebieten. Warum machte er das mit mir? Und warum konnte ich ihm nicht wiederstehen? In diesem Augenblick wollte ich ihn mehr als jemals zuvor. Dieser brennende Blick war intimer als alles, was wir bisher miteinander geteilt hatten.

»Wenn ihr zwei euch weiter so anstarrt, können wir die Schlafordnung auch noch mal umstellen. Ich hätte damit kein Problem«, sagte Kiran breit grinsend. »Mir wäre sowieso lieber, ich könnte neben meinem Mädchen schlafen.«

»Mir gefällt die Vorstellung besser, dass die zwei Hübschen zusammen in einem Bett schlafen«, entgegnete Conner und zwinkerte mir zu.

»Fick dich!«, meinte Ian grummelnd.

»Ich hätte mein Bett ja auch mit Kathrin geteilt, aber Conner und Darren hatten Angst, ich könnte die Finger nicht von Kathrin lassen und sie müssten unfreiwillig miterleben ...«

»Ja, ja. Schon gut«, sagte ich hastig. »Keine Details bitte.«

»Es sei denn, ihr Mädchen habt Angst allein im Bus, dann würde ich mich freiwillig zur Verfügung stellen«, sagte Conner und lachte laut auf.

Ians Blick ruhte noch immer auf mir und ich schluckte bei der Intensität, mit der sich dieser Blick in mich bohrte. Mein Unterleib zog sich zusammen und ich biss nervös auf meine Unterlippe. Ian zog die Augenbrauen zusammen und sah auf seine Gitarre. Was hatte ich denn jetzt falsch gemacht?

Seufzend lehnte ich mich zurück in den Sessel und schloss die Augen. Alles um mich herum versank und ich lauschte nur noch den leisen Gitarrenklängen, die Ian seiner Stratocaster entlockte. Ich verdrängte jeglichen Gedanken an das, was zwischen mir und Ian war. Vielleicht sollte ich wirklich aufhören, mich gegen meine eigenen Gefühle zu wehren? Aber die Angst vor Verletzung war größer. Dennoch, so wie es jetzt aussah, hatte ich Ian verletzt. Er hatte alles Recht der Welt, wütend auf mich zu sein. Und doch war da die Art wie er mich ansah, die nicht zu seiner Abweisung passte und die es in meinem Bauch flattern ließ. Vielleicht wollte ich ihn jetzt, da es den Anschein hatte, dass ich ihn für immer vergrault hatte, umso mehr.

»Aufwachen, Süße! Wir sind da. Wird Zeit, deine Stiefel anzuziehen.«

»Ich blinzelte und zuckte erschrocken zurück. Bob hatte sich nahe über mich gebeugt und alle anderen standen um ihn herum und grinsten abwartend. »Wusstest du, dass du schnarchst, Mädchen?«

»Ich schnarche nicht«, keifte ich entrüstet.

»Tust du«, sagte Ian und schob sich an den anderen vorbei auf die offenstehende Tür des Busses zu.

Von draußen drang ein Meer von menschlichen Stimmen, begeisterten Schreien und harten Sounds in den Bus.

»Nun los, komm schon!« Kathrin zog ungeduldig an meinem Arm. »Ich will mich unbedingt sofort ins Getümmel werfen. Frank und Bob haben uns schon angemeldet. Wir können also sofort loslegen. Ich kann nicht glauben, dass du die ganze Fahrt verschlafen hast.«

Brummend trennte ich mich von meinen Ballerinas und stülpte die Gummistiefel über meine Waden. »Okay, womit fangen wir an?«, fragte ich Kathrin, als wir vor dem Bus standen, der sich auf einer Art Parkplatz für Tourbusse und Wohnwagen befand. Ich sah mich weiter um. Hinter einem gut zwei Meter hohen Zaun, an dem Werbeschilder befestigt waren, hörte ich die Massen kreischen, als eine Band gerade die ersten Noten zu einem neuen Song spielte. Ein Stückchen weiter ragte ein Riesenrad in den Himmel.

»Lass uns erst mal was essen!«, schlug Bob vor und rieb sich den Bauch.

»Ein Whisky wäre auch nicht schlecht.« Frank fluchte leise, als er in eine Pfütze trat und seinen Fuß nur schmatzend wieder befreien konnte.

»Du hättest dir Gummistiefel anziehen sollen«, sagte ich locker. »Ich hab doch auch welche an. Immer muss man die Männer an alles erinnern.«

Kiran und Ian lachten.

Wir entschieden uns für die Fahrgeschäfte, weil wir dort Spaß haben könnten und auch etwas zu Essen bekommen würden, wie Kathrin uns hilfsbereit aufgeklärt hatte. Die Gummistiefel waren wirklich eine gute Idee gewesen. Und als wir an einer kleinen Bude vorbeikamen, die Regencapes verkaufte, nahm ich mir auch davon eins mit, denn es nieselte noch immer.

Kathrin hielt mich an der Hand und schlenderte mit mir direkt auf das Riesenrad zu.

»Wir haben eben gegessen«, protestierte ich und blieb ruckartig stehen, um mich gegen Kathrin zu stemmen. Leider brachte das gar nichts, denn Conner packte mich von hinten und setzte mich in eine der Gondeln. Die anderen stiegen dazu. Nur Darren und Frank verzichteten und gönnten sich lieber einen Schluck vom Whisky.

»Oh man, ich hab mächtige Höhenangst«, stöhnte ich mit zittriger Stimme, als das Rad sich langsam in Bewegung setzte. »Das war keine gute Idee.«

»Du hast Höhenangst?« Ian sah mich besorgt an.

»Und wie.« In meinen Ohren rauschte die Panik und ich krallte mich in Conners Jacke, der neben mir saß.

»Tut mir leid. Ich hatte keine Ahnung«, entschuldigte der sich bei mir und legte einen Arm um meine Schulter. Ian warf ihm einen wütenden Blick zu.

»Ich nehm dir deine Kleine schon nicht weg.«

»Darum geht es gar nicht«, grollte Ian. Du hättest sie fragen können, bevor du sie hier reingehoben hast.«

»Ist schon gut«, sagte ich keuchend und drängte mich noch näher an Conner, weil wir gerade ganz oben ankamen und das Ding jetzt ausgerechnet eine Pause einlegte.

»Schließ die Augen!«, sagte Ian ruhig. Er saß mir gegenüber neben Kathrin und Kiran, die mindestens genauso unglücklich wirkten wie Ian.

Ich vergrub mein Gesicht an Conners Brust und versuchte, ruhig aus- und einzuatmen. Conner drückte mich noch fester an seine Seite und ich probierte, mich nur auf meine Atmung zu konzentrieren. Ein und aus.

Als wir endlich unten ankamen und das Rad stehen blieb, brauchte ich eine Weile, bis ich das Zittern in meinen Beinen losgeworden war und ich aus der Gondel steigen konnte.

»Verdammte Scheiße«, fluchte ich. »Lasst uns eins klarstellen, keine Fahrgeschäfte!«

Alle lachten und Kiran klopfte mir aufmunternd auf die Schulter. »Dann lassen wir dich am besten in Ians Obhut, denn das lasse ich mir nicht entgehen.« Er zeigte auf einen Turm, um den herum Menschen in Sitzen saßen, die soeben im freien Fall der Erde entgegenstürzten.

Kiran, Conner und Kathrin stapften lachend durch den Matsch und ich blieb unbeholfen neben Ian stehen.

»Tut mir leid, dass das passiert ist«, sagte er.

»Ich hab es ja überlebt.«

»Ja, gerade so.« Er griff nach meiner Hand und zog mich auf einen Imbissstand zu. »Trink erst mal was!« Er reichte mir eine kleine Flasche Wasser, die ich dankend annahm, denn ganz wohl war mir noch immer nicht, was aber auch daran liegen könnte, dass die anderen mich mit Ian alleingelassen hatten.

»Hör zu!«, setzte ich zu einer Entschuldigung an und zwang ihn stehenzubleiben, indem ich mich vor ihn stellte. »Ich wollte dich nicht verletzen. Ich verstehe, dass du wütend bist. Aber könnten wir das zumindest für die Zeit, die wir hier noch zusammen verbringen, vergessen? Das wird hier sonst für uns beide nicht besonders angenehm.«

»Für mich *ist* das nicht besonders angenehm. Es fällt mir nicht gerade leicht, die Finger von dir zu lassen«, sagte er und kam so nahe, dass unsere Körper sich berührten. Er schaute auf mich runter und ich konnte seine Hitze spüren und sein Aftershave riechen. »Aber für dich reiß ich mich natürlich zusammen.« Sein Blick verfinsterte sich und seine Stimme troff nur so vor Sarkasmus.

Plötzlich stolperte Ian nach vorne und konnte nur verhindern, dass ich stürzte, indem er seinen Arm um meine Taille schlang und mich an sich zog. Ian wandte sich um und die Anspannung verließ seinen Körper. Er ließ mich los.

»Adam! Wer sonst?«

Adam MacLeod stand vor uns – noch immer beeindruckend gutaussehend -, an seiner Hand eine hübsche, junge Frau mit Kurven genau dort, wo sie sein sollten. Ihr Gesicht erkannte ich sofort wieder. Ich erstarrte, als sich die Fotografie aus dem ersten Ripper-Brief in mein Gedächtnis drängte. Und Linda jetzt vor mir zu sehen, verdeutlichte noch die Ähnlichkeit, die uns verband.

»Ian«, begrüßte Adam ihn grinsend.

»Das ist Emma«, stellte er mich vor.

»Ich kann mich an dich erinnern. Ian hatte ein Foto von dir auf seinem Desktop als er noch jünger war.«

Ich keuchte überrascht auf und sah Ian fragend an. Der wich meinem Blick verlegen aus.

»Meine Frau Linda.« Ich schüttelte die Hand, die Linda mir darbot und erwähnte nicht, dass ich sie gewissermaßen kannte. Das war wohl richtig so, denn auch Ian erwähnte nichts.

»Wir hatten gehofft, dich hier anzutreffen. Wir sind nur wegen eures Auftritts gekommen«, meinte Linda und lachte begeistert. »Adams nackten Oberkörper durfte ich ziemlich häufig bewundern. Von deinem kann ich das noch nicht behaupten. Also hab ich Adam gedrängt, hier herzukommen.«

Adam zog Linda strahlend in eine Umarmung. »Du bewunderst meinen Oberkörper?«

»Oh ja«, schnurrte sie und streichelte über seine Brust, die von einem *Wild Novel*-T-Shirt verhüllt wurde.

»Dann wirst du von Ians Brust enttäuscht sein.«

Ian kniff die Augen zusammen. »Warum sollte sie das?« Ich konnte ein Grinsen nicht unterdrücken.

»Weil du kein Piercing in deiner Brustwarze hast«, gab Adam bestimmt zurück.

»Hat er nicht?« Linda verzog ihren Mund zu einem enttäuschten Schmollen.

»Hat er nicht«, bestätigte ich. »Aber Adam hat?«

»Ja, er hat sich sogar vor ein paar Wochen noch die andere Seite durchstechen lassen. Nur für mich.«

Ich seufzte theatralisch. »Oh, ich steh auf Männer mit gepiercten Brustwarzen.« Ian räusperte sich neben mir.

»Seid ihr zwei ein Paar?«, wollte Linda wissen und musterte uns interessiert.

»Nein«, sagten wir beide gleichzeitig.

Linda kniff die Augen zusammen. »Aber da läuft doch was.«

»Da läuft nichts«, sagte Ian kalt. Ich zuckte zusammen und unterdrückte das Bedürfnis, mehr Abstand zwischen uns zu bringen.

»Hah! Wer kommt denn da?«, rief Adam aus und ging einen Schritt auf Kiran zu. Die beiden Männer umarmten sich und unterhielten sich miteinander.

»Kiran und Ian waren unsere Trauzeugen«, erklärte Linda.

Nachdem auch Darren und Conner wieder zu uns gefunden hatten, gingen wir weiter als erweiterte Gruppe über den Kirmesplatz. Conner legte noch einmal seinen Arm um mich und erkundigte sich, ob es mir besser gehen würde. Darren war plötzlich recht schweigsam geworden. Ich hatte das Gefühl, dass er Adam und Linda nicht so gut kannte, wie die anderen aus der Band. Und keiner von ihnen erwähnte den Irren, der Molly kopiert hatte.

Ich nahm an, um Linda nicht zu beunruhigen. Ich konnte mir gut vorstellen, dass sie die Ereignisse noch nicht vollständig verarbeitet hatte. Als ich sie jetzt so sah, glücklich an Adams Arm, da regte sich noch mehr Mitleid für sie in mir.

Und ich war Bob und Izz noch dankbarer, dass sie den Irren so schnell gefasst hatten und ich nicht durchmachen musste, was Linda ertragen hatte.

»Ihr seid wirklich nicht zusammen?« Linda hatte sich zu mir und Kathrin gesellt. Wir standen neben einer Schießbude und beobachteten, wie die Männer kleine, weiße Plastiksterne abschossen und jeder von ihnen versuchte, den anderen zu übertreffen. Sie alle lehnten auf dem Tresen der Schießbude, so dass ihre Hintern in unsere Richtung ragten.

»Nein«, sagte ich und nickte zu den Männern. »Ist das nicht eine nette Aussicht?«

Linda zog grinsend ihr Handy aus ihrer winzigen Handtasche und machte ein Foto von fünf knackigen Hintern. »Ich poste das auf dem Facebookprofil von *Wild Novel*.«

»Ich wäre jede Wette eingegangen, dass es zwischen euch knistert.«

»Das knistert auch. Nur die beiden sind einfach zu blöd«, schimpfte Kathrin und boxte mir heftig gegen den Unterarm.

»Schau mal, was ich für dich geschossen habe«, säuselte Adam mit stolz geschwellter Brust und hielt Linda eine künstliche Rose hin. Linda nahm sie und reckte sich, um Adam zu küssen.

Kiran kam grinsend auf Kathrin zu und meinte: »Er hat sie als Trostpreis bekommen. Aber schau mal, was ich für dich habe.« Kiran holte einen Plüschrocker mit Lederjäckchen hinter seinem Rücken vor, der ein Herz zwischen seinen Händen hielt auf dem »Ich liebe dich« stand. Kathrin seufzte und schlang Kiran verzückt die Arme um den Hals.

Die anderen Männer kamen mit leeren Händen zurück.

»Und ihr habt nichts gewonnen?«, wollte Linda wissen.

»Haben wir schon, aber wir mussten unsere Punkte hergeben, damit eure zwei Helden überhaupt was für euch bekommen haben.« Darren klopfte Kiran auf die Schulter.

»Oh, ihr schmückt euch also mit fremden Federn«, sagte ich zu Adam und Kiran.

Wir gingen weiter und beschlossen, an einer Bude Kaffee zu trinken, um uns etwas aufzuwärmen. Es hatte etwas aufgefrischt und durch den leichten Nieselregen wurde es unangenehm kühl. Wir stellten uns an einen Tisch, der vor einer Lücke zweier Buden stand. Nachdem alle ihren Kaffee getrunken hatten, beschlossen die anderen in eine riesige Schaukel zu steigen, die sich überschlug und mir schon vom Zusehen den Kaffee wieder die Speiseröhre hinaufdrückte.

Ian blieb bei mir und einen Moment standen wir schweigend nebeneinander. Dann schnappte Ian sich meinen Arm und zerrte mich in die Lücke zwischen den beiden Buden. Er drückte mich gegen eine der Wände und hielt mich mit seinem Körper gefangen.

»Ian, was machst du da?« Meine Stimme war heiser und mein Herz sprang gegen meine Rippen. Er war mir so verwirrend nah, dass ich nicht wusste, was ich tun sollte.

»Ich hab auch was für dich geschossen«, flüsterte er leise und zog rosa Plüschhandschellen aus einer seiner Potaschen. »Eine kleine Erinnerung an unsere gemeinsame Nacht.« Er legte mir die Handschelle um mein Handgelenk. Das Handgelenk, das auch in besagter Nacht gefesselt gewesen war, dann löste er sich von mir und ging zurück an unseren Tisch. Sekundenlang blieb ich schwer atmend an die Wand gelehnt stehen.

Ich war so nah dran gewesen, einfach nachzugeben und ihn zu küssen. Aber ich war mir nicht einmal mehr sicher, ob er das überhaupt noch wollte. Und das nicht zu wissen, sorgte nur dafür, dass ich ihn noch mehr wollte. Plötzlich schien sich das Blatt gewendet zu haben. Ich sehnte mich danach, dass er zurückkam und sich noch einmal gegen mich lehnte, damit ich ihn küssen konnte. Nur schien er jetzt kein Interesse mehr an mir zu haben. Oder warum war er sonst einfach gegangen, ohne auch nur versucht zu haben, mich zu küssen?

»Du hattest ein Bild von mir auf deinem Computer?«, fragte ich, als ich endlich mit zittrigen Beinen zurück an den Tisch getreten war. Ich löste die Handschelle von meinem Handgelenk und Ian beobachtete jede Bewegung meiner Finger, die ich dabei machte.

»Ja.«

»Warum? Bedeutet das nicht, dass ich dir damals zumindest genug bedeutet habe, um um mich zu kämpfen? So ein Bild richtet man sich doch nicht ohne Grund ein.«

»Es war eine Teenagerverliebtheit. Und als Michelle schwanger geworden war, war sowieso alles andere egal. Ein Teil von mir hat auch gehofft, dass du mich und die Hoffnung, die ich vielleicht in dir geweckt habe, dann einfach vergisst, wenn ich dir wehtue.«

»Tja, da hast du falsch gehofft. Das was du damals gesagt hast, hat mich verändert. Es hat die Frau aus mir gemacht, die ich heute bin.«

»Eine Frau, die keinen Mann an sich heranlässt.« Das war keine Frage. »Das tut mir leid.«

»Du musst dich nicht entschuldigen. Ich verstehe jetzt, warum du es getan hast. Aber du hättest mir auch damals schon einfach die Wahrheit sagen können.«

»Hätte das etwas zwischen uns geändert. Heute meine ich, nicht damals. Denn was ich gesagt habe, war vielleicht falsch, aber nicht meine Entscheidung für mein Kind. Die kann ich nicht bereuen.«

Ich schüttelte den Kopf.

»Was, wenn ich beschlossen habe, dieses Mal nicht einfach so aufzugeben?« Er wandte sich mir zu und legte seine Hand auf meine Taille, um mich an seinen Körper zu ziehen. »Ich mag dich wirklich.«

Meine Knie wurden weich. Jetzt bloß nicht zurückschrecken. Du willst ihn doch, redete ich mir ein. Und wie ich ihn wollte. Ich wollte ihn mit Haut und Haaren. Ich wollte, dass er seine weichen, vollen Lippen auf meine legte. Wollte, dass er meinen Körper mit seinem wärmte. Wollte ihm unter die Haut kriechen, um ihm ganz nah sein zu können.

»Ich sag doch, es knistert zwischen den beiden.« Linda stand mit verschränkten Armen neben uns und grinste breit.

»Das bekommen wir schon seit Tagen mit«, murmelte Darren ungehalten.

»Nur bekommen die zwei das nicht auf die Reihe«, sagte Conner und legte einen Arm um Ian, der seine Hand von meiner Taille genommen hatte.

12. Kapitel

Nur mit einem Badetuch bekleidet, das ich um meinen Körper geschlungen hatte, verließ ich die enge Duschkabine im Tourbus. Es war etwa zwei Uhr morgens und ich war nach dem langen Tag völlig erledigt. Mir schmerzten die Beine und Füße vom vielen Laufen. Und in meinen Ohren rauschte es durch die Dauerbeschallung mit lauter Musik und kreischenden Fans. Auch jetzt schrien draußen noch Menschen und sangen die Songs der Bands lauthals mit. Aber der Tourbus dämmte die Lautstärke zu einem Hintergrundrauschen ab.

Die Enden meines Handtuchs in der einen Hand schrieb ich meiner Mutter mit der anderen eine SMS, um ihr mitzuteilen, dass es mir gut ging. Während ich meine Sachen ordentlich auf einem Sessel ablegte, wartete ich, dass Kathrin kommen würde, damit wir endlich schlafen konnten. Ich wollte mich ungern hinlegen und schon einschlafen, bevor sie kam. Einmal geweckt, würde ich Probleme haben, erneut in den Schlaf zu finden und wäre für den Rest der Nacht wach und morgen wahrscheinlich unbrauchbar. Oder sollte ich lieber sagen heute?

Meine Mutter antwortete mir sofort. Sie hatte wohl schon auf eine Nachricht von mir gewartet. Sie wünschte mir eine gute Nacht und erinnerte mich noch einmal daran, dass ich endlich loslassen sollte.

Ich weiß nicht, was es war, aber irgendetwas sah sie in Ian, dass sie davon überzeugte, er könnte der Richtige für mich sein. Mein Herz und mein Körper sagten mir das Gleiche. Aber mein Verstand hielt mich zurück, weil er vielleicht der Richtige für mich war, aber ich nicht die Richtige für ihn. Solange er nicht bereit war, gegen diesen Teil seines Vertrages anzukämpfen, bedeutete das, dass es bisher keine Frau in seinem Leben gab, die ihm wichtig genug gewesen wäre. Und das schloss mich mit ein. Aber was wollte ich auch verlangen nach nicht einmal einer Woche, die wir Zeit hatten uns kennenzulernen. Konnte man Beziehungen, die aufgrund großer Gefahren geschmiedet wurden, überhaupt eine Chance einräumen?

Die Tür des Busses öffnete sich leise zischend und schloss sich gleich darauf wieder. Ich wandte mich nicht erst zu Kathrin um, sondern tippte weiter in mein Handy.

»Hast du dich endlich von Kiran trennen können«, murmelte ich und lächelte in mich hinein.

»Ja, ist mir gar nicht so schwer gefallen«, antwortete eine Stimme, die wie dunkle Schokolade über meinen Körper strich und ein süßes Ziehen in meinem Unterleib verursachte.

»Ian?« Ich wandte mich um und verkrampfte meine Hand um das Badetuch. »Was machst du hier?«

»Bereuen, dass ich offensichtlich zu spät für eine gemeinsame Dusche gekommen bin.« Ian drückte einen Knopf auf einem Bedienfeld an der Wand und dämpfte das Licht im Bus, bis es nur noch leicht leuchtete und eher dem Licht einer einzelnen Kerze glich. Ein weiterer Tastendruck und die Vorhänge vor den Fenstern schlossen sich. Wie ein Raubtier auf der Jagd bewegte er sich auf mich zu, den Blick unentwegt auf meinen Körper gerichtet.

»Es gab einen kleinen Bettenwechsel«, sagte er heiser. »Irgendwie haben sich alle gegen dich verschworen – mich eingeschlossen. Aus irgendeinem Grund sind wir der Meinung, du und ich hätten eine Chance verdient.«

Ich schluckte nervös und wich nach hinten aus, bis ich eine Haltestange im Rücken spürte. Bei der Art, wie Ian auf mich zukam, verhärteten sich meine Brustwarzen und die kleine Perle zwischen meinen Schenkeln pochte erwartungsvoll. Ich hätte noch genau fünf Sekunden, um den Rückzug anzutreten und mich aus dieser Situation zu befreien, oder ich könnte die Barrikaden fallen lassen und mir einfach nehmen, was ich so dringend wollte. Egal, welche Konsequenzen es haben würde. Ich entschied mich für das Fallenlassen der Barrikaden in dem Moment, als Ian vor mir stehen blieb und ich seinen herben Duft einatmete.

Ians Augen bewegten sich aufreizend über meinen Körper und machten mich wehrlos. Ich war unfähig, mich zu bewegen oder mich ihm zu entziehen. Mein Herz schlug kräftig gegen meine Brust und ich hatte vergessen zu atmen, als er so nahe vor mir stehen geblieben war, dass seine breite Brust meinen Oberkörper immer dann streifte, wenn seine Brust sich unter erregten Atemzügen hob. In seinem Blick lag ein Verlangen, das mich erzittern ließ.

Ich stieß seinen Namen aus, ein letzter Versuch, ihn aufzuhalten, aber es war eher ein Stöhnen, das ihm bestätigte, dass ich das Gleiche wollte wie er. Er löste meine verkrampften Hände um das Frotteetuch und es fiel zu Boden. Sein Blick glitt über mich und bei jedem Zentimeter meines Körpers, den er in sich aufsog, erhitzte sich meine Haut. Feuchtigkeit sammelte sich zwischen meinen Schenkeln. Er zog mich an sich und versenkte seine Nase in meinem noch feuchten Haar. Tief sog er den Duft meines Shampoos ein und seufzte.

»Du solltest mir das Shampoo überlassen, damit ich immer wieder daran riechen und mich an das erinnern kann, was wir gleich tun werden.« Sein Atem roch leicht nach Whisky. Ich wollte ihn küssen und den Whisky auf seinen Lippen kosten. Aber da lag noch ein anderer Geruch in der Luft. Fast wie Desinfektionsmittel. Krankenhausgeruch. Ich fragte mich, wo dieser Geruch herkam. Vielleicht ein Reinigungsmittel.

Wenn ich protestieren wollte, dann war es jetzt zu spät. Ian erstickte jeglichen Protest mit einem brennenden Kuss. Ohne Zögern stieß seine Zunge in meine Mundhöhle und entfachte ein Lodern in meinem Körper, das sich langsam bis zu meinem Lustzentrum ausbreitete. Tausend Ameisen krabbelten in meinem Bauch und mir war schwindlig vor Nervosität.

»Weißt du, wie sehr ich das schon den ganzen Tag tun wollte? Wie viel Kraft es mich gekostet hat, dich nicht einfach unter eine der Bühnen zu zerren und mich in dir zu versenken? Glaubst du noch immer, es könnte ein Fehler sein, mit mir zu schlafen?«

»Kann ich diese Frage später beantworten?«, stöhnte ich, als Ian seine Lippen auf die empfindliche Haut meines Halses drückte und sanft über meinen flatternden Puls leckte. »Ich kann mich gerade nicht konzentrieren.«

Ian lachte an meinem Hals und schickte einen Stromstoß durch meinen Körper. Er packte sich meine Handgelenke und hob sie über meinen Kopf. Mein Rücken drückte sich gegen das kühle Metall der Haltestange. Mit einem Ratschen schlossen sich die rosa Plüschhandschellen um meine Gelenke und ich war gefesselt. Erstaunt sah ich nach oben. »Wird das so etwas wie ein Running Gag zwischen uns, jedes Mal, wenn wir Sex haben?«, zischte ich wütend.

»Ich könnte es mir zumindest vorstellen.« Ian trat einen Schritt zurück und betrachtete sein Werk zufrieden. »Sehr sexy. Und sehr erregend.« Er fuhr mit einer Hand über die Beule in seiner Lederhose.

Ich sah nach oben. Meine Hände waren an einer Querstange befestigt und ich stand nackt vor ihm, als hätte man mich ihm zum Geschenk gemacht. Diese Vorstellung schwappte durch mich hindurch und steigerte meine Erregung noch mehr. Mein Geschlecht zuckte in freudiger Erwartung und ich sehnte mich danach, dass Ian mich dort unten berührte. »Warum machst du mich nicht los und wir legen uns ins Bett. Ich würde dich viel lieber auch berühren dürfen.«

»Berühren ist das Problem«, sagte er mit rauer Stimme. Seine Finger schlossen sich um den Bund seines T-Shirts. Langsam zog er es über seinen Körper nach oben und ließ es dann auf den Boden fallen. Ich keuchte.

»Wann hast du das machen lassen?« In einer seiner Brustwarzen steckte ein silbernes Stäbchen. Begierig leckte ich mir über die Lippen. Oh ja, ich wollte darüber lecken, es in meinen Mund saugen. Hitze schoss zwischen meine Schenkel. Dieser Anblick war so erregend.

»Vorhin, als ihr Mädchen allein unterwegs ward. Da war plötzlich diese Bude, wo es Schmuck gab und der Typ meinte, er würde mir eins stechen.«

»Aber ist das nicht gefährlich? Wegen des Schmutzes und so?«

»Er hat sauber gearbeitet.«

»Oh, ist das heiß!«, stieß ich aus und rieb meine Oberschenkel aneinander.

»Aber vorerst darfst du es nur betrachten.«

Ich nickte nervös. »Warum hast du das gemacht?«

»Weil ich genau diesen Blick in deinen Augen sehen wollte.« Ian trat wieder an mich heran, drängte seinen Körper an meinen. Seine Härte drückte sich gegen meinen Unterleib und ich presste mich so gut es ging dagegen. Ian küsste mich fordernd. Seine Zunge umspielte meine und er saugte an meinen Lippen, bis sie ganz geschwollen waren.

Beide Hände legten sich auf meine Brüste und drückten sie. Dann umkreisten seine Daumen meine harten Knospen. Ian stöhnte wohlig auf, bevor er eine meiner Brustwarzen in seine feuchte Mundhöhle sog und seine Zunge um die Knospe tanzte.

»Du bringst etwas in mir zum Klingen. Ich kann nicht anders, als dich zu berühren«, flüsterte er. Ich wand mich vor Erregung unter seinen Berührungen. Seine rauen Hände strichen über meinen Körper. Er drängte sich noch fester gegen mich und die Stange in meinem Rücken schmerzte, aber es störte mich nicht. Genauso wenig, wie die süße Pein, die die Handschellen verursachten.

Ian griff mit einer Hand in einen Plastikbecher, der neben uns auf dem kleinen Tisch stand, an dem ich heute Morgen mit Kathrin gesessen hatte. Eis klirrte. Er hielt mir einen Würfel an den Mund und ich umschloss ihn mit meinen Lippen. Der Geschmack von Whisky erfüllte mich und ich leckte über meine Mundwinkel, als Ian den Eiswürfel wegnahm.

Jetzt drückte Ian den Eiswürfel gegen meinen Hals. Zischend atmete ich ein und Gänsehaut breitete sich über meinen Körper aus, ich zitterte. Ian führte das Eis über meinen Puls zu meinem Schlüsselbein hinunter zu meiner Brust, wo er meine Brustwarze damit umkreiste. Er legte seine Lippen unter mein Ohr, um die feuchte Spur mit der Zunge zu verfolgen. Eis traf auf hitzige Haut, kühlte diese blitzschnell ab und Ian erhitzte sie mit seiner Zunge wieder. Ein elektrisierendes Spiel, das mich bis in die tiefsten Tiefen meines Ichs erschütterte und mein Verlangen nach ihm schürte. Ich wand mich, rekelte mich, wollte mehr von ihm, doch Ian ließ sich Zeit mit seinem Spiel. Er ließ den Eiswürfel langsam über jeden Zentimeter Haut gleiten, folgte mit seinem feuchten, heißen Mund und verteilte Küsse. Er zog seine Spur bis hinunter zu meinen empfindlichen Knöcheln. Bis dahin war mir nie bewusst gewesen, wie erregend eine Berührung dort unten sein konnte. Ich stöhnte leise auf.

Ian sah erfreut und voller Begehren zu mir auf. Der Eiswürfel arbeitete sich weiter nach oben. Ich schrie auf, als Ian ihn gegen meine erregte Hitze drückte, um dann damit meine Schamlippen zu teilen. Noch einmal keuchte ich, als er den Eiswürfel in mich hineintauchte und ihn einfach dort ließ. Ian lachte leise und gefährlich. Mit seinen Händen drückte er meine Beine auseinander. Das Eis flutschte aus mir heraus und fiel zu Boden. Ian leckte über die Innenseite meiner Schenkel und tauchte einen Finger in mich. Ein zweiter folgte und sein Daumen legte sich auf den Punkt, in dem alle meine Empfindungen zusammenliefen. Er umkreiste meinen Kitzler und meine Beine gaben nach. Nur die Handschellen hielten mich aufrecht.

»Festhalten!«, befahl er. Ich schlang die Hände um die Stange und zog mich wieder hoch. Meine Oberschenkel zitterten vor Schwäche.

Ians Zunge glitt zwischen meine Schamlippen und leckte über meine erregte Erbse. Mein Unterleib zuckte und wollte sich ihm entgegendrängen. Ian war erbarmungslos und hielt mich fest. Drückte meinen Hintern gegen die Stange in meinem Rücken.

»Ian, ich brauch dich, bitte.«

Mit einem Lächeln erhob er sich und befreite sich und seinen harten Schaft von der Lederhose.

»Trägst du denn nie Unterwäsche?«

»Fast nie«, antwortete er grinsend, stieg aus der Hose und legte seine Hände auf meine Hüften. »Halt dich gut fest dort oben und leg deine Beine um mich!«

Zitternd hob ich meine Beine und schlang sie um Ian. Die Spitze seines Penis` drückte sich gegen meine Pforte, dann drang Ian mit einem Ruck in mich ein. Ich stöhnte, als ich seine Härte in mir spürte, die mich dehnte.

»Oh Emma«, keuchte er. »Du bist so heiß. Das hier fühlt sich unglaublich an. Gib mir nur einen Moment!«

Er holte Luft und sah mir tief in die Augen. Dann begann er sich langsam in mir zu bewegen. Ich schloss die Augen, mein Atem ging flach und keuchend. Mein Unterleib zog sich zusammen und ich erschauerte. Er fühlte sich toll an. Bei jeder noch so kleinen Bewegung rieb sein Schaft über meine Perle und heizte mich noch mehr auf. Blitze zuckten durch meinen Körper und entfachten einen Vulkanausbruch in mir. Mein Rücken klatschte gegen die Haltestange, doch es machte mir nichts aus. Da waren nur noch Ian und das Verlangen, das sich in mir immer mehr steigerte, bis ich glaubte, es nicht mehr auszuhalten.

»Ian«, schrie ich, als schwarze Punkte vor meinen Augen zu flimmern begannen. Ich war vollkommen in meiner Ekstase gefangen. Ian küsste mich, stieß weiter in mich und rieb über meine Klitoris. Die Welt spaltete sich, zerfiel in bebende Wellen und unendliches Zucken, fügte sich wieder zusammen und war nur noch Ian. Meine Welt bestand nur noch aus Ian und als die letzten Ausläufer unseres gemeinsamen Orgasmus mich erschütterten, wusste ich, ich hatte verloren. Ich hatte mich in diesen Mann verliebt. Schon wieder!

13. Kapitel

Mein Zeigefinger umkreiste Ians gepiercte Brustwarze, ohne sie zu berühren. Ich musste schmunzeln. Wenn ihn das Gespräch am vergangenen Nachmittag dazu gebracht hatte, sich die Brustwarze piercen zu lassen, bedeutete das dann nicht, dass er mehr für mich empfand, als ich mir eingestehen wollte? Es fühlte sich schön an, sich dieser Vorstellung hinzugeben. Wäre es möglich, dass aus uns doch mehr werden könnte, als nur ein kurzes Abenteuer? Dazu musste Ian aber etwas gegen seinen Vertrag unternehmen. Und bisher war das eher unwahrscheinlich. Er hatte noch nicht einmal Andeutungen gemacht, dass ich mehr für ihn war als seine üblichen Vergnügen mit seinen Groupies.

Ich lauschte dem ruhigen Herzschlag in Ians Brust und genoss die sanften Atembewegungen, die meinen Kopf schaukelten. Draußen vor dem Tourbus erwachte das Festival für einen neuen Tag. Menschen unterhielten sich und lachten.

Meine Finger wanderten weiter über Ians Oberkörper und ich freute mich diebisch, als er sich unter mir bewegte. Mit einem leisen Seufzen schlug er die Lider auf und sah mich aus diesen wundervollen Augen an.

Ich hob meinen Kopf und lächelte ihn erwartungsvoll an.

»Wie viel Zeit bleibt uns noch, bis die anderen hier auftauchen?«

Ich angelte nach meinem Handy, das ich auf eine kleine Ablagefläche abgelegt hatte. »Fünfzehn Minuten.« Kathrin hatte uns noch in der Nacht vorgewarnt, dass sie pünktlich um 11:00 Uhr mit dem Frühstück hier sein würden.

»Das lässt uns zwei Möglichkeiten: a) wir gehen nacheinander duschen und ich muss darauf verzichten, mich noch einmal über dich herzumachen. Das fände ich wirklich bedauerlich. Oder b) wir drängen uns zu zweit in die Dusche und testen aus, ob sie genug Platz bietet für ein wenig Spaß.«

»Hmm«, machte ich und tat, als ob ich überlegen müsste, dabei zog es in meinem Unterleib schon vor Erregung. »Ich entscheide mich dann wohl für b. Ich kann ja das Risiko nicht eingehen, dass du mit dieser Erektion auf die Bühne musst.«

Wie der Blitz schoss Ian aus dem Bett, griff nach meiner Hand und zog mich mit einem kräftigen Ruck gegen seinen Körper. »Ich habe so gehofft, dass du das sagen würdest«, flüsterte er und strich mit seinen Lippen über meine.

Eng umschlungen betraten wir die Duschkabine und während wir uns stürmisch weiterküssten, drehte Ian das Wasser auf. Eiskaltes Wasser schoss aus der Brause. Erschrocken schrie ich auf. Ian hielt mich fluchend an sich gedrückt und hielt den Duschstrahl von uns weg, bis warmes Wasser kam. Er drückte mich gegen die Wand und seine

Härte lag an meinem Bauch. Aufreizend rieb ich mich daran.

»Darfst du das Piercing überhaupt nass werden lassen?«

»Ich glaube nicht, aber gerade ist mir das ziemlich egal.« Seine Lippen wanderten über meinen Hals zu meinen Brüsten hinunter, die sich schwer anfühlten und sich nach Ians Aufmerksamkeit sehnten. Ich rieb mich fordernd an Ian, legte ein Bein um seine Taille, zog ihn mit meinem Unterschenkel noch näher an mich und seufzte.

Ian legte seine Hand auf meinen Venushügel und ließ einen Finger in mich hineingleiten. Ich umfasste seinen Penis und rieb mit dem Daumen über seine pralle Eichel.

»Oh verdammt«, keuchte Ian.

»Fertig werden«, brüllte jemand von draußen und schlug gegen die dünne Tür der Kabine. Ich erstarrte mit hämmerndem Herzen, Ians stahlharte Erektion in meiner Faust.

»Oh verdammt, nicht jetzt schon«, stöhnte Ian.

»Das kannst du laut sagen.« Frustriert löste ich mich von Ian und seinem wirklich verführerischen Schwanz. »Jetzt wirst du doch so auf die Bühne müssen.«

Ian lachte. »Besser, wenn wir uns vorher noch kurz absetzen könnten. Ich werde sonst dort oben stehen, tausende Menschen starren mich an und ich kann nur daran denken, wie toll es sich anfühlen würde, dich genau in diesem Augenblick auf mir zu spüren.«

»Das wäre … das können wir nicht zulassen«, sagte ich und sank vor Ian auf die Knie. Ich umfasste die Wurzel seines Penis und leckte über seine Spitze. Ians Beine gaben kurz nach, als ich ihn in meinen Mund nahm, dann stützte er sich mit den Händen an der Wand hinter mir ab. »Das wird bestimmt nicht lange dauern«, flüsterte er. Draußen murmelte der Rest unserer Gruppe. Jemand lachte leise. Ich wusste, sie ahnten, was wir hier drin taten und das allein erregte mich noch mehr. Ich saugte an Ians Penis, seine Hüften zuckten und stießen noch tiefer in meinen Mund. Ians Atmung beschleunigte sich. Sein Penis pulsierte in meiner Faust.

Ruckartig umfasste er meine Oberarme, zog mich hoch, drehte mich mit dem Gesicht zur Wand und stieß mit Kraft von hinten in meine empfindliche Hitze. Es kostete mich alle Mühe, nicht laut aufzuschreien. Ian presste eine seiner Hände auf meinen Mund, während er weiter mit brutalen Stößen in mich pumpte.

»Zu wissen, dass sie dort draußen sind, macht mich wahnsinnig an«, flüsterte er.

Ich versuchte zu nicken, doch seine Hand auf meinem Mund war unnachgiebig. Und es fühlte sich unglaublich an, so von ihm gehalten zu werden. Seine andere Hand lag auf meinem Unterleib und hielt mich fest. Sein Mittelfinger umkreiste meine geschwollene Perle. Verlangen pulsierte durch meine Adern. Bei jedem Stoß rieb Ian über den empfindlichen Punkt in meinem Inneren. Meinen Orgasmus brüllte ich in seine Hand.

»Ich hätte nicht gedacht, dass da drin genug Platz für zwei ist.« Kathrin grinste breit, als wir nur in Handtücher gehüllt aus der Dusche kamen.

»Wir sind gut klargekommen«, antwortete ich schnippisch.

»Ja, das haben wir gehört.« Kirans Mundwinkel zuckten und ich konnte fühlen, wie mein Gesicht heiß vor Scham wurde. So schnell ich konnte, flüchtete ich in den Schlafbereich und schloss die Tür hinter Ian.

»Das werden wir uns heute den ganzen Tag anhören dürfen«, murmelte er und zog mich an sich. »Aber ich bereue keine Sekunde. Dein Körper ist unglaublich. Ich möchte jedem Zentimeter gerecht werden.«

Ich sah zu Ian auf und lächelte verkrampft. Ich wagte nicht zu fragen, was nach diesem Wochenende war. Diese Frage schnürte mir die Kehle zu. Würden wir einfach auseinandergehen. Er nach Dunvegan und ich nach Edinburgh? Aber was sollten wir sonst tun? Wir lebten nun mal in zwei verschiedenen Städten.

Wir aßen gemeinsam mit dem Rest der Band und anschließend schlenderten Kathrin und ich über das Festivalgelände.

»Und, wie war deine Nacht so?«, fragte Kathrin und ließ die Frage beiläufig klingen, doch der ironische Unterton war deutlich zu hören. Sie feixte mich an und ich stieß sie zur Seite.

»Besser als deine?«

»Ja, davon gehe ich aus. Oder hast du schon mal in einem Wohnwagen mit drei angetrunkenen

Männern geschlafen? Ich war wirklich froh, dass Adam und Linda Frank und Conner mit in ihr Domizil genommen haben.«

Ich lachte laut auf.

»Nun erzähl schon! Was wird jetzt aus euch?«

Ich kniff die Lippen zusammen, die noch immer herrlich geschwollen von Ians Küssen waren. »Ich weiß es nicht.«

»Wie, du weißt es nicht?«

»Das war kein Thema.«

»Aber ihr müsst doch darüber gesprochen haben?«

Ich schüttelte den Kopf und kämpfte gegen den Druck in meinen Augen an. »Ich weiß überhaupt nichts«, sagte ich und hasste die Verzweiflung in meiner Stimme.

»Aber du empfindest doch was für ihn, oder? Ich meine, das ist offensichtlich.«

Ich blieb stehen und sah Kathrin an. »Ich bin total verliebt in diesen Idioten. Vielleicht hätte ich doch die Finger von ihm lassen sollen.«

»Oh nein! Komm mir bloß nicht so.«

Schniefend lief ich weiter. Es tat verdammt weh, nicht zu wissen, was aus uns werden würde. Und dann war da noch diese leise Stimme, die mir zuflüsterte, dass ihm sein Vertrag wichtiger war. Und das, obwohl er doch miterlebt hatte, dass Kiran diese Klausel völlig egal war. Aber vielleicht war ich ihm einfach nicht wichtig genug.

»Wenn ihr das nicht auf die Reihe bekommt, dann werde ich das für euch auf die Reihe bekommen. Nach dem Konzert werde ich dafür sorgen, dass ihr redet. Und wehe du kneifst!« Kathrin drohte mir mit dem Zeigefinger und ich musste schmunzeln, weil sie mich damit an eine Mutter erinnerte, die ihr Kind ausschimpfte. Gerade hatte sie recht wenig von einer Freundin, die ihrer Freundin zum fantastischsten Sex ihres Lebens verholfen hatte.

»Ich schaff das schon alleine. Du hast schon genug für uns getan.«

»Warum habt ihr keine T-Shirts an?« Wir standen hinter der Bühne. Nur noch wenige Sekunden bis zum Auftritt von *Wild Novel*. Ich hatte meine Arme um Ians Taille geschlungen und küsste die Mulde unter seinem Schlüsselbein.

»Wie sonst sollen wir der Welt unsere Tattoos zeigen? Eigentlich war das so, dass wir immer wieder nach unseren Tattoos gefragt worden sind und irgendwann haben wir beschlossen, wenn wir unsere Auftritte ohne T-Shirts machen würden, würde auch niemand mehr fragen, ob wir unsere Tattoos zeigen würden.«

»Haben die alle eine Bedeutung?«

Ian küsste mich auf die Schulter. Es war heiß heute und ich hatte nur ein sehr kurzes Tank-Top an, was Ian, wie er mir gestanden hatte, sehr sexy fand. »So ziemlich.«

»Was bedeutet dann dieses hier?« Ich deutete auf das, das aussah wie ein beschriebenes Blatt Papier.

»Das ist der Text zu einem Song, den ich für Tamara geschrieben habe. Ich hab ihn auf Gälisch tätowieren lassen.«

Ich schluckte ergriffen. »Das ist toll.«

Ian löste sich von mir, als jemand von der Bühne gelaufen kam und der Band zunickte. Es war soweit. Mein Puls beschleunigte sich, als würde ich dort hinausgehen müssen. In dem Moment, in dem die Jungs die Bühne betraten, kreischten draußen die Fans auf, klatschten und schrien im Chor den Namen der Band. Mein ganzer Körper überzog sich mit Gänsehaut und Tränen traten in meine Augen, so stolz war ich. Kathrin stellte sich zu mir und gemeinsam sahen wir uns den Auftritt an. Ian in voller Aktion zu sehen, ließ nicht nur Adrenalin durch meine Adern fließen, sondern entfachte auch mein Verlangen nach ihm in mir aufs Neue. Ich war verliebt in einen Rockstar und ihn auf der Bühne stehen zu sehen, machte es nur noch schlimmer. Kathrin nahm meine Hand und drückte sie. »Da wird man ganz feucht im Höschen, oder?«

Ich nickte.

Erregend fanden wohl nicht nur wir Frauen diesen Auftritt. Als die Jungs von der Bühne kamen, zerrte Ian mich ein Stück mit sich und als wir außer Hörweite der anderen waren, zog er mich an sich. Seine Hände legten sich auf meinen Hintern und drückten meinen Unterleib gegen seinen. »Ich muss sofort in dir sein. Aber leider haben wir noch ein Interview in ein paar Minuten.« Er küsste mich. »Treffen wir uns in einer Stunde im Erfrischungszelt?«

Meine Hände strichen über seine nackte, verschwitzte Haut. Ich konnte nicht genug davon bekommen, ihn zu berühren. Ich drängte mich noch näher an ihn und wünschte, in ihn hineinkriechen zu können. Er roch nach Schweiß, aber das machte mir nichts aus. Es erregte mich sogar nur noch mehr. »In einer Stunde«, bestätigte ich heftig nach Atem ringend.

Ich nutzte die Zeit bis zu unserem ... Konnte man es Date nennen? Jedenfalls lief ich eine Weile allein umher, um die Atmosphäre auf mich wirken zu lassen und nachzudenken. Über die letzten Tage und über Ian. Er hatte sich die Brustwarze piercen lassen. Ich hatte wegen meiner Äußerung Adam und Linda gegenüber nicht gewagt, Ian zu fragen, ob er das für mich getan hatte. Eigentlich war es nicht mal wahr gewesen. Ich stand nicht auf Piercings. Aber es an Ian zu sehen, hatte mich doch ziemlich angemacht und ich musste wirklich gegen den Impuls ankämpfen, meine Zunge mit dem silbernen Stäbchen spielen zu lassen.

Sollte ich Ian auf uns ansprechen, so wie Kathrin es wollte? Aber war es nicht viel zu früh, um ein solches Gespräch zu führen? Das, was wir teilten, konnte man kaum als Beziehung bezeichnen. Wir hatten ein paar Mal fantastischen, welterschütternden Sex gehabt. Aber Ian hatte mir keinerlei Grund gegeben, zu glauben, es könnte mehr als das sein. Wenn er mehr wollte, würde er dann nicht etwas sagen? Würde er nicht die selben Fragen durchspielen wie ich? Vielleicht war es besser, es einfach geschehen zu lassen, abzuwarten, was er tun würde. Ich fühlte mich hin- und hergerissen, auch wegen meiner Gefühle für ihn. Kein Zweifel, ich wollte ihn. Wenn ich ihn nur ansah, flatterte es in meinem Bauch und Erregung kroch bis in den letzten Winkel meines Körpers. Er musste nichts tun, als mich mit diesen faszinierenden Augen ansehen, und ich schmolz dahin wie Schokolade an einem heißen Sommertag. Wenn er mich berührte, brannte meine Haut lichterloh und das Verlangen ihm ganz nahe zu sein, explodierte in mir. Aber ich hatte auch Angst. Gegen dieses Gefühl und das Misstrauen, das ich Männern gegenüber entwickelt hatte, kam ich nicht an. Es war ein Teil von mir seit so vielen Jahren. Wegen Ian und wegen meines Vaters.

Mein Handy vibrierte in meiner Jeans.

»Und, hast du schon einen Typ in Lederkluft mit Tattoos an den wichtigen Stellen mit in deinen Schlafsack geschleppt?«, schrieb Summer.

Grinsend tippte ich ein Nein zur Antwort in mein Handy, während ich auf das große, weiße Zelt zusteuerte, in dem Erfrischungen für die Künstler bereitgehalten wurden. Ich hatte den Eingang noch nicht ganz erreicht, als ich Ians Stimme hörte. Er musste direkt um die Ecke stehen und sich mit jemandem unterhalten. Ich wandte mich vom Eingang ab und hielt auf die Ecke des Zeltes zu, als ich auch Franks Stimme erkannte.

»Es ist mir egal, was Kiran mit dieser Kleinen macht. Du bist derjenige, dem die Mädchen zu Füßen liegen. Wegen dir rennen sie in die Geschäfte und kaufen eure CDs. Deinen Namen schreien sie, wenn ihr auf der Bühne steht.«

Zögernd blieb ich an der Ecke stehen und

wagte nicht, weiterzugehen. Es klang, als würden die beiden streiten. Franks Stimme war erregt und nicht besonders leise. Um was ging es da genau? Darum, dass Kiran der Vertrag egal war und er mit Kathrin zusammen sein wollte?

»Ich kenne den Vertrag. Ich weiß gar nicht, warum du so angepisst bist. Hab ich nicht brav einen Groupie nach dem anderen rangelassen? Verdammt, mit Michelle hast du kein Problem gehabt. Macht sie dir Stress, weil ich sie abserviert habe? Ist es das?«

»Mir macht der Grund dafür Stress, dass du sie abserviert hast.«

»Frank, ich hab keine Ahnung, was du von mir willst. Hör auf in Rätseln zu sprechen und komm mal auf den Punkt, Alter!«

»Du willst, dass ich auf den Punkt komme? Emma!«

Ich zuckte zusammen. Ich wusste, dass ich nicht hier stehen und dieses Gespräch belauschen durfte, aber war es denn belauschen, wenn ich zufällig dazugekommen war? Konnte ich ahnen, dass es dabei um mich ging? Wie hätte ich jetzt noch gehen können? Unmöglich, ich musste hören, was Ian antworten würde. Meine Handflächen wurden feucht und ich biss mir auf die Unterlippe. Ich hielt noch immer das Handy fest. Ich hatte noch nicht einmal die Nachricht abgesendet.

»Was ist mit ihr?« Ians Stimme war deutlich ruhiger und kontrollierter.

»Sag du es mir?«

»Da gibt es nichts zu sagen. Wir haben Spaß.«

Wir haben Spaß? Mein Herz sprang gegen meine Brust und rutschte mir dann in den Magen. Meine Finger zitterten und ich musste das Handy wegstecken, bevor ich es fallen ließ. Spaß, mehr war ich nicht für ihn? Ich stolperte rückwärts und wandte mich von dem Zelt ab. Meine Kehle schmerzte unter dem Druck des Kloßes, der sich dort gebildet hatte. Aber warum hatte ich auch mehr erwartet? Eigentlich hatte ich es die ganze Zeit schon gespürt.

Spaß. Mehr war da nicht. Für ihn war da nicht mehr. Ich befand mich genau an dem Punkt, vor dem ich mich gefürchtet hatte. Trotzdem konnte ich es nicht bereuen, mich auf Ian eingelassen zu haben. Auch wenn ich erst gedacht hatte, es wäre ein Fehler, war es zu schön gewesen, um es zu bereuen. Für eine kurze Zeit hatte es sich richtig angefühlt.

Mechanisch zog ich das Handy wieder aus meiner Tasche und rief die Auskunft an, um mir eine Nummer für ein Taxiunternehmen raussuchen zu lassen, als mir einfiel, dass ich auf dem Parkplatz vor dem Gelände mehrere Taxis hatte stehen sehen. Ich ging mit Tränen in den Augen und der Last der Enttäuschung auf meinen Schultern zum Tourbus und packte meine Tasche. Zwanzig Minuten später saß ich in einem Taxi und hatte dem Fahrer meine Adresse mitgeteilt. Nach Hause zu fahren, war der einzige Weg, um Ian so schnell es ging hinter mir zu lassen. Schließlich hatte ich jetzt Gewissheit. Jede weitere Minute mit ihm würde mich nur umbringen.

14. Kapitel

»Du bist schon zurück?« Summer sah mich fragend an, als ich meine Tasche in mein Zimmer schleppte und mich erschöpft und mies gelaunt auf mein Bett fallen ließ. »Ich dachte, du kommst erst morgen.«

Sie zog mich auf und zwang mich, mit ihr in die Küche zu kommen. Mit gerunzelter Stirn machte sie Kaffee. Ihr Haar war verstrubbelt und sie wirkte, als wäre sie eben aus dem Bett gekommen. Aber heute war Samstag, da kam es schon mal vor, dass Summer sich nachmittags hinlegte und schlief, um fit für eine lange Partynacht zu sein. Sie stellte eine Tasse vor mich und goss mir von der duftenden, schwarzen Flüssigkeit ein. Dann holte sie noch Milch und Zucker.

»Wenn ich dich so sehe, ist heute ein Milch-und-Zucker-im-Kaffee-Tag.« Da hatte sie wohl recht, nur an guten Tagen war ich stark genug für schwarzen Kaffee. Summer trank und sah mir dabei fest in die Augen. »Vom Anfang«, sagte sie.

Also fing ich beim ersten Tag an und erntete schon einen bösen Blick, als ich Ians Namen auch nur erwähnte. Als ich schließlich mit dem heutigen Gespräch zwischen Frank und Ian endete, glaubte ich, Summer würde mir gleich ihre Hände um den Hals legen um mich zu würgen, so sehr zuckte es vor unterdrückter Wut in ihrem Gesicht.

»Ian MacLeod?«, keifte sie atemlos. »Ich weiß gar nicht, was ich dazu sagen soll. Oh warte, ich weiß es doch. Dumm! Das war wirklich dumm von dir. Dieser Ian und du. Du wusstest, wie das endet.«

Ja, das wusste ich und trotzdem konnte ich nicht anders. »Ich wusste es. Und ja, es tut weh, aber ... ich weiß auch nicht. Es ist nun mal passiert. Eigentlich hatte ich ja auch damit gerechnet. Ich war darauf vorbereitet. Gib mir ein, zwei Tage und mir geht es wieder gut«, besänftigte ich sie. Ich selbst war zumindest davon überzeugt.

»Ich hoffe, ich störe nicht bei einem wichtigen Frauengespräch.«

»Jonathan Crown?« Mir klappte der Mund auf. »Du hältst mir Vorträge und dann das?« Ich war fassungslos. Dieser arrogante – aber nicht halb so arrogant wie Ian – Mistkerl stand nur mit Boxershorts bekleidet in unserer Küche.

»Ich habe mir doch gleich gedacht, dass ich diese unangenehme Stimme einer Hexe erkannt habe. Ms Finnley, schön Sie wiederzutreffen. Was macht Ihr neuer Roman? Oh, stimmt ja. Es gibt nur den einen.«

Ich kniff die Augen zusammen. »Du hast was mit DEM?«, fragte ich Summer noch immer ungläubig und zeigte mit dem Finger auf Jonathan.

Summer zuckte mit den Schultern. »Irgendwie hat es sich ergeben. Er ist gar nicht so schlimm, wie du denkst«, verteidigte sie sich.

»Zerstör doch ihr Bild nicht von mir, Liebling!« Jonathan nahm neben Summer Platz und küsste sie flüchtig auf den Mund. »Ich mag es, wenn Frauen schlecht über mich denken.«

»Oh, dann nur keine Angst. Summers kurzzeitiger Fehltritt wird meine Meinung über Sie nicht ändern.«

»Eigentlich«, setzte Summer zögernd an, »ist es sogar so, dass wir zwei einen Exklusivvertrag laufen haben.«

»Einen was?«

»Du weißt schon, so ein Vertrag, der bis ins kleinste Detail unsere Beziehung klärt. Ich bin für ein Jahr sein Besitz.«

»Du meinst, so einen Quatsch wie in diesen Schundromanen, die er schreibt? Du hast dich an ihn gekettet, damit er dir den Hintern versohlen kann?«

»Das und noch ein paar Sachen mehr«, sagte Crown grinsend.

»Ich bin sprachlos!«

»Das ist doch mal was Neues.«

»Das klingt alles viel schlimmer als es wirklich ist«, sagte Summer beschwichtigend.

Ich winkte ab. »Ich will es gar nicht wissen. Macht was auch immer euch Spaß macht! Nur macht es nicht, wenn ich mich mit euch in dieser Wohnung befinde!«

Erschöpft rieb ich mir über mein Gesicht. Um weiter darüber nachzudenken, war ich heute nicht in der Lage. Ich trank mit den beiden noch ein Glas Whisky, versuchte mein Möglichstes um zu ignorieren, dass die beiden sich ununterbrochen küssten und berührten und ging mit der Erkenntnis ins Bett, dass Jonathan Crown privat eigentlich ganz nett sein konnte. Vielleicht war sein Verhalten auf Lesungen nur ein Schutzmantel, der die Leute auf Abstand halten sollte. Ich schloss die Augen und schlief dank des Whiskys sofort ein.

»Guten Morgen!« Summer ließ sich auf mein Bett fallen und strahlte mich an. »Beeil dich, wir wollen dir unbedingt etwas zeigen.«

Ich blinzelte den Schlaf aus meinen Augen. »Wir? Du benutzt tatsächlich das Wir-Wort?«

»Ja, irgendwie schon.«

Ich stöhnte, befreite mich aus dem Wirrwarr meiner Decke und quälte mich lustlos aus dem Bett. »Was wollt *ihr* mir denn zeigen?«

»Den Buchladen. Keine Angst, ich hab am Telefon etwas übertrieben. So viel Umbau hätten wir nie in ein paar Tagen geschafft. Aber ein bisschen was haben wir trotzdem geändert.« Summer schwang sich aus meinem Bett und hüpfte aufgeregt von einem Fuß auf den anderen. Ich hatte mich über die Jahre an dieses Gehoppel gewöhnt. Summer konnte einfach nicht still stehen.

Nach einer ausgiebigen Dusche und Summers Versprechen, dass ich meinen Kaffee gleich bekommen würde, machten wir uns auf den Weg zu *Lucy's Bookhouse*. Jonathan begleitete uns, wie konnte es auch anders sein. Er hielt Summers Hand und wechselte mit ihr immer wieder vielsagende Blicke. Warum war mir das gestern nicht aufgefallen? Weil ich mich so über diese Sache mit dem Vertrag zwischen den beiden geärgert hatte. Aber Summer und Jonathan hielt wohl etwas mehr als nur ein Sexvertrag zusammen.

»Okay, Augen zu!«, forderte mich Summer auf.

Ich rollte mit den Augen. »Ehrlich?«

Summer wandte sich der Tür zu und schloss auf. Sie stellte die Alarmanlage aus und knipste das Licht an. Auf den ersten Blick war alles beim Alten. Nur eines der großen Bücherregale stand jetzt nicht mehr an der Wand, sondern diente als Raumteiler. Summer nahm stolz lächelnd meine Hand und ging mit mir um das Regal herum.

»Du hast immer gesagt, irgendwann möchtest du der Kundschaft die Möglichkeit einräumen, hier bei einer Tasse Kaffee und einem Stück Kuchen in den Büchern zu lesen«, sagte sie, als mein Blick auf einen kleinen Tresen und zwei halbrunde dunkelbraune Sitzgruppen mit runden Tischen davor fiel. Hinter dem Tresen gab es eine winzige Küche mit Schränken, einem Kaffeevollautomat und einem Glasschrank in dem wohl der besagte Kuchen ausgestellt werden sollte.

Überwältigt starrte ich auf unser kleines Café. »Wo hast du das alles her? Das können wir uns gar nicht leisten.«

»Jonathan«, sagte Summer. »Wir haben uns nach seiner Lesung darüber unterhalten, dass du schon seit Jahren Pläne schmiedest, ein kleines Café mit Sitzecken hier einzubauen, sobald wir genug Geld beiseite gelegt haben. Und Jonathan erzählte mir, dass einer seiner Freunde sein Café umbauen will und uns vielleicht helfen könnte. Er hat uns alles geschenkt. Kannst du glauben, dass er drauf und dran war, das alles zu entsorgen?«

Ich sah Jonathan an, der mit strammer Brust und seinem gewohnt arroganten Lächeln dastand und uns beide musterte. »Das ist wirklich so lieb ... also, danke«, stammelte ich.

»Schon gut. War ja nichts dabei. Außerdem, wenn ich das nächste Mal hier lese, dann möchte ich es für mich und meine Zuhörer bequemer haben. Es war also nicht ganz uneigennützig.« Summer boxte ihm gegen die Brust und er hielt ihre Faust fest und zog sie lachend an sich. Ich schüttelte den Kopf und freute mich für die beiden. Gleichzeitig traf mich der bohrende Schmerz der Eifersucht und die leise Sehnsucht danach, dass mich Ian genauso in den Armen halten würde.

»Und wo bekommen wir den Kuchen her? Wir können beide nicht backen.«

»Vom Bäcker eine Straße weiter. Haben wir schon geklärt. Und den ganzen Papierkram haben wir auch schon erledigt. Also setz dich hin und genieße deinen ersten Latte Macchiato in deinem eigenen Kaffee!« Mit diesen Worten löste sich Summer aus Jonathans Umarmung und ging hinter die Theke. Einige Minuten später saßen wir in einer der gemütlichen Sitzgruppen und tranken köstlichen, frisch gemahlenen Kaffee. Summer hatte ihrem Talent zum Einrichten freien Lauf gelassen und das dunkle Braun der Möbel mit orangen und weißen Accessoires aufgehellt. Selbst das Geschirr, das sie besorgt hatten, war orangefarben und fügte sich perfekt ein.

»Kommst du allein klar? Wir müssen noch einmal zu Jonathans Freund, eine Kasse für das Café holen.«

»Ja, geht ruhig. Ich bleibe noch etwas.« Als ich allein war, ging ich hinter die Theke, stellte unsere Gläser in die kleine Spülmaschine und strich bewundernd über die Arbeitsfläche der Schränke, das Glas der Theke und die Kaffeemaschine.

Als mein Handy eine Nachricht ankündigte, zögerte ich erst sie zu lesen. Wahrscheinlich war es nur Kathrin oder Ian, die wissen wollten, warum ich nicht mehr bei ihnen war. Ich hatte nach dem Aufstehen schon zwei Nachrichten von Kathrin und einen verpassten Anruf von Ian aus meinem Telefon gelöscht. Kathrin hatte ich nur geschrieben, dass ich nach Hause gefahren wäre, weil mir plötzlich ziemlich schlecht war. Sie hatte mir geantwortet, dass Darren am Abend auch über Übelkeit geklagt hätte. Und sie würde sich bei mir so bald wie möglich melden.

Ich vermutete, dass bald dann wohl jetzt war und nahm mein Handy aus meiner Handtasche. Es war keine SMS, sondern eine E-Mail, die gekommen war. Und sie war auch nicht von Kathrin, sondern vom Ripper. Mein Herz schlug mir bis zum Hals und Schweiß trat auf meine Stirn. Wie konnte er mir noch immer schreiben?

»Komm zum Ripperhaus, allein!«, waren die einzigen Worte in der Nachricht. Dann folgte der Link zu einem Video. Es war eine wacklige Handyaufnahme. Sie musste bei Tageslicht gemacht worden sein. Ich konnte den Atem des Rippers hören. Er bewegte sich langsam auf das Haus meiner Mutter zu. Meine Hände begannen zu zittern, als er meine Mutter durch das Fenster hindurch filmte. Sie saß in der Küche und nippte an einer Tasse. Neben ihr lag die Zeitung. Vielleicht stammte das Video von gestern Morgen, nachdem wir abgereist waren. Oder von heute Morgen. Meine Finger krampften sich um das Handy. Selbst wenn der Ripper nichts weiter in die Nachricht geschrieben hatte, die Drohung war eindeutig. Entweder du oder deine Mutter. Heiße Tränen rannen mir über die Wangen und nervös suchte ich nach Zettel und Stift, um Summer eine Nachricht zu hinterlassen.

Nur was schreibt man in so einen Abschiedsbrief, der keiner sein darf, damit ich nicht noch einmal die Regeln des Rippers verletzte? Und warum war er auf freiem Fuß? Hatten die Beweise gegen ihn doch nicht genügt? Nur hätte Izz dann nicht Bob vorgewarnt?

Ich entschied mich für:

»Liebe Summer, gerade hat mich eine wichtige Nachricht eines alten Freundes erreicht. Ich muss zurück nach Dunvegan. Danke für alles. Ich habe dich lieb. Emma«

Ich machte mir nicht die Mühe, meine Reisetasche wieder zu packen. Wahrscheinlich würde ich nichts brauchen, dort wo ich jetzt hinfuhr. Während ich die Straße entlangeilte und in meiner Handtasche nach meinem Autoschlüssel suchte, dachte ich keine Sekunde darüber nach, dass ich jetzt unwiderruflich sterben würde. Ich hatte zu viel Angst davor. Sonst würde ich womöglich in letzter Minute meine Entscheidung, mich dem Ripper auszuliefern, ändern. Und das würde bedeuten, dass meine Mutter statt meiner sterben musste. Und wer weiß wie viele Menschen noch sterben würden, bis ich endlich aufgeben würde? Darüber nachzudenken brachte also nichts. Wenn ich heute nicht ging, dann würde ich es später tun. Einen Ausweg gab es nicht. Die einzige Frage war, wie viele Menschen ich vor mir sterben lassen würde. Vielleicht würde ich für Fremde zögern. Aber dieses Mal bedrohte er meine Mutter.

Am ganzen Körper zitternd stieg ich in meinen kleinen Ford Ka. Das würde eine Premiere für mich werden. Das erste Mal eine weite Strecke mit dem Auto fahren. Bisher hatte ich das aus Angst, mich zu verfahren, immer vermieden. Ironisch war, dass diese Fahrt nicht nur meine erste, sondern auch meine letzte sein würde. Und so sehr, wie meine Hände zitterten und die Tränen meine Sicht trübten, würde ich wohl nie am Ziel ankommen.

Zumindest kam ich jetzt um den Liebeskummer herum, der unter all dem, was gerade passierte, schwelte. Der Schmerz lag dumpf unter der Schicht Panik, die die Nachricht des Rippers in mir ausgelöst hatte. Gestern noch beherrschte Ian MacLeod meine Gedanken, heute verklang er zum Flüstern eines sanften Windhauchs. Was er wohl fühlen würde, wenn ich tot war? Würde es ihn überhaupt berühren? Irgendwo zwischen all diesen kurzen Gedankenblitzen mitten im Nirgendwo zwischen Edinburgh und der Isle of Skye krochen auch die dunklen, giftigen Gedanken nach oben und forderten ihr Recht gedacht zu werden. Diese Gedanken beschuldigten Linda, nicht gestorben zu sein und Molly überlebt zu haben. Aber ich erstickte sie sofort. Ich schämte mich dafür, dass sie sich zeigten.

Glenoak Hall lag einsam und leer unter den dicken grauen Wolken. *Wild Novel*, Bob und Kathrin waren noch immer bei *T in the Park* und ahnten nicht einmal, was hier gerade geschah. Als ich durch Dunvegan fuhr, durchfuhr mich kurz der Wunsch, meine Mutter noch ein letztes Mal zu sehen. Aber das verstieß wahrscheinlich gegen die Regeln des Rippers. Ich parkte das Auto vor dem großen Tor. Drinnen war nichts zu sehen. Heute standen nicht einmal Fans vor dem Anwesen. Sie wussten wohl, dass die Band nicht da war. Ich ging zu der Sprechanlage und drückte die Klingel, weil ich nicht wusste, was ich sonst tun sollte. Der Ripper hatte sich in seiner Nachricht ja nicht besonders um Details bemüht.

Das Tor schwang auf und ich runzelte verwirrt die Stirn. Wer könnte denn im Haus sein? Wenn jemand da war, war es ein Fehler geklingelt zu haben? Wie sollte ich erklären, warum ich hier war?

Ich ging durch das Tor. Meine Beine fühlten sich merkwürdig taub an. Aber sie taten, was sie sollten. Sie setzten einen Fuß vor den anderen und näherten sich der Tür, die nur angelehnt war. Ich trat ein und sah mich um. Alles sah aus, wie wir es zurückgelassen hatten. Sogar das Auto meiner Mutter stand noch auf dem Grundstück, weil ich es dort gelassen hatte. Wollte Izz es ihr nicht bringen? Was war mit Izz?

»Darren? Was machst du denn hier?« Mein Herz setzte für mehrere Schläge aus und rannte dann weiter. Darren kam auf mich zu, sein Gesicht starr und irgendwie blass.

»Ich hab das Festival vorzeitig abbrechen müssen und mir ein Taxi genommen.«

Ich atmete erleichtert aus. Kathrin hatte geschrieben, dass es ihm nicht so gut ging. Ob Darrens Anwesenheit hier die Pläne des Rippers gefährdete? Meine Hände begannen zu zittern. Aber dann war meine Mutter in Gefahr. Hastig wandte ich mich zur Tür zurück, um zu meiner Mutter zu fahren.

»Du gehst schon wieder?«

»Ich wollte noch zu meiner Mutter.«

»Sie putzt oben die Zimmer. Die Frau hält nichts im Krankenbett.« Darren lachte. Ich warf einen Blick die Stufen hinauf.

»Trinkst du einen Kaffee mit mir? Theresa kommt auch gleich dazu.«

Wenn meine Mutter auch im Haus war, dann war ja alles gut und sie erst mal nicht in Gefahr, wir beide nicht. Ich könnte also einen Kaffee trinken und mir überlegen, wie es weitergehen sollte. Ich folgte Darren in die Küche, wo der Kaffee schon fertig durch die Maschine gelaufen war. Darren hatte sich schon eine Tasse eingeschenkt und goss jetzt auch mir eine ein. Ich setzte mich ihm gegenüber und legte meine Hände um die warme Tasse. Das Gefühl hatte etwas Tröstendes.

Darren stellte seine Tasse ab und ging um den Tisch herum, um etwas aus einem der Schieber hinter mir zu holen.

»Willst du gar nicht wissen, warum ich allein hier bin?«, fragte ich leise, ohne mich nach ihm umzusehen.

»Das muss ich nicht, das weiß ich doch schon.« Bei dieser Antwort wandte ich mich zu ihm um. Gerade rechtzeitig, um noch sehen zu können, wie ein hölzerner Fleischklopfer auf mich zuraste. Leider zu spät, um ihn noch aufzuhalten.

15. Kapitel

Zuerst registrierte ich den Schmerz, der von rechts über meiner Stirn in meinen ganzen Kopf ausstrahlte. Ich schüttelte den Kopf vorsichtig und versuchte, mit meinen Händen an die Schmerzquelle zu greifen. Aber meine Hände bewegten sich nicht. Etwas hielt sie zurück. Schwerfällig öffnete ich die Augen und blinzelte gegen das Licht eines Computermonitors an. Dann begriff ich, warum ich meine Hände nicht benutzen konnte. Sie steckten schon wieder in Handschellen. Auf meinen Rücken gebunden. Und die Lehne eines Holzstuhles drückte sich schmerzhaft in meine Oberarme. Konnte es sein, dass Handschellen zu einem wichtigen Teil in meinem Leben wurden?

»Du wachst endlich auf.«

»Darren?«, krächzte ich. Mein Hals war trocken und kratzte. Darren kam mir zu Hilfe und hielt mir ein Glas Wasser an die Lippen. Ich trank ein paar große Schlucke, bevor ich entsetzt den Kopf abwandte. Das kühle Wasser hatte die Nebelreste aus meinem Gehirn vertrieben. »Darren?«, fragte ich noch einmal.

»Ja. Ist es nicht ironisch? Ich habe die Handschellen genommen, mit denen dich MacLeod an sein Bett gefesselt hat.« Darren stand neben mir und lächelte mich an.

»Warum tust du das?« Ich starrte auf den Monitor. »Sind das die Kameras von Glenoak Hall?

Sind wir noch auf dem Anwesen?« Ich sah mich um. Wir befanden uns in einem sehr kleinen, grauen, kahlen Raum ohne Fenster. Vielleicht eine leere Garage? Ein Keller? Ich konnte nicht viel erkennen, weil es zu dunkel war. Da war nur das Licht des Monitors.

»Warum sollte ich es nicht tun?«

Ich war noch immer verwirrt und mein Schädel hämmerte. »Du hast diese Nachrichten geschickt? Warum?«

»Weil es Spaß macht?«

Ich zog an meinen Handschellen und sah zu Darren auf. Er hatte sich zwischenzeitlich an den Tisch gelehnt, die Arme vor der Brust verschränkt. »Aber du hast doch diese Frau nicht umgebracht. Das war der Typ mit dem Ripper-T-Shirt.«

Darren lachte und knöpfte das schwarze Hemd auf, das er trug. Darunter hatte er das gleiche Shirt an wie der Irre. »Um ehrlich zu sein, ich habe ihr den Todesstoß gegeben. Aber nicht allein. Der Irre ist mein Partner. Er ist Alfred und ich bin Molly. Wir mussten zu zweit sein. Allein, das wäre nicht richtig gewesen.«

Ich räusperte mich und bewegte den Kopf, um den Schmerz zu verdrängen. Irgendwie fühlte ich mich noch immer benommen. So als hätte jemand mein Gehirn in Watte gepackt. »Hast du mir irgendwas gegeben?«

»Ja, um dich schwach zu halten.«

»Wieso? Du gehörst zur Band? Wie kannst du das nur tun?«

Darren lehnte sich gegen den kleinen Tisch, auf dem der Monitor das Anwesen zeigte. War es das Licht? Jedenfalls wirkte er blass. »Ich bin erst ein paar Monate dabei und in dieser Zeit war es nie so, als würde ich wirklich dazu gehören. Aber das war auch nicht der Plan. Jeff und ich kennen uns aus einem Forum. In diesem Forum sind berühmte Kriminalfälle Thema. Man unterhält sich dort über die ganz großen Serienmörder und versucht, ungelöste Fälle aufzuklären. Eigentlich ist das alles nur ein Hobby gewesen. Aber im Laufe der Zeit wurde es immer mehr zur Faszination. Und als das Ripperhaus dann ein Thema geworden ist, da haben Jeff und ich uns über einen Privatchat auch dazu ausgetauscht. Das wirklich Verlockende war, dass es in direkter Nähe geschehen war. Nicht in Deutschland oder den USA, sondern hier vor unserer Tür. Wir beschlossen, uns das Haus anzusehen. Es war überwältigend. Man konnte es richtig spüren, die Atmosphäre, einfach unglaublich spannend. Und als die Band einen neuen Drummer brauchte, weil der alte wegen Alkoholproblemen aussteigen musste, da war das wie eine Einladung in das Paradies. Weißt du, andere reisen nach Nashville, um sich Elvis` Haus anzusehen. Ich wollte unbedingt in dieses rein. Jeff war von der Idee ganz begeistert. Er wollte Videos und alle heißen Infos. Es war wie ein Rausch. Ein Traum, der wahr wurde. Eines Tages, ich war mit Jeff in einem Pub, stand da diese Tara und hat mich angemacht. Gerade gestern hat sie sich noch von Ian vögeln lassen und heute saß sie auf meinem Schoß. Als ich Jeff angesehen habe, schien ihm das Gleiche im Kopf herumgegangen zu sein.«

Ich sah Darren schockiert an und konnte gar nicht glauben, was er da von sich gab. »Und ihr habt sie einfach mitgenommen und gefoltert?«

»Ja. Das war wie ein Wahn. Das Adrenalin und dieses Machtgefühl. Das hätte ich nie gedacht. Sie zu verletzen, ihr Schmerzen zuzufügen und der Blick in ihren Augen. Diese Panik. Du kannst dir nicht vorstellen, wie sich das anfühlt. Ein Leben, das in deinen Händen liegt, und du bist derjenige, der entscheidet, wann es zu Ende geht. Und dann bist du hier aufgetaucht. Du hast mich erwischt in der Sekunde, in der ich dich entdeckt habe. Ich war besessen von dem Gedanken, in die Haut von Molly zu schlüpfen, seit dem Moment, als ich gesehen habe, wie ähnlich du Linda bist.«

»Darren, so kannst du nicht wirklich sein. Du bist anders. Ich hab dich doch erlebt.«

Darren lachte, hob seine Hand und schlug mir mit Wucht ins Gesicht. Mein Kopf taumelte zurück und hinter meinen Lidern blitzte es. Stechender Schmerz feuerte durch mein Gehirn und ich hielt keuchend die Luft an, um den Schmerz zu bekämpfen. Ein Zittern durchlief mich, aber ich unterdrückte es. Er sollte nicht sehen, dass ich Angst hatte. Er sollte seinen Rausch nicht auch noch durch mich ausleben können.

»Siehst du, ich bin doch so. Der andere Darren war nur eine Rolle, die ich gespielt habe.« Er stand auf und lief neben dem Tisch auf und ab.

»Ich musste die Szenerie etwas abändern.« Er wischte sich mit dem Handrücken über die Stirn, obwohl es im Raum nicht sonderlich warm war. »Linda war im Keller an eine Wand gefesselt. Aber in den Keller konnte ich dich nicht bringen, da würden sie dich sofort finden. Ich könnte dich natürlich gleich umbringen. Aber Ian muss im Haus sein, wenn es passiert. Er ist Adam, ist doch klar. Jeder spielt seine Rolle. Wir müssen uns an das Drehbuch halten. Deswegen die Kamera in der Küche.« Er wies auf den Monitor. »Alfred hatte überall Kameras. Aber das konnte ich in der kurzen Zeit nicht schaffen. Die in der Küche muss reichen. Linda musste die Sexvideos angucken, das müssen wir auch weglassen. Ich habe nur den einen Monitor und du sollst lieber sehen, was im Haus passiert.«

Ich riss an meinen Handschellen und versuchte mit meinen Füßen meinen Körper vom Stuhl zu hebeln, was an einem Gürtel scheiterte, den Darren um meine Oberschenkel und die Sitzfläche des Stuhls gebunden hatte.

»Lass mich gehen Darren, bitte!«

»Hör auf, zu wimmern!« Er holte aus und schlug wieder zu. Seine Handknöchel trafen auf meinen Mundwinkel auf. Ich spürte, wie die Haut riss und schmeckte Blut. »Also, weiter im Drehbuch. Du musst wissen, was das Publikum von deiner Rolle erwartet. Sie werden nach Hause kommen. Völlig ahnungslos.« Darren griff nach einer kleinen Kamera und kam auf mich zu. Er verzog seinen Mund zu einem hässlichen Grinsen und hielt mir die Kamera ins Gesicht. Als er einige Sekunden gefilmt hatte, legte er sie wieder aus der Hand.

»Ich werde dieses Video an Ian schicken und dann wird Izz die Rolle der Beamten übernehmen, die Linda befreit haben. Zu diesem Zeitpunkt werde ich schon wieder hier sein und dich umbringen. Und das Beste ist, sie haben keine Ahnung, wo du bist. Ich habe also sehr viel Zeit, um es für Molly zu Ende zu bringen. Einfach abzuhauen, ohne Bescheid zu geben, war übrigens sehr hilfreich. Damit hast du mir Zeit verschafft. Und eine Möglichkeit, endlich an dich ranzukommen.«

»Kannst du nicht einfach deine Klappe halten und es endlich hinter dich bringen? Der ganze Mist, den du hier von dir gibst, interessiert mich überhaupt nicht. Ich dachte, durchgeknallte Mörder labern ihre Opfer nur in Filmen zu, damit der Zuschauer besser versteht, warum der Irre handelt, wie er handelt.«

Wieder ein Schlag ins Gesicht, diesmal traf er mit der Faust mein linkes Auge. Fast sofort schwoll es zu. Ich hielt wieder die Luft an, um den Schmerz zu bekämpfen und um Darren nicht die Befriedigung zu geben, mich zum Schreien gebracht zu haben. Die Träne, die sich aus meinem unverletztem Auge stahl, konnte ich nicht aufhalten. Irgendwann während dieser langen Ansprache hatte ich die Panik überwunden. Alles, was ich jetzt noch empfand, war Resignation.

Darren wischte die Strähnen seines langen Haares aus seinem Gesicht und band seinen Zopf im Nacken neu. »Hier, du solltest noch was trinken.«

»Vergiss es«, zischte ich und wandte den Kopf ab, als er mir das Glas an den Mund hielt. »Wenn du mich schon umbringen willst, dann möchte ich bei vollem Bewusstsein sein. Wäre das nicht auch für dich besser, wenn dein Opfer mitbekommt, was du tust?«, nuschelte ich über meine geschwollene Lippe hinweg. Ich wollte das Wasser nur nicht trinken, damit ich bei klarem Verstand blieb und hoffentlich einen Weg hier raus fand. Wo auch immer wir hier waren.

Darren griff in mein Haar und zog meinen Kopf brutal zurück. Sein hageres Gesicht war vor Wut verzerrt. Er beugte sich über mich und die Finger seiner zweiten Hand drückten grob in meine Wangen. Ich konnte nicht anders, ich musste den Mund öffnen. Das Wasser schwappte in meinen Mund. Gurgelnd versuchte ich mich, zu wehren, konnte aber nicht anders und schluckte.

»Bis ich dich töte, gefällst du mir schlafend besser«, war das Letzte, was ich hörte, bevor ich in der Dunkelheit versank.

16. Kapitel

Ian

Wütend stopfte ich mein Handy wieder in die Tasche meiner Jeans. Als Emma gestern nicht zu unserem Treffen kam, hatte ich sie im Tourbus gesucht und dann versucht sie anzurufen, um herauszufinden, was sie aufgehalten hatte. Sie hatte nicht abgenommen und ich hatte mir langsam Sorgen gemacht. Erst Kathrin konnte mich beruhigen, als sie mir die SMS von Emma gezeigt hatte, in der stand, dass sie vorzeitig nach Hause gefahren sei. Beruhigen war wahrscheinlich falsch ausgedrückt. Ich war nach wie vor wütend, weil sie einfach so abgehauen war. Seit Stunden versuchte ich sie nun schon zu erreichen. Ich wollte wenigstens wissen, warum sie einfach verschwunden war. Die Situation zerrte an meinen Eingeweiden. Ich war drauf und dran, mir den Tourbus zu schnappen und nach Edinburgh zu fahren. Und dann würde ich sie mir zur Brust nehmen. Und danach würde ich sie vögeln, bis sie beschloss, zu glauben, dass wir zusammen gehörten.

In nur wenigen Tagen hatte diese Frau meine Welt auf den Kopf gestellt. Nicht nur mein Körper sehnte sich nach ihr, sondern auch meine Seele. Ich musste nur an sie denken und schon schwirrten Liedtexte durch meinen Verstand. Und die Dauererregung, gegen die ich seit Tagen ankämpfte, wenn ich nur an sie dachte. Verdammt, ich wollte diese Frau wie nie eine andere. Ihre weichen, seidigen Wellen, diese zarte, blasse Haut und der süße Duft, der sie umgab. Ich wollte mich in ihr vergraben und sie nie wieder loslassen. Warum war sie einfach gegangen? Empfand sie doch nicht genug für mich? Glaubte sie immer noch, unser Zusammensein wären ein Fehler? Ich strich mir mit der Hand übers.

»Ian!« Bob kam mit langen Schritten eilig auf mich zu. Ich lehnte mich resigniert gegen die Seite des Tourbusses.

»Was gibt`s?«, brummte ich schlecht gelaunt.

»Du hast gleich noch mehr Grund, mies drauf zu sein.« Er blieb vor mir stehen und irgendetwas in seinem Blick beschleunigte meinen Puls. »Izz hat gerade angerufen. Da kam schon wieder eine Nachricht auf Emmas E-Mailaccount. Der Ripper meinte, sie solle sofort kommen und hat ein Video von Theresa angehängt.«

»Theresa? Hat er sie?« Mein Mund wurde trocken vor Panik.

»Nein, es war wohl eher eine Drohung: entweder du oder deine Mutter.«

»Verdammt«, fluchte ich. Dann blieb mein Herz stehen. »Aber, sie wird sich ihm ausliefern.«

Bob nickte. »Ich habe gerade die Nummer von ihrer Mitbewohnerin ausfindig machen lassen. Sie meinte, Emma und sie wollten sich gegen Mittag im Laden treffen, aber als sie dort hinkam, war Emma nicht mehr da. Auf dem Tisch lag ein Brief, dass sie zurück nach Dunvegan müsste. Und ihr

Handy hat sie auch zurückgelassen. Wir müssen also davon ausgehen, dass sie schon fast dort ist.«

Wütend donnerte ich meine Faust gegen den Tourbus und hinterließ eine Delle im Alu. »Wir müssen sofort los!« Selbst ich bekam mit, dass meine Stimme zitterte. Bob sah mich besorgt an.

»Immer mit der Ruhe. Izz ist schon dran und ich hab uns ein Auto beschafft.«

»Beschafft?«

»Adam gibt uns seinen BMW.«

Fast schon fluchtartig verließen wir das Festivalgelände. Kiran schrieb ich in einer Nachricht, sie sollen so schnell wie möglich mit dem Bus nachkommen. Ich verfluchte dabei mehrmals meine zitternden Hände. Der Druck in meiner Brust, war schuld, dass ich nicht richtig atmen konnte. Als Tara in den Fängen des Rippers war, hat es mich auch fertiggemacht. Aber jetzt, wo Emma es war, fühlte ich mich mit einer Macht hilflos, die mich innerlich bis an den Punkt brachte, der mich fast zerriss. Angespannt rutschte ich auf dem Beifahrersitz herum. Emma zu verlieren, das durfte nicht passieren. Die Vorstellung, ich könnte sie nie wieder berühren, machte mich ohnmächtig.

Bob trieb den BMW hoch, sobald wir auf offenem Gelände waren. Trotzdem schien es mir noch viel zu langsam voran zu gehen. Im Abstand weniger Minuten schielte ich auf das Display meines Handys, in der Hoffnung irgendeine Nachricht bekommen zu haben. Am liebsten wollte ich Izz mit Anrufen terrorisieren. Aber das, was von meinem Verstand noch übrig war, hielt mich davon ab. Es würde Izz nur von seiner Arbeit abhalten. Und die war gerade lebenswichtig für Emma.

Wenn ich nur wüsste, warum sie einfach so abgehauen war? Es lief doch ganz gut. Die letzte Nacht war unglaublich gewesen. Ich hatte sie an mich gedrückt gehalten. Ihren Rücken an meine Brust geschmiegt. Ihr süßer Hintern hatte sich gegen meinen Unterleib gedrängt. Es hatte sich nie richtiger angefühlt. Für *mich* hatte es sich gut angefühlt. Für sie offensichtlich nicht. Warum war sie so zerrissen, was uns betraf?

Es fühlte sich an, als würde die Zeit zäh dahinfließen, während wir mit hoher Geschwindigkeit durch die Highlands rasten. Als wir uns endlich Dunvegan näherten, war es, als fiele ein Felsen von meiner Brust, nur um durch einen noch schwereren ersetzt zu werden. Adrenalin und Furcht pumpten durch meine Venen wie Säure und ich krallte meine Finger um den Griff der Autotür.

»Wenn du so weiter machst, brichst du sie dir noch. Und dann ist es vorbei mit dem Gitarrespielen.« Bob schielte auf meine Hand.

»Gerade eben ist mir das Spielen scheißegal.«

Wir bogen auf die Straße hoch zum Anwesen ein und ich hatte erwartet, dort Polizeiautos zu sehen, aber da war nichts. Da stand nur ein kleiner Ford Ka vor der Einfahrt. Bob parkte den BMW dahinter und ich war schon halb ausgestiegen, da lief der Motor noch.

Bob starrte auf das Display seines Handys. »Izz ist jeden Moment da. Sie versuchen mit Hochdruck, herauszubekommen, von wo diese Nachrichten geschickt werden, aber sie stammen alle von einem unangemeldeten Prepaidhandy. Der Typ wechselt für jede Nachricht seinen Standort. Die Letzte wurde direkt von Theresas Haus geschickt. Danach wurde das Handy wie nach jeder Nachricht abgestellt. Sie haben also keine Ahnung, wo der Kerl sich aufhalten könnte.«

Wir liefen auf das Haus zu. Die Tür wurde aufgerissen, noch bevor wir die Stufen erreicht hatten. Darren sah uns ernst entgegen.

»Du siehst noch immer nicht besser aus«, meinte Bob, als wir das blasse Gesicht und die eingefallenen Augen sahen, mit denen Darren uns begrüßte.

»Bekomme hier auch nicht wirklich viel Ruhe. Die Bullen haben das ganze Haus auf den Kopf gestellt.«

»Der Ford ...?«, hakte Bob nach und schob sich an Darren vorbei in das Haus.

»Gehört Emma.«

Bob wandte sich zu mir um. »Sie war also hier.«

»Er muss sie hier abgefangen haben«, sagte Darren, als wir die Küche betraten. Auf dem Tisch stand eine Kanne Kaffee und benutzte und unbenutzte Tassen waren überall verteilt.

Bob zog ungläubig eine Augenbraue hoch. »Du spielst den Gastgeber?«

»Theresa. Sie umsorgt die Bullen wie Kinder und gleichzeitig nervt sie sie ununterbrochen. Ich hab sie erst mal nach oben geschickt, damit sie sich bisschen ausruht.« Darren starrte auf den

Schrank hinter mir und seine Mundwinkel verzogen sich zu einem Lächeln. Konnte es sein, dass er auf Theresa stand?

Emma

Hilflos und wütend starrte ich auf den Monitor und beobachtete, was in der Küche des Anwesens passierte. Als ich wach geworden war, war ich allein. Izz und ein paar Kollegen waren in der Küche gewesen und Izz hatte seine Männer von dort aus koordiniert, die das Haus nach mir durchsucht hatten. Es war ein merkwürdig zwiegespaltenes Gefühl gewesen, zuzusehen, wie sie nach mir suchten. Und dann war da die ganze Zeit über Darren, der immer so stand, dass er direkt in die Kamera sehen konnte. So als kommuniziere er mit mir. Mal lächelte er spöttisch, mal stolz, mal blitzte es nur in seinen Augen. Er schien jeden, der ins Haus kam, sofort in die Küche zu locken, wo er wusste, dass ich alles beobachten konnte. Als meine Mutter gekommen war, hatte es mir das Herz in der Brust zerrissen. Sie hatte geweint und in ihrer Verzweiflung nervös auf Darren eingeredet und auch den Beamten kaum Zeit gelassen, durchzuatmen. Irgendwann war sie in hilfloses Schreien verfallen. Das war der Zeitpunkt, als Darren ihr etwas in den Kaffee gegeben hat und sie dann nach oben geschickt hatte. Das zu tun und zu wissen, dass ich es beobachtete, hatte ihm besonders viel Freude bereitet. Er hatte den Blickkontakt zur Kamera fast die ganze Zeit gehalten.

Als Ian die Küche betrat, hatte für Sekunden das alt bekannte Flattern in meinem Magen eingesetzt. Ich hatte mich besonders angestrengt, in sein Gesicht zu sehen, um etwas darin ablesen zu können. Aber er hatte sich so vor die Kamera gestellt, dass ich nur einen Teil seines Hinterkopfes sah. Und dann hatte er schweigend zugehört, wie Bob und Darren sich unterhielten. Mittlerweile bekam ich Gänsehaut, wenn ich Darren etwas sagen hörte oder ich sein Gesicht sah. Ich empfand nur noch Abscheu für ihn.

»Du siehst auch ziemlich Scheiße aus, Ian«, meinte Darren mit einem höhnischen Grinsen. Wieder ging sein Blick für den Bruchteil einer Sekunde zur Kamera.

»Glaub mir, in dem Moment, wo wir das Arschloch haben, wird es mir viel besser gehen. Ich werde dem Schwein die Fresse einschlagen.«

Die Wut in Ians Worten ließ mich lächeln. Und die Gewissheit in seiner Stimme, dass sie den Ripper finden würden, gab mir Hoffnung. Aber dann wurde mir bewusst, dass niemals jemand von ihnen Darren verdächtigen würde. Er könnte dieses Spiel Ewigkeiten spielen und keiner würde etwas bemerken. Und jetzt, wo sein Publikum da war, würde es sicher keine Ewigkeiten mehr dauern. Ein Teil von mir hoffte darauf, denn ich ertrug die Schmerzen im Hintern vom langen Sitzen auf dem harten Stuhl kaum noch. Meine

Beine fühlten sich taub an. Und meine Schultergelenke und Arme folterten mich regelrecht.

Izz betrat mit zwei weiteren Männern die obskure Szene.

»Habt ihr irgendwas?«, donnerte Ians Stimme aufgebracht aus dem Lautsprecher. Er lehnte den Kaffee ab, den Izz ihm hinhielt. Vielleicht ganz gut so. Wer wusste schon, wie viele Leute er noch betäuben wollte.

»Nichts Hilfreiches. Scotland Yard überprüft gerade den Computer von dem Irren, den wir festgenommen haben. Da muss es eine Verbindung zu diesem Kerl geben. Irgendwie muss er von den Videos und Nachrichten erfahren haben. Er kann jedes Wort auswendig.«

»Durchgeknallt«, sagte Darren. Sein Gesicht hatte einen nervösen Ausdruck angenommen und er konzentrierte sich ganz auf Izz.

»Warum prügelt ihr die Info nicht aus ihm raus?« Ians Stimme war bedrohlich ruhig geworden.

»Weil er mit uns spielt und Spaß daran hat.«

Izz Telefon klingelte und er nahm ab. Konzentriert hörte er zu, dann trat ein Lächeln auf seine Lippen.

»Was?«, brummte Ian.

»Der Computer hat tatsächlich einen Hinweis gebracht.«

Mein Blick ging zu Darren, der plötzlich angespannt wirkte.

»Der Typ war Dauergast in einem Forum, in dem sich Hobby-Sherlocks rumtreiben. Der Betreiber hat uns Einblick in die Privatnachrichten und alle Chatbeiträge gewährt. So wie es aussieht, hatte er regelmäßig Kontakt zu einem weiteren User in dem Forum. Und soweit sie den Nachrichtenwechsel bisher aufgearbeitet haben, haben die beiden sich intensiv mit den Vorfällen hier beschäftigt. Es gab sogar Pläne, sich das Haus anzusehen.«

»Und gibt es schon Hinweise, auf die zweite Person?«, wollte Bob im gleichen ruhigen Tonfall wie immer wissen. Mein Puls beschleunigte sich für eine Sekunde, weil ich die Hoffnung zuließ, hier doch noch lebend rauszukommen. Ich grinste Darren mit einem Siegeslächeln an, das er nicht sehen konnte. Aber seine angespannte Miene und das unaufhörliche Zurückstreichen seiner Ponyhaare zeigten mir, dass er sich zunehmend in die Ecke gedrängt fühlte. Wahrscheinlich wartete er nur auf eine günstige Gelegenheit, sich aus der Küche zu schleichen. Kurz erlaubte ich mir den Hoffnungsschimmer, dass er einfach panisch die Flucht ergreifen würde. Aber das wäre auch nicht gut für mich, da keiner wusste, wo ich war. Ich würde vielleicht nicht durch Darrens Hand sterben, aber ich würde hier zuerst verdursten und dann verhungern und irgendwann würde man meine mumifizierte Leiche finden.

»Wir haben zumindest einige IPs. Das ist ein Anfang«, sagte Izz jetzt. Er breitete etwas, das aussah wie eine Landkarte, auf dem Tisch aus. »Da er sie nicht auf dem Anwesen festhält, kann er sie nur irgendwo in der Stadt festhalten. Leider habe ich keine Ahnung wo. Aber wenn ich diesen

Jeff Scott betrachte und ein bisschen meiner Erfahrung mit solchen kranken Wichsern mit in den Topf schmeiße, dann würde ich wetten, sie ist irgendwo in der Nähe. Die Typen zieht es immer dort hin, wo alles angefangen hat. Wahrscheinlich beobachtet er uns sogar, um sich daran aufzugeilen, wie wir im Dunkeln tappen.«

Ich lachte in mich hinein. Wenn Izz wüsste, wie nah der Irre ihnen war. Das zu beobachten hatte schon etwas Ironisches. Selbst Darren war bei Izz` Worten wieder eins dieser hinterlistigen Lächeln auf die Lippen getreten.

Izz` Handy klingelte wieder. Stirnrunzelnd nahm er ab. »Ja?«

Ich beobachtete Darren, während Izz demjenigen auf der anderen Leitung zuhörte. Darren blickte in die Kamera und verließ die Küche. Eine Faust bohrte sich in meinen Magen. Warum verließ er die Küche? Es fühlte sich besser an, ihn sehen zu können. Mit aller Kraft schrie ich um Hilfe, ohne zu wissen, ob das überhaupt etwas bringen würde. Aber hatte Izz nicht gesagt, dass ich nicht allzu weit weg sein konnte? Wurde die Luft hier drin knapp? Irgendwie konnte ich schlechter atmen.

Ian

Ich fühlte mich nicht beruhigt, aber Izz` Ausführungen machten mir Hoffnung. Und als das Telefon jetzt wieder klingelte, spürte ich Aufregung, die sich in meiner Brust ausbreitete. Angespannt wartete ich ab. Plötzlich versteifte Izz sich und sah sich um. Er sah zu Bob und dann zu mir und warf hastig das Telefon auf die Karte der Umgebung, die er vor uns ausgebreitet hatte. Dann griff er nach seiner Waffe und zog sie aus dem Halfter an seiner Seite.

»Es ist Darren«, brüllte er hektisch und war schon aus der Küche gelaufen, als Bob und ich begriffen, was er da gesagt hatte. Es brauchte einige Atemzüge, bis ich die Starre, die mich ergriffen hatte, abgeschüttelt hatte.

Einer der Beamten draußen rannte gerade hinter Izz die Stufen in die obere Etage hoch. Bob und ich folgten ihnen in das Zimmer, in dem Theresa geschlafen hatte. Als wir den Raum betraten, stand Darren mit Theresa vor seinem Körper am offenen Fenster und drohte, sich mit ihr hinunterzustürzen. Ich war fassungslos und gleichzeitig so wütend, dass ich mich nur mit Mühe zurückhalten konnte. Izz zielte mit seiner Waffe auf Darren.

»Lass sie gehen, Darren. Es endet hier. Du hast uns ziemlich lange an der Nase herumgeführt. Das war gut. Wirklich.« Izz versuchte Darren zu schmeicheln? Izz trat einen Schritt auf Darren zu, der sofort reagierte und sich mit Theresa weiter aus dem Fenster lehnte. Emmas Mutter starrte mich aus schreckgeweiteten Augen an. Ihre Finger krallten sich in den Unterarm, den Darren ihr um den Hals geschlungen hatte. Sie schien so gelähmt, dass sie nicht einmal weinen konnte.

»Ich bringe es zu Ende. Für Molly. Die eine Rothaarige ist genauso gut wie die andere«, sagte er und atmete den Geruch von Theresas Haar mit wild glitzernden Augen ein. Ich hatte mit diesem Mann auf der Bühne gestanden. Ich konnte nicht glauben, was hier passierte. Es gab nichts, was mehr verband, als Stunden gemeinsam in einem Tourbus. Wir hatten alle zusammen in diesem Haus gewohnt.

»Wenn du Theresa jetzt gehen lässt, verspreche ich dir, dass du deinen Auftritt in den landesweiten Nachrichten bekommst. Wenn du sie nicht gehen lässt, dann wirst du es nicht einmal in die Tageszeitung schaffen.«

Darren musterte Izz. War es wirklich das, was er wollte? Die Aufmerksamkeit der Medien? Aber die hatte er doch, seit er mit *Wild Novel* auf der Bühne stand. War ihm das nicht genug?

Darren lachte laut auf. »Ein Mord reicht nicht, um in die Hitliste der Serienkiller aufgenommen zu werden. Ich bin also hin- und hergerissen.«

Hitliste? Serienmörder? War das sein ernst? Ich musterte Darren und alles, was ich sah, war ein Fremder. Ich hatte so viel mit diesem Menschen geteilt, wie konnte er mir dann so fremd sein? Darren war immer ein Freund gewesen. Und er hatte hinter der Band gestanden. Er war noch nicht lange dabei, aber für uns alle war er ein vollwertiges Mitglied gewesen.

Darrens Arme spannten sich um Theresas Körper und noch bevor jemand von uns reagieren konnte, stürzte er sich mit ihr aus dem Fenster.

Alles passierte in Slow Motion. Theresas Schrei, der von Izz und Bob. Und ich weiß nicht, ob ich auch schrie. Wir stürzten zum Fenster. Beide Körper lagen auf der Terrasse, Theresa noch immer in Darrens Armen. Unter ihnen breitete sich eine Blutlache aus. Darrens Bein lag in einem merkwürdigen Winkel vom Körper abgespreizt.

Bob erwachte als erstes aus dem Schock und rannte auf den Korridor hinaus. Er brüllte einem Beamten zu, er solle einen Krankenwagen rufen.

Ich kniete mich neben Teresa. Sie hustete, aber sie lächelte mich an. Ihr Atem ging schwer und flach. Als ich sie aus Darrens Armen lösen wollte, bewegte auch er sich. Seine Lippen bewegten sich und ich hörte ihn an Theresas Ohr flüstern: »Man sieht sich immer zwei Mal im Leben. Das nächste Mal werden wir Freunde. Ich hoffe, du kannst mir verzeihen.« Blut quoll aus seinem Mund und er röchelte. Izz half mir, Theresa von ihm runter zu heben und sie neben Darren auf die Terrasse zu legen. Sie stöhnte, als wir sie bewegten. Trotzdem richtete sie sich auf, nahm Darrens Hand und beugte sich lächelnd über ihn.

»Ich verzeihe dir. Aber könntest du mir bitte sagen, wo du meine Tochter versteckt hast?«, sagte sie mit schwacher Stimme.

Darrens Lider flatterten. Sein Brustkorb hob und senkte sich nur noch kaum merklich. Seine Lippen bewegten sich, aber mit dem ersten Laut, der seinen Mund verließ, verließ auch der letzte Lebensatem Darren. Sein Körper erschlaffte und sackte zusammen. Meine Kehle verengte sich und kurz machte sich so etwas wie Trauer in mir breit. Dann schloss ich die Augen und konzentrierte mich. Er hatte nicht gesagt, wo er Emma hingebracht hatte.

Emma

Ich starrte auf den Monitor. Die Küche schien seit einer Ewigkeit leer. Erst hatte ich damit gerechnet, dass Darren zu mir kommen und mich töten würde. Aber er kam nicht. Meine Kehle brannte von meinen Verzweiflungsschreien. Ich sehnte mich danach, den Schmerz mit etwas Wasser herunter zu spülen. Gerne auch mit Darrens Spezialmischung. Ich konnte meine Arme nicht mehr spüren, selbst mein Hintern war taub. Ich war sicher, es gab nicht eine einzige Körperstelle, die nicht gegen meine Haltung rebellierte. In mir wuchs die Verzweiflung mit den Minuten, die Darren wegblieb. Ich sollte erleichtert sein, dass er nicht hier war. Aber mittlerweile wünschte ich mir, dass er kam. Und wenn es nur dafür war, mich wieder zu schlagen oder umzubringen.

Irgendwann musste ich eingeschlafen sein. Ians laute, verzweifelte Stimme weckte mich. Ich bewegte langsam meinen Kopf. Mein Nacken war steif und jeder noch so winzige Zentimeter, den ich mich regte, trieb mir die Tränen in die Augen. Das Licht des Monitors stach in meine Augen und erinnerte mich an die Kopfschmerzen, gegen die ich schon vor meiner kleinen Pause angekämpft hatte.

»Wir haben keine Ahnung wo sie ist!«, donnerte er und schlug mit der flachen Hand auf den Tisch. »Theresa liegt im Krankenhaus und Darren will ich gar nicht erwähnen.«

Mein Herz machte einen Satz. Meine Mutter im Krankenhaus? Was war da los? Ich wollte sofort hier raus. Ich brüllte, stemmte mich gegen die Fesseln und brachte den Stuhl nur dazu, quietschend über den Boden zu schubbern. Ich hatte nur noch einen Gedanken, meine Mutter war im Krankenhaus und ich musste zu ihr. Musste mich davon überzeugen, dass sie okay sein würde.

»Auszurasten hilft uns nicht weiter, Ian«, sagte Kiran. Der Rest der Band war auch wieder zurück? Ich schniefte gegen die Tränen an, die so zahlreich flossen, dass mein Top ganz feucht auf der Brust klebte.

»Bring mich zu dem anderen Idioten, dann zeig ich dir, wie ich drauf bin, wenn ich wirklich ausraste.«

Erstaunt beobachtete ich Ian. Er war so aufgebracht, dass ich fast glauben wollte, ich wäre vielleicht doch mehr, als nur eine Ablenkung für ihn gewesen. Im Gegensatz zu ihm wirkten alle anderen im Raum ruhig und besonnen. Nur Kathrin stand an Kiran gedrängt und wischte immer wieder Tränen von ihren Wangen. Ich wünschte, ich könnte mich irgendwie bemerkbar machen.

»Dass Darren sich selbst umbringt, war das Schlechteste, das passieren konnte. Wir können nicht mit Sicherheit sagen, ob Scott weiß, wo sie ist.«

Fassungslos starrte ich auf den Monitor. Darren hatte sich umgebracht? Aber wieso? Meine Brust zog sich zusammen und meine Lungen versagten ihren Dienst. Ich konnte nicht mehr atmen. Wenn niemand wusste, wo ich war, war ich verloren. Ich würde hier unten sterben. Plötzlich hatte mein Tod so eine Endgültigkeit. Die Panik schien sämtlichen Sauerstoff aus dem Raum zu saugen.

»Lass uns noch einen Blick auf die Karte werfen. Du kennst dich hier am besten aus, Ian. Denk nach, sie muss irgendwo in der Nähe sein. Darren hätte sie mit Sicherheit schnell erreichen wollen.«

»Vielleicht war sie aber auch nicht nahe genug und er hat deswegen Theresa gewählt, als klar war, dass er aufgeflogen ist.« Bob beugte sich mit Izz und Ian über die Karte. Ich musste immer wieder Tränen aus meinen Augen blinzeln, um noch etwas erkennen zu können. Mein Mund war ganz trocken und pelzig und mir war leicht schwindlig. Ich hatte Durst und mein Magen knurrte unaufhörlich. Dazu kam das Gefühl, dass der Sauerstoff im Raum wirklich immer knapper wurde.

Die ganze Zeit hatte ich es nur unterschwellig mitbekommen, aber jetzt, wo es weg war, fiel es mir sofort auf. Irgendwo außerhalb dieses Raums hatte etwas leise gebrummt. Dieses Brummen war verstummt. Wann war es verstummt? Der Monitor begann zu flackern. Das Bild der Männer verschwand und plötzlich saß ich in absoluter Finsternis.

Ich wimmerte und schrie. Der Raum um mich herum erschien mir plötzlich enger und immer enger. Ich fühlte mich, lebendig begraben. Dieser Raum war mein Sarg. Ich war allein. Solange ich beobachten konnte, was in der Küche passierte, war da noch immer ein Fenster nach draußen, doch jetzt allein in der Dunkelheit hatte ich das Gefühl, zu ersticken. Panisch trat ich um mich, der Tisch und alles auf ihm stürzte um.

Finsternis. Dunkelheit. Atemnot. Ich starb.

Irgendwo bellten Hunde. Ich hörte Stimmen weit in der Ferne. Dann umgab mich wieder absolute Stille. Ich träumte von Ian. Er stand auf der Bühne und sang. Ich stand unten vor der Bühne. Wir waren allein und er sang nur für mich. Dann war da Darren, der mich Linda nannte und mir erklärte, dass es vorbestimmt war. Ich musste sterben, weil Linda gerettet wurde.

Wieder bellte ein Hund. Jemand rüttelte an mir, dann wurde ich getragen. Gleißendes Licht blendete mich. Dann war da kühle Waldluft. Ich roch Ians Aftershave. »Wir haben dich«, flüsterte er. Ich blinzelte. War mir nicht sicher, ob ich träumte. Doch als ich endlich sehen konnte, war Ians markantes Kinn das erste, was ich erkannte. Meine Wange lag an seiner Brust. Scheinbar trug er mich. Über uns bewegten sich Baumwipfel und manchmal blitzte die Sonne hindurch.

»Ian?« Meine Stimme klang tonlos, ein heiserer, rauchiger Ton. Ich wurde auf die Liege eines Rettungswagens abgesetzt. Ian stützte mich, indem er sich neben mich setzte und mich an seinen Körper zog. Ich schmiegte mich seufzend an ihn. »Ich bin nicht tot?«

»Nein, Schatz.«

Langsam kam ich zu mir. Um mich herum standen sämtliche Bewohner von Glenoak Hall. Außer Darren. Dafür gab es zwei Sanitäter und mehrere Polizisten. Und alle sahen mich halb besorgt, halb lächelnd an. Jemand reichte Ian eine Flasche mit Wasser, der sie mir an die Lippen hielt. Ich trank und wusste nicht zu sagen, ob das Wasser meiner Kehle gut tat oder mir das Schlucken noch mehr Schmerzen bereitete. Ein Mann leuchtete mit einer kleinen Lampe in meine Augen und tastete die Wunde über meiner Stirn ab.

»Keine Gehirnerschütterung. Aber bevor Sie sie in die Mangel nehmen und ausquetschen, würde ich sie gerne über Nacht mit ins Krankenhaus nehmen.« Der Mann war wohl ein Arzt.

Das Wort Krankenhaus riss mich vollends aus meinem Dämmerzustand. »Krankenhaus! Meine Mutter! Wie geht es ihr?«

Ian küsste mich auf den Kopf. »Keine Sorge, es geht ihr gut. Zwei angeknackste Rippen und eine Platzwunde am Kopf.«

Erleichtert atmete ich auf und sank müde gegen Ian. Ganz war mir noch nicht bewusst, dass ich der Finsternis und meinem Sarg entkommen war. Das Wissen tröpfelte nur langsam in mein Bewusstsein. Aber Ians beschützende Umarmung signalisierte mir Sicherheit und ich entspannte mich.

17. Kapitel

Meine Mutter und ich lagen im selben Zimmer. Sie hatte darauf bestanden und die Schwestern so lange beschimpft und bearbeitet, bis diese mich mitsamt meines Bettes zu ihr in das Zimmer schoben. Danach hatte sie sich zufrieden damit gegeben, mich eine kleine Ewigkeit lang in den Armen zu halten und mir zu schwören, dass sie mich nie wieder aus den Augen lassen würde. Mit *nie wieder* meinte sie, sie würde ihr Haus verkaufen und nach Edinburgh ziehen. So rührend ich ihre Pläne fand, eine dauerhafte Beobachtung durch meine Mutter jagte mir eher eine Gänsehaut über den Rücken, statt mich zu erfreuen. Als liebende Tochter hatte ich ihr zwar erklärt, dass die Umstände nicht nötig wären, aber als sie weiter darauf bestanden hatte, hatte ich, Begeisterung vortäuschend, nachgegeben.

Den Rest des Abends hatten wir ferngesehen, umgeschaltet, wenn Nachrichten kamen, um nicht mit unseren Erlebnissen konfrontiert zu werden, bis meine Mutter beschloss, dass Verdrängung kein Weg für Verarbeitung wäre.

Also zwang sie mich, über meine Ängste zu reden. Und ich schilderte ihr, wenn auch zurückhaltend, wie ich mich gefühlt hatte, als der Kompressor ausfiel und es dunkel um mich herum wurde. Wie es war, Darren vollkommen ausgeliefert zu sein – gar nicht wie in meinem Buch –

und wie sehr ich Darren für das, was er getan hatte, hassen wollte, wie wenig ich es aber konnte. Und ich konnte ihn wirklich nicht hassen. Ein Teil von mir betrachtete ihn noch immer als Freund und trauerte um seinen Verlust, obwohl ich ihn kaum gekannt hatte. Der andere Teil empfand Wut, aber keinen Hass. Es kam mir falsch vor, so zu fühlen, und ich versuchte sogar, den Hass zu erzwingen, aber es ging nicht. Umso erstaunter war ich, als meine Mutter sagte, dass sie ihn auch nicht hassen konnte.

»Er ist mit mir gesprungen, aber – ich weiß, das klingt merkwürdig -, aber als wir fielen, hat er sich unter mich gedreht und mich fest an seinen Körper gedrückt. Und dann sagte er: »Man sieht sich immer zwei Mal im Leben. Das nächste Mal werden wir Freunde. Ich hoffe, du kannst mir verzeihen.« Ich bin mir sicher, dass er bereut hat.« Meine Mutter rieb sich über ihren Unterarm und sah mich bedauernd an.

Kathrin und Kiran kamen mit Kaffeebechern in unser Zimmer. Erst lächelte Kathrin und dann, als sie mich umarmte, traten Tränen in ihre Augen.«

»Fang bloß nicht an zu heulen, sonst heule ich auch«, sagte ich seufzend und stöhnte, als sie mir einen Kuss auf meine geschwollene Wange hauchte.

»Tut mir leid«, entschuldigte sie sich. »Ian kommt später. Er gibt noch ein Interview für die Nachrichten. Da er von hier kommt, wollten sie unbedingt ihn haben.«

Als sie Ian erwähnte, kribbelte es in meinem Bauch. Ich hatte ihn auf dem Monitor gesehen, völlig aufgelöst vor Sorge um mich. Die hoffnungslos verliebte Emma in mir, machte sich Hoffnungen, er könnte doch mehr für sie empfinden. Die Vernünftige schüttelte verneinend den Kopf.

»Also, wie geht es euch beiden?«, wollte Kiran wissen. Er stand am Fußende des Bettes und lächelte uns aufmunternd an. »Die Damen sehen hervorragend im Krankenhaus-Chic aus.«

»Du siehst doch gar nicht, was wir anhaben«, empörte sich meine Mutter.

»Ich habe den Röntgenblick.«

»War Izz schon zum Verhör da?« Kathrin setzte sich auf mein Bett und hielt meine Hand.

»Ja, aber das meiste wusste er schon. Ich habe ihm nur sagen können, was Darren mir gesagt hatte. Und selbst das hatten sie sich wohl schon anhand der ausgewerteten Daten auf den Computern der beiden zusammengereimt. Und dieser Scott, also der andere, der hat wohl ausgepackt, nachdem er erfuhr, dass Darren tot ist.«

Izz hatte mir auch erzählt, dass sie eine Hundestaffel hatten kommen lassen, nachdem sie sich überhaupt nicht erklären konnten, wo Darren mich versteckt hielt. Man fand mich in einem kleinen Luftschutzbunker, der im Wald, der an das Anwesen der MacLeods grenzte, versteckt war. Er musste zu Zeiten des Kalten Krieges gegraben worden sein und laut Scott waren die beiden zufällig in alten Aufzeichnungen darauf gestoßen, als sie zu Beginn ihres Wahns alles, was es über das Haus zu wissen gab, in sich aufgesaugt hatten. Vielleicht hatte Adams Vater noch von dem

Bunker gewusst, aber irgendwann musste er in Vergessenheit geraten sein.

»Die Hauptsache ist, dir geht es gut. Ich hatte wahnsinnige Angst um dich.« Kathrin drückte mich erneut. »Aber kommen wir zum Geschäftlichen. Warum bist du weggelaufen? Im ersten Moment dachten wir, dir sei was passiert. Ich meine, man weiß ja nie bei so vielen Betrunkenen. *T in the Park* ist ja nicht gerade ein Vorbild für Enthaltsamkeit.«

»Und Ian war vielleicht schlecht drauf!«, fügte Kiran grinsend an. »Ich hab gedacht, der schlägt jeden Moment auf was ein.«

»Oh ja«, bestätigte Kathrin und nickte bedeutungsvoll.

Ich rollte mit den Augen und hasste es, gerade jetzt rot anzulaufen. »Ich hab zufällig ein Gespräch zwischen ihm und Frank mitbekommen. Und da bin ich irgendwie durchgedreht.«

Kathrin runzelte die Stirn. »Was für ein Gespräch? Was war denn da Thema?«

»Ich war Thema«, antwortete ich trotzig und spürte, wie die Wut langsam wieder in mir hochkam. »Im Wesentlichen ging es darum, dass wir nur Spaß haben, mehr nicht. Und Frank war sauer wegen Michelle, weil Ian Schluss gemacht hat mit ihr.« Ich stotterte unsicher rum. »Vielleicht habe ich überreagiert. Ja, und Angst hatte ich auch irgendwie. Und ich hatte wohl die Hoffnung, dass wir mehr als nur Spaß hatten.«

»Oh verdammt, Süße«, seufzte Kathrin und streichelte meine Wange. »Ganz ehrlich, ich weiß nicht genau, was da zwischen Frank und Ian vorgefallen ist. Aber wenn ich daran denke, wie Ian sich aufgeführt hat, als du in diesem Luftschutzbunker saßt ... Glaub mir, für ihn bist du viel mehr, als nur »Spaß«. Er mag dich, da bin ich mir sicher.«

»Er hat Michelle abserviert. Klar mag er dich«, mischte Kiran sich ein.

Meine Mutter grinste mich wissend an und schien sichtlich erfreut über meinen kleinen Seelenstriptease. »Oh Gott! Oh Gott!« Sie wedelte aufgeregt herum und schnappte sich die Fernbedienung für den Fernseher. »Sieh mal, wer da im Fernsehen ist!«, sagte sie mit einem schelmischen Seitenblick auf mich.

»Wir haben hierzu Ian MacLeod, derzeitigen Bewohner und Frontmann der Band *Wild Novel* befragt«, kündigte gerade eine Moderatorin an. Auf dem Bild hinter ihr sah man Ian, der vor Glenoak Hall stand. Dann wurde ein Film eingespielt, in dem zusammenfassend über die Ereignisse berichtet wurde. Im Anschluss sah man Ian mit einem Reporter im Aufnahmestudio sitzen.

»Über die Ereignisse selbst haben wir schon viel gehört. Mr MacLeod, Sie sind Leadsänger der Band *Wild Novel*, die zur Zeit auf dem Anwesen lebt. Einer der Täter war Mitglied in Ihrer Band. Wie fühlt sich das für Sie an?«

Ian kniff die Lippen zusammen. Er saß auf dem Sofa, die Beine übereinandergeschlagen. Neben ihm stand die rote Stratocaster. »Es fühlt sich an wie ganz große Scheiße«, sagte Ian.

Kiran lachte laut auf. »Er ist total angepisst, weil er dieses Interview geben muss. Ich glaube, er wäre jetzt viel lieber woanders.« Ich schluckte nervös und wich Kirans Blick aus.

»Sie haben mit diesem Mann unter einem Dach gewohnt. Hatten Sie denn keinen Verdacht?«

»Nein, wieso? Darren war ganz normal. Er hat normale Dinge getan und gesagt und gegessen. Haben Sie einen unserer Auftritte gesehen in letzter Zeit?« Ian lehnte sich vor und sah den Reporter herausfordernd an.

»Ja, habe ich.«

»Und, hatten Sie den Eindruck, Darren wäre ein Mörder oder irgendwie irre?«

»Nein«, gab der Reporter unsicher zurück. Ich grinste in mich hinein. Was Ian sagte, belustigte mich nicht nur. Es veränderte auch etwas an meiner Sicht auf Ian. Es berührte etwas in mir.

»Sie haben jetzt keinen Drummer mehr. Was bedeutet das für die Band?«

»Was soll das schon bedeuten. Wir müssen einen Neuen suchen. Aber vorerst ist das zweitrangig, da ich noch nicht sagen kann, ob es die Band in ein paar Stunden überhaupt noch geben wird.«

Nicht nur mir stockte der Atem auch Kiran versteifte sich und wirkte nervös. »Was sagt er da?« Wie gebannt starrten wir alle auf den Bildschirm.

»Können Sie das genauer erklären?«, wollte der Reporter wissen.

»Kann ich. Als dieser Wahnsinn am Sonntag losging, da ist mir etwas klar geworden. Es gibt etwas in meinem Leben, das mir wichtiger ist als alle Plattenverträge dieser Welt. Bis ich es fast verloren hätte, war mir das nicht bewusst gewesen.«

»Wovon sprechen Sie?« Der Reporter wirkte genauso verwirrt wie wir.

»Das wird weder Frank, unser Manager, noch die Plattenfirma gerne hören«, sagte Ian und lehnte sich wieder zurück. Er wirkte nervös, doch dann trat Entschlossenheit in seine Gesichtszüge. »Es gibt da einen Part in unseren Verträgen, der es uns verbietet, eine feste Beziehung einzugehen. Als wir unterschrieben haben, waren wir jung. Wir waren dumm und haben sowieso nicht vorgehabt, uns nur mit einer Frau zufriedenzugeben. Das ist jetzt anders. Vor Kurzem ist diese Frau in mein Leben getreten und um es mit einer Zeile aus einem unserer Songs zu sagen: Sie ist die Eine, die mein Herz schneller schlagen lässt, die mich dazu bringt, mein Leben neu zu überdenken.« Ian grinste breit in die Kamera. »Und ich scheiß auf den Vertrag, wenn er mir verbietet, das zu leben, was wir in unseren Songs besingen.«

Selbst der Reporter konnte ein leises Lachen nicht zurückhalten, aber das bemerkte ich nur am Rande, denn ich starrte mit klopfendem Herzen und verschwitzten Händen auf Ian.

»Sie reden von Michelle Harrold, der Mutter ihrer Tochter?« Mein Herz sackte in meinen Magen.

»Nein. Emma, der Tochter meiner Haushälterin.«

»Er hat es getan!« Meine Mutter hüpfte aufgeregt in ihrem Bett herum und stöhnte gleich darauf auf und hielt sich die Seite. »Er hat mich in einem Interview erwähnt.« Ich warf meiner Mutter einen ungläubigen Blick zu. »Ja, dich hat er natürlich auch erwähnt. Aber soll ich wegen etwas erstaunt sein, das ich schon seit Tagen geahnt habe?«, fügte sie glücklich strahlend an.

Kiran warf den Kopf in den Nacken und lachte laut auf. Auch Kathrin kicherte. Ich konnte nur heftig schlucken und weiter ungläubig auf den Fernseher starren. Hatte er wirklich gerade, wenn auch umständlich, zugegeben, dass er etwas für mich empfand?

»Ich hoffe mal, dass die Plattenfirma uns jetzt nicht den Hahn zudreht. Aber das muss man ihm lassen, dieses Liebesgeständnis in aller Öffentlichkeit haut selbst mich um.« Kiran zog Kathrin an seine Seite und hauchte ihr einen Kuss auf die Stirn. »Das hätte ich mal für dich tun sollen.«

»Er hat kein Wort von Liebe gesagt«, warf ich ein.

»Das hebt er sich für nachher auf, wenn er dich hier raus holt.« Kiran zwinkerte mir zu. »Ich hoffe, du bist fit.«

Hitze schoss in meine Wangen. Ich schnappte mir mein Kissen und warf es nach Kiran. Der fing es lachend auf und warf es zur Tür, wo es von einem grinsenden Ian aufgefangen wurde, dessen Blick auf mir ruhte. »Und, bist du fit?«

»Mutter im Raum, Kinder«, meinte Theresa und himmelte Ian verzückt an. »Junge, das war wirklich das Romantischste, was ich je erlebt habe. Aber wenn du meiner Tochter noch einmal so weh tust, wie damals in der Schule, dann wirst du dir noch wünschen, ins Kloster gegangen zu sein.«

Ich verbarg stöhnend mein Gesicht in meinen Händen. Ians warme Hand legte sich zwischen meine Schulterblätter und verbreitete ein Kribbeln in meinem Körper. Er legte einen Finger unter mein Kinn und zwang mich, ihn anzusehen. »Wenn du noch einmal vor mir wegläufst, wird deine Mutter sich auch wünschen, ich wäre lieber ins Kloster gegangen.« Dann senkte er seine Lippen auf meine und küsste mich heiß und voller Begehren, bis ich leise seufzte.

»Leute, Mutter und Kiran und Kathrin im Raum. Hebt euch das für später auf«, murmelte Kathrin.

Ich löste mich von Ian. »Tu nicht so, als würdest du nicht selbst gerne Hand an jemanden oder etwas anlegen.«

Epilog

Stöhnend schleppte ich die letzte Umzugskiste in das künftige Schlafzimmer meiner Mutter. Sie hatte es wirklich getan und ihr Haus in Dunvegan verkauft, um sich ein niedliches kleines Cottage in Edinburgh zu kaufen. So ganz in meine Nähe hatte sie es nicht geschafft, aber zwanzig Minuten mit dem Auto seien keine vier Stunden, hatte sie zwitschernd gemeint, als sie den Vertrag für das Haus unterzeichnet hatte.

Erschöpft ließ ich mich auf eine der Kisten sinken. Hatten wir ein Glück, dass *Wild Novel* seit Kurzem einen neuen Drummer hatte. Mit Adam und Bob machte das sechs starke Männer, die uns beim Umzug geholfen hatten. Sieben, ich hatte Jonathan fast vergessen, was wohl daran lag, dass Summer und er die meiste Zeit auf der Ladefläche des LKWs geknutscht hatten.

»Ich kann keinen Schritt mehr gehen«, stöhnte ich und rieb mir über meine schmerzenden Oberschenkel.

Samuel, der neue Drummer nahm sich ein Bier aus dem Kasten, den meine Mutter zur Verfügung gestellt hatte, für die »gut aussehenden Männer, die ihr Leben so bereicherten«. »Wenn du jetzt schon schlapp machst, wie willst du dann den nächsten Umzug bewältigen?« Samuel hatte rötlich-blondes Haar, das ihm bis in den Nacken reichte. Er war gerade einundzwanzig geworden und damit der

Jüngste in der Band. Seine rechte Augenbraue wurde von einer kleinen Narbe gespalten. Und er hatte das süßeste Lächeln überhaupt. Mit seinem Charme wickelte er Frauen jeden Alters um den kleinen Finger. Ganz besonders meine Mutter.

»Welchen Umzug?«, hakte ich nach.

»Ian tauchte vor mir auf, zog mich hoch in seine Arme und küsste mich sanft. Seit Darrens Tod waren fünf Wochen vergangen. Fünf Wochen, die wir beide getrennt voneinander verbracht hatten. Er in Dunvegan und ich in Edinburgh. Und jeder einzelne Tag war eine Tortur für mich gewesen. Ich hatte mich nach ihm gesehnt und manchmal kamen auch die alten Zweifel wieder in mir hoch und ich redete mir ein, dass er mich längst wieder vergessen hatte und gerade mit einem Groupie die Dinge tat, von denen ich wollte, dass er sie mit mir tat. Die Trennung hatte mich fast in die Verzweiflung getrieben und ich hatte mich in ein neues Buch gestürzt. Eins über einen gut aussehenden Rocksänger und seiner genervten, jungen Nachbarin.

Je näher der Tag des Umzugs gerückt war, umso nervöser war ich geworden. Und dann war er aus dem LKW ausgestiegen und hatte mich mit diesem umwerfenden Lächeln angesehen und alle Zweifel waren verschwunden. Ich schmiegte mich in Ians Arme und atmete seinen berauschenden Duft ein. Selbst nach einen mehrere Stunden dauernden Umzug roch er noch immer würzig nach Wald und Mann. In meinem Unterleib flackerte eine kleine Flamme, die mich wünschen ließ, endlich mit ihm allein sein zu können.

»Also, welcher Umzug?«, hakte ich noch einmal nach.

»Der der Band.« Ian gluckste, als er meinen fragenden Blick auffing. »Adam hat das Anwesen verkauft. Es hat den MacLeods nicht besonders viel Glück gebracht.«

»Achso«, sagte ich. »Und wo zieht ihr hin?«

Kathrin hüpfte hinter mir herum und klatschte in die Hände. »Ian und Kiran haben ein altes Reihenhaus in Edinburgh gekauft. Acht Schlafzimmer! Sooo ein Traum, sag ich dir.«

»Was?«, fragte ich ungläubig.

»Ja, das haben wir. Platz für die ganze Band. Wir fanden unser Zusammenleben eigentlich ganz nett und wollten das so beibehalten. Wie eine große, nette Familie.«

Ich schlang Ian die Hände um den Hals und zog ihn zu einem Kuss herunter. »Aber wird Tamara dir dann nicht fehlen?«

»Sie bekommt ihr eigenes Zimmer und kann in den Schulferien jederzeit vorbeikommen.«

»Außer ihr seid auf Tour«, sagte ich traurig, denn in drei Monaten ging *Wild Novel* auf Europatour.

Summer hatte uns für diese Nacht freundlicherweise die Wohnung überlassen und übernachtete bei Jonathan. Weil ich so erschöpft war und mich dringend erholen sollte, hatte Ian darauf bestanden, mich vom Auto bis in unsere Wohnung im zweiten Stock zu tagen. Im Flur setzte er mich ab, warf die Tür hinter sich zu drängte mich gegen die Wand. »Endlich allein!«, stöhnte er. »Hab ich es vermisst, dich zu küssen.« Er presste seine Lippen verlangend auf meine und ich stöhnte in seinen Mund, als Hitze mich überflutete und meine Brüste schwer wurden und sich schmerzhaft zusammenzogen. Seine Zunge drängte sich zwischen meinen Lippen hindurch und erkundete meine Mundhöhle, streichelte meine Zunge. Ich genoss jedes Nagen seiner Zähne an meiner Unterlippe und schmiegte mich verführerisch an ihn.

»Hast du es nur vermisst, mich zu küssen? Oder hast du eventuell noch mehr vermisst?«

Ians Hände legten sich fordernd auf meine Brüste und seine Daumen rieben über die zwei harten Knospen, die sich durch den Stoff meines Shirts drückten. Hatte ich schon erwähnt, dass ich jetzt auch ein *Wild Novel* T-Shirt trug? Sogar ein ganz besonders Weibliches. Summer war nämlich offizielle Designerin für *Wild Novel* Fanartikel geworden.

»Die zwei habe ich auch vermisst. Und die kleine empfindliche Stelle zwischen deinen Beinen.« Er zeigte mir, welche Stelle er meinte und ich seufzte heiser. »Genau deswegen habe ich sie vermisst.« Er lächelte selbstzufrieden und knabberte sich dann einen Weg von meinem Schlüsselbein zu meinem Ohr. Seine Hände schoben sich unter mein Shirt und als seine Finger auf meine nackte Haut trafen, verteilte sich Feuer über meine Haut und entfachte ein Lodern in meinem Unterleib.

»Ian? Könnten wir das hier vielleicht in meinem Bett weitermachen? Ich kann wirklich keine Sekunde länger stehen.«

»Wie unsensibel von mir«, sagte er mit verhangenem Blick und hob mich auf seine Arme. »Wo lang?«

Ich lotste ihn in mein Schlafzimmer und er legte mich sanft auf meinem Bett ab. Er sah mich an und neben dem Verlangen, das in seinen Augen wirbelte, war noch etwas anderes. Etwas Bedeutungsvolleres. Er beugte sich über mich, seine Hände rechts und links von meinem Kopf.

»Ich will dir das sagen, bevor wir mit einander schlafen, denn danach ist es immer irgendwie so, als wäre es nicht ernst gemeint. Ich will aber, dass du weißt, dass ich es ernst meine. Sehr sogar.«

Ich runzelte fragend die Stirn und wand mich beunruhigt.

»Emma, ich liebe dich. Ich wollte dir das schon länger sagen, aber ich fand, am Telefon ist es nicht so wie es sein sollte. Ich wollte dir dabei in die Augen sehen.«

Hatte ich ihn erschrocken angeschaut? Ich zog sein Gesicht zu meinem runter und küsste ihn sanft. »Als wir damals noch in der Schule waren und auch noch lange danach, da habe ich mir unzählige Male vorgestellt, dass du das zu mir sagen würdest und ich würde mich einfach umdrehen und dich stehen lassen. Und du würdest nichts anderes von mir bekommen, als einen Blick auf mein Hinterteil.«

Ian knurrte und packte mich um die Hüften, um mich näher an den Rand des Bettes zu ziehen. Er umfasste meinen Hintern und drückte ihn. »Zufälligerweise liebe ich deinen Hintern auch.«

»Ja, das war auch immer Teil meines Traums«, bestätigte ich. »Ich habe nie weiter als bis zu dieser Stelle geträumt. Aber in meinem Inneren wusste ich es die ganzen Jahre. Ian, ich habe dich schon immer geliebt. Ich hatte nur zu viel Angst davor, dich wirklich zu lieben. Aber das ist jetzt nicht mehr so.«

»Willst du damit sagen, dass du mich auch liebst?«

»Oh ja, Ian MacLeod, genau das will ich sagen. Aber, ich könnte es mir anders überlegen, wenn du jetzt nicht sofort dafür sorgst, dass ich dich in mir spüre und du mir einen oder auch vier oder fünf Orgasmen versorgst.«

»Das Risiko, dass du mich nicht mehr liebst, möchte ich natürlich nicht eingehen. Ein Orgasmus oder auch vier oder fünf kommen sofort Ms Finnley.« Er zerrte sich sein Shirt vom Oberkörper und entblößte seine perfekten Muskeln, die wundervollen Tattoos und das Brustwarzenpiercing, das er sich für mich hatte stechen lassen.

Ich streckte meine Hand danach aus und berührte das Stäbchen vorsichtig, dann setzte ich mich auf und ließ meine Zunge darum kreisen, sog es in meinen Mund und kratzte mit meinen Zähnen darüber. Meine Hand lag auf Ians wild klopfendem Herzen. Ian stöhnte leise. Eilig öffnete ich den Bund seiner Hose und strich ihm die Jeans über die Hüften nach unten.

»Keine Unterhose? So mag ich es.«

Meine Hand glitt von seiner Brust über seine festen Bauchmuskeln zu seinem lockigen Nest, aus dem seine pralle Erektion herausragte. Ich umschloss Ians Schaft und rieb sanft daran auf und ab. Ein Tropfen bildete sich auf seiner Spitze und forderte mich dazu auf, ihn weg zu lecken. Mit meiner Zunge nahm ich den salzigen Tropfen auf, dann führte ich die pralle Eichel zwischen meine Lippen und saugte Ians Härte in meine Mundhöhle. Ian stöhnte und seine Hüften stießen fordernd in meinen Mund.

Er legte seine Hände auf meine Schultern und drückte mich sanft auf die Matratze. Mit flinken Fingern befreite er mich von meiner Kleidung und schob sich über mich. Ich hob ihm meine zuckende Hitze entgegen und keuchte leise, als sein Schaft über meine geschwollene Klitoris rieb.

»Fünf Wochen sind eine lange Zeit«, sagte er und sah mir tief in die Augen. In seinem Blick loderte ein Verlangen, das meinen Puls beschleunigte. Wenn ich je Zweifel gehabt hatte, ob er mich wirklich lieben könnte, in diesem Moment lösten sie sich in Luft auf und wurden vom sanften Wind, der durch das geöffnete Fenster hereinkam, weggetragen.

Ian öffnete meine Schenkel weit und drang Zentimeter für Zentimeter in mich ein. Seine Augen waren dabei geschlossen und seiner Mimik entnahm ich, wie sehr er es genoss, sich in mich zu schieben. Ich legte meine Hände auf seine Arme, die meine Schenkel hielten. Ian zog sich langsam aus mir heraus und drang kräftiger in mich ein. Mit jedem Stoß zuckten Blitze durch mein Innerstes. Der süße Druck baute sich in meinem Körper auf, bis Ians Daumen auf meiner Perle mich über den Rand schubste und mich in einer Explosion kommen ließ.

»Jetzt, wo deine Mutter auch hier wohnt, könntest du doch eigentlich auch ein paar Wochen Urlaub nehmen und mit uns auf Tour gehen.«

Ich lag auf Ians Brust und spielte mit seinem Piercing. Sein Herz klopfte gegen mein Ohr, und ich lauschte seiner Atmung. »Ich kann doch nicht so lange vom Laden wegbleiben.«

»Im Notfall bist du nur einen kleinen Flug weit weg.«

»Ich weiß nicht.«

»Vielleicht überlegst du es dir ja noch. Ich bräuchte wirklich jemanden, der die Groupies davon abhält, mir an die Wäsche zu wollen. Obwohl, wenn ich dich mitnehme, dann fallen wohl auch die Partys ins Wasser. Wenn Frauen dabei sind, ist es schwer, das Klischee eines Rockstars zu leben. Vielleicht ist es doch besser, du bleibst hier.«

Ich knuffte Ian in die Seite. »Das hättest du wohl gerne. Auf keinen Fall lasse ich dich mit einer Schar kreischender Weiber mit feuchten Höschen allein. Ich werde mitkommen.«

Ians Brust vibrierte, als er leise lachte. »Deine Mutter hatte recht, als sie sagte, ich solle an deine Eifersucht appellieren.«

»Meine Mutter?«

»Ja, sie meinte, ein paar Wochen mit Kathrin und der Band würden dich von Darren ablenken.«

Ich verzog das Gesicht. Ich hatte mich noch immer nicht entschieden, ob ich Darren hassen sollte, oder um ihn trauern, aber doch zumindest Mitleid mit ihm haben.

In den meisten Nächten ließ ich das Licht brennen, weil Dunkelheit und enge Räume mich immer wieder in den Luftschutzbunker zurückversetzten. Ich vermied es auch, alte Videos von Auftritten der Band mit Darren anzusehen. Seine Augen verfolgten mich auch ohne diese Auffrischung bis in meine Albträume. Aber es half mir, mit Linda über all das zu reden. Sie verstand meine Gefühle und wusste, was sie sagen musste, um mir die Angst zu nehmen. Aber die beste Medizin war immer noch Ians Nähe. Wenn er mich hielt, fühlte ich mich absolut sicher und geborgen.

»Dann muss ich wohl auf Tour gehen. Natürlich nur, um die Groupies fernzuhalten.«

»Natürlich.« Ian küsste mich auf die Stelle oberhalb meiner Stirn, wo der Fleischhammer mich getroffen und wo ich jetzt eine schmale Narbe hatte, die mich immer an Darren erinnern würde. Als ob ich ihn ohne diese Narbe je vergessen könnte.

»Und danach müssen wir darüber reden, wann du zur Band ins Haus ziehst.«

»Müssen wir das?« Ich sah schmunzelnd zu Ian auf. Er rollte sich über mich und in den Tiefen seiner blauen Ozeanaugen funkelte es, bevor er mich küsste.

Danksagung

An *Wild Novel* hatten mehrere Personen ihren Anteil. Mein erster Dank gilt der Namensgeberin der Band, Yagmur Yildirim. Liebe Yagmur, ich hatte mit Emma einen kleinen Disput, weil sie bei ihrer Ankunft auf Glenoak Hall nicht so nett über den Bandnamen gedacht hat. Mittlerweile hat sie ihre Meinung natürlich geändert.

Dann sollte ich auf jeden Fall auch meinen Musen danken, die mich zu *Wild Novel* inspiriert haben. Das sind die Jungs von *Biffy Clyro*, einer schottischen Band, deren Musik suchtpotential hat.

Ohne Sandra Latoscynski vom Latos Verlag würden die Highland Secrets-Bücher es nicht auf den großen Buchmarkt schaffen, deswegen danke ich auch ihr für ihre Unterstützung.

Ulf Winterfeld ist mein Lektor und Fehlerteufel, er sorgt dafür, dass meine Bücher den letzten Schliff bekommen.

Aber mein allergrößter Dank geht an meine vielen Leser, die mich auf Facebook, auf meinem Blog und per Mail unterstützen und mir immer wieder Mut machen. Danke, ohne Euch würde ich wahrscheinlich manches Mal das Handtuch werfen.

Gregori

- Eine Highland Secrets-Story -

Einführung

Diese Kurzgeschichte ist Teil der Highland Secrets-Reihe. Natürlich kann sie auch allein gelesen werden. Hintergrund dieser Geschichte ist Emma aus dem 2. Band der Secrets-Reihe, die nicht nur Buchhändlerin, sondern auch Autorin ist. In Highland Secrets 2 wird Emmas Buch Thema in einer hitzigen Diskussion mit Ian MacLeod. Einige Leser hatten sich gewünscht, dass ich die Geschichte aufschreibe. Diese Geschichte ist also für Euch, Andrea, Loredana, Jacqueline, Astrid, Sky, Christina, Alice und Jessica und auch alle anderen meine treuen Facebookfreunde.

1. Kapitel

Gregori stand auf einem Hügel oberhalb des kleinen schneebedeckten Dorfes. Amüsiert betrachtete er die geschmückten, hell beleuchteten Häuser. Wie jedes Jahr um diese Zeit hatten die Dorfbewohner ihre Häuser mit Lichterkerzen und Rentieren, Sternen und bunten Glaskugeln geschmückt. Und wie jedes Jahr übertrafen sie mit ihren Anstrengungen noch das Jahr davor. Ohne diese Menschen dort unten hätte Gregori nicht einmal gewusst, dass schon wieder ein Jahr vergangen war. Gregori interessierte sich genauso wenig für die Traditionen der Menschen wie dafür, dass die Zeit an ihm vorbeistrich, ohne dass er etwas davon mitbekam. Wie sollte er auch, wenn man Jahrhunderte hinter sich gebracht hatte, und noch Jahrhunderte vor sich hatte, dann war ein Tag wie der andere, ohne ein Ziel, ohne Hoffnung, ohne Erlösung.

Langsam stieg er den Hügel hinab und glitt auf das Dorf zu, das umgeben von hohen Bergen mitten in den Karpaten lag. Eingebettet in eine Landschaft, die nie zu Enden schien, die sich genauso wenig veränderte, wie Gregori selbst. Die auch genauso rau und wild war wie er. Zielstrebig schritt er auf die kleine Herberge zu. Der einzige Ort, an dem er jetzt noch Menschen finden würde.

Der Glaube an Vampire war hier noch allgegenwärtig. Auch wenn der Rest der Menschheit den Aberglauben, der kleinen, von der Zivilisation abgeschnittenen Dörfer in den Karpaten belächelte, die Dorfbewohner taten recht daran, sich bei Anbruch der Dunkelheit in ihre Häuser zurückzuziehen. Sie wussten um die Gefahren ihrer Heimat. Wussten, dass es ihn gab – Gregori den Teufel.

Nur die Touristen in der Herberge waren unwissend genug, diese noch zu verlassen, wenn die Sonne hinter den Gipfeln der Berge verschwunden war. In ihrer Arroganz lachten sie über die Bewohner abgelegener Dörfer wie diesem. Dabei waren sie es, die sich für ihre Dummheit und Ignoranz schämen sollten. Auch wenn Gregori sich manchmal darüber ärgerte, dass die Menschen der Karpaten von anderen Völkern belächelt wurden, so musste er zugeben, dass es besser war, dass Vampire für die meisten Menschen nichts als ein Hirngespinst waren. Und ohnehin waren die Menschen, egal welcher Abstammung, ihm eigentlich egal.

Gregori lehnte sich an eine Tanne gegenüber der Eingangstür und wartete, dass ein Tourist vorbeikommen würde. Von drinnen konnte er ihre Gespräche hören. Er lauschte nicht. Es gab nichts, was er nicht schon unzählige Male gehört hatte. Menschen waren langweilig. In Gregoris Augen nichts weiter als Nahrung. Schon vor Jahrhunderten hatte er sich von allen abgewandt. Von den Menschen und von den Seinen. Er kam nur noch in die umliegenden Dörfer, um sich zu nähren. Seine Freunde waren die Wölfe. Und dann war da noch sein Bruder.

Gregori musste nicht lange warten, bis er den köstlichen Geruch einer Frau wahrnahm, die zu lange in den Wäldern geblieben war. Ihr aufgeregter Herzschlag drang an Gregoris Ohr. Er wandte sich in die Richtung, in der die Frau gleich den Wald verlassen würde. Wenn er sich beeilen würde, könnte er sie erwischen, bevor sie die Deckung der letzten Bäume hinter sich lassen würde.

Gleich würde Sarah das Dorf erreicht haben. Sie konnte schon die ersten Lichter durch die Baumstämme hindurch sehen. Mit jedem Schritt, den Sarah näher an den Waldrand kam, wurde ihr leichter ums Herz. Eigentlich war sie nie so unvorsichtig wie heute gewesen. Ohne Karte, Kompass und irgendetwas anderem, das ihr bei der Orientierung geholfen hätte, war sie am Nachmittag losgelaufen und hatte sich natürlich vollkommen verirrt. Verdammt, wie konnte sie nur so dumm sein. Ihre Füße schmerzten, sie fror jämmerlich, jeder Muskel in ihrem Körper schien zu schreien. Mit bebenden Lippen, die Arme fest um ihren Körper geschlungen hielt sie weiter auf das rettende Licht zu.

Als die Dämmerung hereingebrochen war und sie umkehren wollte, hatte sie bemerkt, dass sie sich zu weit vom Dorf entfernt hatte. Sie war lange ziellos durch das Unterholz gestolpert, hatte sich die Hosen an einem Ast zerrissen, wäre fast einem Wolf vor die Nase gelaufen, der sie erstaunlicherweise einfach ignoriert hatte und seiner Wege gegangen war. Doch dann hatte sie endlich einen Wegweiser gefunden. Sie konnte zwar die Landessprache nicht, aber hoffte, dass der Pfeil in eine Richtung wies, wo sie auf Menschen treffen würde. Dort würde sie dann schon Hilfe finden. Recht hatte sie gehabt. Der Wegweiser hatte sie genau dorthin geführt, wo sie hinwollte. In ihre Herberge.

Kurz bevor sie aus dem Wald heraustrat – die Herberge in der sie abgestiegen war schon im Blickfeld – stellte sich ihr ein Mann in den Weg.

Verwundert starrte Sarah ihn an. Der Mann war fast einen Kopf größer als sie. Und das sollte was heißen. Sarah selbst war schon groß für eine Frau mit ihren 1,85 Metern. Er blickte sie aus dunklen Augen an. Musterte sie fast unverhohlen. Er wirkte wie ein Pirat auf Sarah, mit seinem zum Pferdeschwanz gebundenem rabenschwarzem Haar, das im Lichte der Laternen glänzte, und dem markanten Kinn. Trotz der Dunkelheit, die ihm aus jeder Pore zu dringen schien, war er sehr attraktiv. Er sprach etwas in Sarah an, einen Teil von ihr, den sie glaubte, tief in sich vergraben zu haben. Vielleicht war es die Mischung aus wirklich gut aussehendem, aber wildem und ursprünglichem Mann, die Sarah anzog. Sie wartete darauf, dass er etwas sagte, und musterte in der Zeit seine breiten Schultern, die selbst der lange schwarze Wintermantel nicht verbergen konnte.

Sarah versuchte um den Fremden herumzugehen, als dieser einfach nur weiter auf sie herabstarrte, doch der ignorierte ihren Fluchtversuch und blockierte ihr abermals den Weg.

Gregori konnte die Angst der Frau riechen. Adrenalin machte Blut noch viel schmackhafter. Er spürte wie sich seine Reißzähne in seinem Mund verlängerten, spürte das Ziehen im Magen und das Brennen im Rachen. Unbändiges Verlangen nach Blut breitete sich in ihm aus. Aber da war noch etwas. Etwas, das er noch nicht näher beschreiben konnte. Eine Anziehung, die auf mehr beruhte als auf seinem Hunger nach ihrem Blut.

Gregori schloss die Augen und spürte den Emotionen nach, die durch das Blutsband, das ihn mit seinem Bruder verband, in sein Innerstes gespült wurden. Mircae war aufgewühlt und auf der Jagd. Und er war sehr zornig. Er befand sich ganz in der Nähe und beobachtete die Frau und Gregori. Er musste ihr durch den Wald gefolgt sein. Und ihm ging das Gleiche durch den Kopf wie Gregori, als er jetzt in die wunderschönen Augen der Touristin blickte.

Sie war ein leichtes Opfer. Sie stand einfach vor ihm. Schien nicht einmal große Angst vor ihm zu haben, geblendet von seinem Aussehen. Er lächelte zufrieden, weil er sich heute nicht einmal hatte anstrengen müssen. Obwohl es auch schon wieder fast enttäuschend war. Wenn er diese Frau so betrachtete, hätte er durchaus Lust auf eine kleine Rangelei.

Ein Böe ergriff ihre blonde Mähne und wirbelte ihr Haar in Gregoris Gesicht. Tief sog er den Duft ihres Shampoos ein. Sein Magen knurrte, aber Gregori wollte noch nicht sofort zubeißen. Er wollte noch spielen. Wollte abwarten, bis die kleine Flamme der Furcht noch ein wenig anwuchs. Die Größe der Frau war beeindruckend. Er konnte sich nicht erinnern, wann er das letzte Mal eine so große, ihm fast ebenbürtige, Frau gesehen hatte. Mircaes Interesse an ihr schürte sogar so etwas wie Konkurrenzdenken in ihm. Er wollte diese Frau und konnte unmöglich zulassen, dass sein Bruder sie bekam. Er wusste nicht, woher dieser Gedanke kam, aber er konnte ihn nicht wegschieben. Sie gehörte ihm. Kein anderer sollte sie besitzen.

Sarahs graue Augen hefteten sich auf das finstere Gesicht. Sie hatte Angst vor diesem Mann, aber nach dem heutigen Nachmittag, wollte sie nur noch ein warmes Bad genießen und dann schlafen – nachdem sie ausgiebig gegessen hatte.

„Dürfte ich bitte?“ Sarah griff auf ihr erbärmliches Englisch zurück, in der Hoffnung, dass man hier an den Schulen auch englisch lernte.

Gregori trat noch näher an die Frau heran. Er konnte hören, wie ihr Magen knurrte. Konnte die Unruhe in ihr spüren, sah das Beben ihres Körpers, das nicht nur von der Kälte herrührte. Ihr Blick glitt an ihm vorbei zur Herberge und richtete sich dann wieder auf ihn. Er betrachtete ihre grauen, fast silbernen Augen, die winzige Nase und die schmalen Wangen. Trotz der dunklen

Ränder unter ihren Augen und der Blässe in ihrem Gesicht, war sie ausgesprochen schön. So schön, dass sie sein Blut in Wallung brachte. Und ihr Duft? Etwas war damit.

„Du bist erschöpft“, sagte er mit starkem Akzent auf Deutsch.

Sarah trat ein paar Schritte zurück, um Abstand zwischen sich und dem Fremden zu bringen. Ihr gefiel nicht, wie er sie betrachtete, als würde er darüber nachdenken, sie jeden Augenblick auf den gefrorenen Boden zu werfen und über sie herzufallen. Sie überlegte, wie sie es schaffen konnte, an ihm vorbei zu kommen. Die Tür der Herberge wurde geöffnet und Gelächter drang nach draußen. Sarah holte tief Luft, öffnete den Mund und wollte den Leuten, die gerade vor die Herberge traten, etwas zurufen. Doch der Mann war schneller. Er stürzte sich auf Sarah, presste ihr eine Hand auf den Mund und drückte ihren Körper gegen seinen.

Sarah wehrte sich. Wand sich in seiner Umarmung. Ihr Herz hämmerte fest gegen ihren Brustkorb. Panik stieg in ihr auf. Seine Hand lag ihr über Mund und Nase und sie bekam keine Luft mehr. Leises Stöhnen entrang sich ihrer Kehle, bevor sie ohnmächtig wurde.

Gregori hatte nicht vorgehabt, die Frau mitzunehmen, doch sie war drauf und dran gewesen, um Hilfe zu rufen. Ohne nachzudenken, hatte er sich auf die Frau gestürzt, hatte sie fast erstickt. Erst als ihr Körper schlapp wurde, war ihm aufgefallen, was er da tat. Noch nie hatte er Angst um einen Menschen gehabt, doch um sie hatte er Angst. Er hatte sie mitgenommen in sein Haus, das weit oben in den Bergen stand. Weit weg von dem kleinen Dorf. Weit weg von jedem, der sie ihm wegnehmen konnte. Auch von Mircae.

2. Kapitel

Als Sarah zu sich kam, lag sie weich und geborgen in einem Bett. Erst dachte sie, sie hätte nur geträumt. Dieser Fremde wäre nur ihrer Fantasie entsprungen, doch als sich ihre Augen an die Dunkelheit gewöhnt hatten, konnte sie an den Umrissen der Möbel sehen, dass sie nicht in ihrem Zimmer in der Herberge war. Jemand räusperte sich und dann wurde eine Kerze angezündet. Sarah setzte sich auf, zog die Decke schützend vor ihre Brust und drängte sich mit dem Rücken so nahe an das Kopfteil des Bettes, wie es ihr möglich war.

Gregori musste lächeln, als er sah, wie die Frau, die in seinem Bett lag, sich ängstlich wie ein Reh, versuchte zu verstecken. Nichts könnte ihn von dieser Frau fernhalten. Ihr Blut war genauso köstlich wie ihr Duft. Nachdem er sie hergebracht hatte, hatte er sich einen winzigen Schluck aus ihrer Halsschlagader gegönnt. Fast war es ihm unmöglich gewesen, der Verlockung ihres Blutes zu widerstehen. Aber er hatte sich dazu gezwungen, aufzuhören und ihren Verlust mit seinem eigenen Blut auszugleichen.

Die Frau schluchzte. Langsam schritt er auf sie zu, setzte sich neben sie auf das Bett. Sie war eine Versuchung. Ihr langes blondes Haar fiel in warmen Wellen über ihre Schultern und verdeckte das Mal, dass sie als die Seine kennzeichnete. Vorsichtig hob Gregori eine Hand, beugte den Oberkörper näher zu ihr und strich ihr das Haar über die Schulter zurück. Seine Hand ruhte auf ihrem Nacken. Mit dem Daumen strich er über die Bisswunde an ihrem Hals. Sie sah aus wie ein Engel. Ein Engel in seinem Bett. Gregoris Blick glitt tiefer, zu der Wölbung ihrer Brüste. Wohlgeformte Brüste, deren Konturen sich deutlich unter dem engen Stoff des moosgrünen Pullovers abzeichneten, der so wundervoll zu ihren großen Augen passte. Er hatte diese Schönheit einfach vor seinem Bruder retten müssen. Schon die Vorstellung allein, was sie in seinen Händen hätte ertragen müssen, ließ ihn beben vor Wut und Verzweiflung.

Sarah zuckte vor der Berührung zurück. Doch die Hand des Fremden gab ihr keinen Zentimeter mehr Freiraum. Etwas schmerzte an ihrem Hals. Es fühlte sich an wie ein großer blauer Fleck. Was hatte der Fremde mit ihr gemacht, während sie bewusstlos war? Sarah packte die Decke mit beiden Händen und zog sie über ihre Brust zurück. Der Fremde betrachtete sie, als wäre sie eine Ware. Tränen brannten auf ihren Wangen.

Sie rutschte noch weiter von dem Mann weg. Wollte so viel Abstand zwischen sich und ihm schaffen, wie es ihr möglich war. Der Mann knurrte. Knurrte wie ein wildes Tier. Sarah erstarrte, den Blick ängstlich auf sein Gesicht gerichtet.

Gregori wünschte, sein Bett wäre nicht so groß. Wünschte, die Frau würde näher bei ihm bleiben. Er wollte näher an sie heranrutschen, befürchtete aber, sie so noch mehr zu verängstigen. Er verstand nicht, was mit ihm geschah. Diese Frau machte etwas mit ihm, zog ihn in ihren Bann. Sie hatte ihn verzaubert. Ihn verflucht. Noch nie hatte er solche Gefühle empfunden. Die Angst, dass jemand ihm dieses Geschöpf wegnehmen würde, machte ihn blind für den Schmerz, den er seinem Bruder schon wieder zugefügt hatte, indem er sie ihm einfach genommen hatte.

Noch immer kauerte die Frau in seinem Bett. Ihr Körper zitterte vor Angst und Anspannung. Gregori wollte mehr von diesem Körper sehen. Er schloss eine Faust um die Decke, die sie schützend vor ihren Leib hielt. Vorsichtig zog er daran. Die Frau presste die Decke umso entschlossener an ihre Brust. Ihre Finger krampften sich um den Stoff, dass sich die Haut weiß über die Knöchel spannte. Gregori knurrte abermals. Die Frau schluchzte. Er könnte ihr die Decke mit Gewalt nehmen. Ein Mann seiner Art war stark. Stärker als jedes andere Lebewesen auf diesem Planeten. Aber er wollte sie nicht verletzen. Als hätte ihn jemals das Leid anderer interessiert. Für ihn gab es nur Gregori. Doch bei dieser Frau war das anders.

Sarah zuckte bei dem Knurren zusammen. Ihr war bewusst, dass diese Decke nicht die Macht hatte, diesen Mann von ihr fernzuhalten. Und doch spendete der weiße, seidige Stoff ihr irgendwie Trost. Wenn sie zuließe, dass er ihr die Bettdecke nimmt, käme sie sich hilflos ausgeliefert vor. Etwas in ihr warnte sie, diesen Mann weiter zu reizen. Sie lockerte ihren Griff um die Decke. Als der Fremde das sah, zog er die Decke langsam – Stück für Stück – weg.

Gregori genoss es, ihr den störenden Stoff vom Körper zu ziehen. Fast war es, als würde er ein Geschenk auspacken. Jeden Zentimeter, den die Decke seinem Blick preisgab, musterte er genau, prägte sich jede Rundung ein, damit ihm die Erinnerung nie wieder genommen werden konnte. Ein wenig Zorn stieg in ihm auf, als sein Blick auf die Hose fiel, die sie noch immer trug. Wie viel zugänglicher für einen Mann waren die Kleider und Röcke, mit denen sich Frauen noch vor wenigen Jahren verhüllten. Nicht das Gregori je wirklich Interesse an einer Menschenfrau gehabt hatte. Aber wenn er auch ein Vampir war, so hatte er doch irgendwann auch einmal die Bedürfnisse eines Mannes verspürt. Bedürfnisse, die er schon seit vielen Jahrhunderten nicht mehr hatte. Irgendwann war Sex für ihn so langweilig wie alles in seinem langen Leben geworden. Wenn der Durst nach Blut nicht so stark wäre, hätte er selbst die Nahrungsaufnahme schon lange aufgegeben.

Doch jetzt, beim Anblick dieses Engels regten sich Organe in seinem Körper, die er lange vergessen hatte. Sein Herz schlug schneller, sein Atem kam stoßweise und der Stoff seiner Hose spannte sich eng über einen dieser längst vergessenen Körperteile.

„Verdammt Weib!“, zischte er. „Nimm deinen Fluch von mir!“ Es musste ein Fluch sein, den diese Hexe über ihn verhängt hatte in dem

Moment, in dem seine Augen auf ihre trafen im Wald. Anders konnte Gregori sich nicht erklären, was hier mit ihm geschah.

Sarah erschauerte, als sie die dunkle Stimme des Mannes hörte, der ihren Körper mit seinen Blicken zu verschlingen schien. Nervös strich sie sich über die schmerzende Stelle am Hals. Ihre Finger ertasteten zwei winzige, verkrustete Hügel. Die Augen des Mannes leuchteten auf, als Sarah diese Stellen berührte. Schnell zog sie die Hand wieder weg.

Der Mann erhob sich vom Bett und befreite sich von seiner Kleidung. Ängstlich folgten Sarahs Augen jeder seiner Bewegungen, jedem Spiel seiner Muskeln, die so ausgeprägt waren, wie die einer griechischen Statue. Als der Fremde die Kerze löschte, erstarrte Sarah.

Als Sarah spürte, wie die Matratze sich senkte, versuchte sie panisch, das Bett zu verlassen. Der Fremde war schneller. Er packte sie bei den Schultern. Finger bohrten sich in ihr Schlüsselbein, dann wurde sie grob zurückgezogen. Die Arme des Mannes schlangen sich um ihre Taille, ihr Körper wurde an den des Mannes gepresst. Sarah wollte sich wehren, krallte ihre Finger in die Seiten des Bettes und versuchte, sich aus der Umklammerung zu befreien. Wieder ertönte das grausige Knurren aus seiner Kehle, das sie so sehr an ein wildes Tier erinnerte. Zweifellos war dieser Mann wahnsinnig und sie war ihm hilflos ausgeliefert. Sarah beschloss, ganz still zu halten. Sie konnte die Wärme seines Körpers spüren, wie er sich an ihren Rücken schmiegte. Konnte hören, wie er nahe an ihrem Ohr atmete.

Gregori genoss es, die Menschenfrau so nahe bei sich zu haben. Sie duftete so köstlich. Seine Nase tief in ihrem Haar nahm den Duft von Wald und Harz wahr, gemischt mit dem betörenden Geruch von Jasmin. Ihr Körper passte sich so gut an seinen an. Ihre Rundungen waren weich und nachgiebig. Gregori presste seinen harten Unterleib an den wohlgeformten Po der Frau. Er konnte spüren, wie sie erschauderte und ein Zittern durch ihren Körper floss. Er wünschte sich, sie würde nicht aus Angst zittern, sondern aus Begierde.

Sarah konnte die Erregung des Mannes fühlen, die ihr gegen das Steißbein drückte. Sie wollte fliehen, sich aus seinen Armen befreien, doch sie hatte Angst. Angst, dass der kleinste Fehler, den sie begehen würde, ihn wütend machte. Sie würde warten, bis er eingeschlafen war und dann fliehen. Der Mann strich ihre Haare aus ihrem Nacken und hauchte ihr einen Kuss auf ihren Hals. Langsam wanderten seine Lippen ihren Hals entlang, hinunter zu ihren Schultern. Seine Hände streichelten über ihre Taille, hinauf zu ihren Brüsten. Ein enges Band zog sich um Sarahs Brustkorb. Sie wagte nicht zu atmen. Ihr Körper verkrampfte sich unter seinen Berührungen. Sarah fürchtete sich vor dem, was jetzt passieren sollte. Doch ihr Körper entwickelte ein Eigenleben.

Gregori stöhnte leise auf, als seine Hände die Wölbung ihrer Brüste fanden. Ganz sanft ließ er seine Finger über die zarten Knospen streichen, die sich ihm entgegenreckten. Ein leichter Duft von Erregung stieg ihm in die Nase. Gregori wusste sofort, dass der Körper der Frau auf seine Liebkosungen reagierte. Auch wenn ihr Geist Angst hatte, so forderte ihr Körper doch mehr von dem, was Gregori ihm anbot.

Ganz von allein stieß sein Unterleib nach vorne, presste sich noch enger an den zitternden Leib der Frau. In Gregoris Kopf entstanden erotische Bilder. Dinge, die er gerne mit ihr anstellen würde. So lange schon hatte er nicht mehr an solche Dinge gedacht. Jetzt flackerten die Bilder in solcher Intensität vor ihm auf, dass er kaum noch imstande war, sich zu kontrollieren. Heftig atmend drängte er sich noch näher an die Frau, rieb seine Erektion an ihrem runden, verführerischen Hintern. Er musste sich stoppen, wenn er der Frau nicht wehtun wollte. Als die Frau spürte, wie er sein erigiertes Glied an ihrem Steiß rieb, rannen Tränen der Verzweiflung über ihr Gesicht.

„Bitte“, wimmerte sie leise.

Gregori schob sich über die Menschenfrau. Sanft strich er ihr die blonden Strähnen aus dem tränenfeuchten Gesicht. Ihre Augen waren vor Grauen weit aufgerissen, ihre Lippen bebten. Sie war so wunderschön. Er verfluchte die beschränkten Fähigkeiten der Menschen. Könnte sie in der Dunkelheit sehen, könnte sie den Hunger in seinen Augen ablesen. Vielleicht würde sie dann verstehen, was er fühlte, wie sehr er brauchte, was er von ihr wollte. Jede Faser seines Körpers verlangte verzweifelt danach, sich mit ihr zu vereinen. Aber wie sollte sie es verstehen, wenn er selber nicht verstand, was mit ihm passierte?

Langsam glitt Gregori von dem warmen weichen Körper der Frau. Für heute würde er sie ruhen lassen. Die Morgendämmerung stand kurz bevor und Gregori konnte die Schwere, die der Tag brachte, schon in seinen Gliedern spüren. Aber er musste sicher gehen, dass die Frau nicht fliehen konnte, während er den Tag schlafend in einer tiefen Stasis verbrachte. Daher gab er ihr den geistigen Befehl zu schlafen, bis er sie wieder wecken würde.

Der menschliche Geist der Frau machte es ihm einfach. Ohne Widerstand glitt sie in einen tiefen Schlaf. Gregori zog die Frau fest an seinen Körper, hielt sie in einer engen Umarmung und gab sich der Starre des Tageslichts hin. Er wünschte, er könnte träumen, dann würde er davon träumen, was er gerne mit dem Körper dieses Engels anstellen würde. Aber er hatte schon seit Jahrhunderten nicht mehr geträumt. Er würde sich damit zufriedengeben müssen, die Frau in seinen Armen zu halten.

Gregori erwachte so entspannt wie lange nicht mehr. Tief atmete er den Duft der Frau ein, genoss einige Minuten die Wärme ihres Körpers an seinem, bevor ihm ein nie gekannter Hunger übermannte und er seine Zähne in das zarte Fleisch ihres Halses schlug. Gierig trank er von dem köstlich süßen Blut der Frau. Seiner Frau. Niemals würde er zulassen, dass ein anderer Mann auch nur in die Nähe dieses liebreizenden Geschöpfes kam. Keiner sollte es je wagen, sie ihm wegzunehmen.

Mircae war bis zum Auftauchen der ersten Sonnenstrahlen um Gregoris Haus herumgeschlichen. Aber auch ein dem Wahnsinn anheimgefallener Vampir musste sich vom Sonnenlicht fernhalten, also hatte Gregori am Tag keine Angst um seine Auserwählte haben müssen.

Süß und würzig drang ihr Blut in seinen Mund, lief heiß seinen Rachen hinunter und erwärmte seinen kalten Körper. Auch andere, selten gebrauchte Körperstellen erwachten sofort wieder zu neuem Leben. Er musste sich bremsen, um die Frau nicht völlig auszusaugen.

Ihr Körper lag schlaff in seinen Armen. Ihr Atem kam nur noch stoßweise und ihr Herzschlag begann bereits zu flattern. Gregori hatte schon zu viel von ihr genommen. Er musste den Blutverlust mit seinem eigenen Lebenssaft ausgleichen. Er öffnete seine Haut über dem Herzen mit einem fließenden Schnitt seines Fingernagels, dann gab er der Frau den mentalen Befehl aufzuwachen, hielt ihren Geist aber weiter gefangen, um ihre Abwehr niederzuringen und befahl ihr, zu trinken. Er presste ihren Mund auf die offene Wunde über seinem Herzen. Was für ein Gefühl. Ihre Lippen, die sich auf seiner Haut bewegten – sanft und gleichzeitig gierig. Gregori stöhnte. Fast wäre er gekommen. Er musste sich mit Gewalt davon abhalten, seine Hand an sein Glied zu legen. Das war der zweite Bluttausch. Noch einmal und sie wäre ewig sein, stellte er zufrieden fest.

Gregori bettete die Frau sanft zurück in die Kissen und ließ sich neben sie fallen. Ein paar Mal atmete er tief durch, bevor er die geistige Verbindung zu seinem Engel unterbrach und sie sanft in diese Welt zurückholte. Gregori achtete genau auf jede Regung, die durch den Körper der Frau glitt, als sie erwachte. Genießerisch streckte sie sich, rekelte sich in seinem Bett, gähnte, bevor sie die Augen öffnete und ihr einfiel, wo sie sich befand.

Als Sarahs Blick auf die altertümliche Kommode neben dem riesigen Himmelbett fiel, wurde ihr schlagartig bewusst, dass sie nicht zu Hause war und auch nicht in der Herberge. Sarah ließ langsam ihren Blick durch den Raum schweifen. Jemand hatte ein Feuer im Kamin gemacht. Über dem Kamin hing das Porträt einer jungen Frau. Der Kleidung nach zu urteilen eine Adlige aus dem Mittelalter. Das Kleid, das sie trug, war dunkelgrün und mit gelbem Spitzenbesatz. Sie saß auf einer Art Thron. Im Hintergrund des Bildes hing ein Wandteppich. Auf dem Wandteppich war ein Mann abgebildet, der ihrem Entführer bis aufs Haar glich.

Langsam rutschte Sarah an den äußeren Rand des Bettes, denn sie wusste, hinter ihr lag ihr Peiniger. Sie rechnete fest damit, dass er sie gleich wieder an sich zerren würde. Sie hatte Angst, ihn anzublicken. Sie konnte aber nicht anders. Sie musste sehen, was in seinen Augen stand. Noch bevor Sarah sich umdrehen konnte, sprang der

Fremde aus dem Bett. Drängte sich angespannt an die Zimmertür, als wollte er verhindern, dass sie entkommen konnte. Als ob es Sarah möglich wäre zu fliehen.

Noch immer war der Mann nackt. Sarah versuchte, die mächtige Erektion zu ignorieren, konnte aber nicht umhin ihr einen kurzen würdigenden Blick zuzuwerfen. Schnell rief sie sich zur Ordnung und machte sich ihre Situation klar. Sie befand sich Gott weiß wo, mit Gott weiß wem und sie war allein mit Gott weiß wem und seiner Erektion.

Mit weit aufgerissenen Augen und zitternden Knien stand sie neben dem Bett, ihr Gesicht starr auf den nackten Mann gerichtet. „Warum bin ich hier?", flüsterte sie heiser.

„Ich musste dich beschützen." Ungeniert stand er vor ihr, sein Glied war so bereit für sie. Ihr Blick auf seiner Erektion schmeichelte ihm und erregte ihn noch mehr.

„Vor wem? Warum? Ich werde niemanden etwas sagen, wenn du mich gehen lässt, ich verspreche es."

„Ich kann nicht." Gregoris Stimme nahm etwas Weiches an. Seine Augen glitten über den Körper seiner Gefangenen. Er konnte ihre Angst riechen und bekam fast Mitleid mit ihr. Er könnte sie gehen lassen, aber er wagte es nicht. Was, wenn er sie nie wieder sehen würde? Was, wenn sie heimreiste, dann wäre sie für immer verloren für ihn? Was, wenn sie seinem Bruder in die Hände fiel? Gregori schritt auf seine Kommode zu und reichte der Frau einen warmen Pullover und Baumwollhosen. Er selbst schlüpfte in ein schwarzes Seidenhemd und eine ausgewaschene Jeans.

„Du musst essen. Was isst du?“ Gregori hatte keine Ahnung, was Menschen so zu sich nahmen. Schon viel zu lange, hatte er sich nicht mehr mit den Lebensgewohnheiten der Menschen beschäftigt. Wie sollte er sich nur um diese Frau kümmern? Er wusste gar nichts über die Menschen. Nur die Dinge, die er beobachten konnte, wenn er auf der Jagd war. Doch selbst dann nahm er sich selten genug Zeit, um zu wissen, was ein Mensch brauchte.

„Ich sollte essen. Das stimmt. Zu Hause, bei meiner Familie. Es ist Weihnachten. Lass mich bitte gehen. Meinen Flug habe ich sicher schon verpasst.“ Sarahs Angst wich langsam Zorn. Unwillig warf sie die ihr angebotenen Sachen auf das Bett und warf dem Fremden einen provozierenden Blick zu. Auf keinen Fall würde sie das willige Opfer spielen. Sie würde es ihm nicht leicht machen. Und vor was glaubte er, sie beschützen zu müssen? Litt der Mann an Wahnvorstellungen? Wenn ja, war er sogar noch gefährlicher, als sie geglaubt hatte. Vorsichtig versuchte sie abzuschätzen, wie schnell sie bei der Tür sein könnte. Wenn sie es schaffte vor dem Mann bei der Tür zu sein, das Zimmer zu verlassen, dann könnte sie es vielleicht auch vor ihm aus dem Haus schaffen. Erst mal auf der Straße, würde sie leicht nach Hilfe rufen können.

Ein Lächeln zuckte um seine Mundwinkel. Er ahnte, dass sie fliehen wollte. „Wie heißt du?"

„Das geht dich nichts an", antwortete sie forsch. Sarah machte vorsichtig einen Schritt auf die Tür zu, während ihr Entführer versuchte, ein Feuer im opulenten Kamin zu machen. Als er sein Gesicht der kleinen zuckenden Flamme zuwandte, sah Sarah ihre Chance gekommen. Sie rannte auf die Tür zu, hinaus in einen langen Flur, der auf beiden Seiten von unzähligen weiteren Türen gesäumt wurde. Sie schaffte es bis an eine Treppe, die mit einem roten Teppich bedeckt war. Sarah blickte sich nicht um. Sie flog die Stufen hinunter, direkt auf eine riesige schwere Eichenholztür zu. Das musste der Ausgang sein. Der Weg in die Freiheit.

Gregori gab der Frau einen Vorsprung. Sie sollte es ruhig bis vor sein Haus schaffen. Wenn sie sah, dass sie sich mitten in den Bergen befand, dann würde sie nicht noch einmal so schnell an eine Flucht denken. Erst als er hörte, wie die große Eingangstür mit einem Knall zuschlug, folgte er der Frau. Draußen im Wald sog er tief die Luft ein, nahm ihre Witterung auf und folgte ihrem betörenden Duft. Er war beeindruckt, wie schnell sie war.

Geschickt lief sie durch das Unterholz, dabei trug sie nicht einmal Schuhe, die sie vor dem eiskalten Schnee geschützt hätten. Fast war Gregori ein bisschen stolz auf seine Auserwählte. Auserwählte, dieses Wort hatte er schon einmal benutzt? Woher war diese Vorstellung gekommen?

War sie das? Seine Auserwählte? Seine Gefährtin, die ihn begleiten sollte durch sein ewiges Leben? Nein, so etwas gab es für einen wie ihn nicht. Er war ein Killer. Einer wie er hatte es nicht verdient, Glück zu empfinden. Und doch durchfloss Gregori so etwas wie Wärme, wenn er an die Menschenfrau dachte.

Er hatte ihr lange genug erlaubt, vor ihm wegzulaufen. Jetzt wurde es Zeit, sie wieder in sein Heim - in ihr gemeinsames zu Hause - zu bringen. Er konnte Mircae in der Nähe spüren. Auch er hatte sich sofort wieder an ihren Duft gehaftet und folgte ihr.

Sarah ignorierte die Schmerzen in ihren nackten Füßen. Die Kälte des Schnees schnitt ihr durch ihr Fleisch. Aber darauf konnte sie jetzt nicht achten. Sie hatte es aus dem Haus geschafft, doch da war keine Straße, keine anderen Häuser, keine Menschen. Nur Bäume und unendliche Dunkelheit. Panisch irrte sie zwischen Tannen umher, die so hoch waren, dass sie kaum ihre Wipfel erkennen konnte. Es war finstere Nacht um sie herum.

Keuchend lief sie durch den nächtlichen Wald. Irgendwo heulte ein Wolf. Ängstlich blieb sie stehen, lauschte in die Dunkelheit. Mit den Augen suchte sie über sich nach einem Zeichen des Mondes. Entweder bildeten die Bäume ein undurchlässiges Dach oder Wolken verdeckten den Mond.

Sarah taumelte vor Kälte zitternd weiter durch die undurchdringliche Finsternis. Ihre Füße fühlten sich an, als hätte sie sie in Eiswasser getaucht. Ihre

Lippen bebten und ihr ganzer Körper wurde von Schmerzen geplagt. Sie wusste, sie hatte sich verirrt. Erschöpft lehnte sie sich an einen Baumstamm. Die raue Rinde drückte sich durch ihre dünne Kleidung. Tränen rannen über ihr Gesicht und die eisige Kälte brannte auf ihren Wangen, fuhr durch ihre Kleidung hindurch in ihren Körper. Ihre Zehen verfärbten sich schon blau und sie hatte kaum noch Gefühl darin.

Zweige knackten irgendwo in der Nähe und Sarah wusste, das würde ihr Entführer sein. Der gut aussehende, aber erschreckend düstere Kerl, ohne den sie jetzt nicht in dieser Situation wäre. Doch sie lief nicht fort, denn sie wusste, allein hier draußen würde sie sterben. Also wartete sie. Wartete darauf, dass er kommen würde, um sie zurück in sein Haus zu bringen, wo es nicht weniger angsteinflößend für sie war als hier draußen, aber weniger kalt. Doch nicht er stand plötzlich vor ihr, sondern ein anderer Mann, genauso groß und breitschultrig. Die gleichen dunklen Augen und das gleiche schwarze Haar. Und doch waren seine Augen anders. In ihnen schimmerte der Wahnsinn so nah an der Oberfläche, dass sie ihn sofort erkannte. Dieser Mann hier war noch gefährlicher als der andere. Seine Kleidung schien starr vor Schmutz, auch seine Hände waren dreckig. Er roch unangenehm und seine Eckzähne ragten über seine Unterlippe hinaus.

Als er eine raue Hand an ihre Wange legte, lief Speichel aus seinen Mundwinkeln und er lachte höhnisch auf.

„Jenny! Endlich bist du zurück", krächzte er rau. Sarahs Knie wurden weich und sie brach zusammen. Hatte dieser Mann sie gerade beim Namen ihrer Schwester genannt?

Gregori fand die Frau an einen Baum gesunken. Er hatte den Duft ihres Blutes sofort erkannt. Als Gregori das Blut gerochen hatte, wusste er, dass die Frau verletzt war und Sorge ergriff ihn. Diese Menschen waren so empfindlich. Sie starben viel zu schnell. Er hatte aber nicht mit dem gerechnet, was er sah, als er sie endlich fand. Mircae hielt sie in seinen Armen und trank von ihr. In seiner maßlosen Wut stürzte er sich auf seinen Bruder. Seit er, Gregori, den Tod von Mircaes Gefährtin verschuldet hatte, hatte er ihm alles durchgehen lassen. Doch dies hier konnte er nicht zulassen. Mit aller Kraft riss er Mircae von ihr los und stieß ihn zu Boden. Mircae knurrte wild, kroch dann aber fort und verschwand irgendwo zwischen den Bäumen. Gregori hätte erwartet, dass sein Bruder kämpfen würde, aber das tat er nicht. Etwas hielt ihn davon ab, seinen Instinkten freien Lauf zu lassen.

Langsam bewegte Gregori sich auf die Frau zu, die wieder zu sich gekommen war und sich mit ihrem Körper gegen den Stamm eines Baumes drückte. Er wollte sie nicht erschrecken. Vor ihr blieb er kurz stehen. Trotz ihrer Größe wirkte sie wie ein verschrecktes Reh. Vor Kälte zitternd stand sie vor ihm. Mitleid regte sich in Gregori. Mit der Hand strich er ihr sanft über das tränennasse Gesicht, ließ seine Finger ihren Hals entlanggleiten, ihre Schultern und die Arme hinunter. Dann zog er sie an sich, presste sie nah an seinen warmen Körper und atmete tief den Duft ihres Haares ein. Er hatte solche Angst um sie gehabt. Diese Frau rührte an seinem alten verdorrten Herzen. So sehr, dass er sich sogar gegen seinen Bruder auflehnte.

Gregori hob das bebende Etwas auf seine Arme und glitt mit ihr zurück in sein Haus. Mit einem Winken seiner Hand gab er dem Holz im Kamin den mentalen Befehl zu brennen. Er befreite die Frau von ihrer durchnässten Kleidung und hätte sie am liebsten einige wundervolle Minuten lang in ihrer ganzen Nacktheit bestaunt, aber seine Angst um das empfindliche Menschenkind war größer. Er konnte nicht riskieren, dass sie krank wurde. Er wäre nicht fähig, sie zu heilen. Wusste nicht, wie man Menschen heilte.

Gregori bettete seine Gefährtin in die weichen Kissen seines Betts, dann zog er sich selbst aus und legte sich nahe an den Körper der Frau. Sie erschauderte bei seiner Berührung, wollte von ihm wegrutschen, doch Gregori gab ihr den Befehl, zu schlafen.

3. Kapitel

Sarah erwachte allein im Bett. Vorsichtig richtete sie sich auf und blickte sich in dem dunklen Schlafzimmer um. Nur das wärmende Feuer im Kamin tauchte das Zimmer in ein sanftes Licht.

Am Fußende des Bettes lagen ein Kleid und Waschutensilien. Sarah nahm sich das Handtuch und das Shampoo. Das Handtuch wickelte sie sich um ihren nackten Körper, das Kleid würde sie nicht anziehen. Der Schneider hatte sicher nicht genug Stoff für ein richtiges Kleid mehr gehabt. Stattdessen griff sie zu den Sachen, die ihr der Fremde gestern gegeben hatte und die noch immer dort lagen, wo Sarah sie hatte fallen gelassen. Dann öffnete sie die Tür, die sich in der Wand neben dem Bett befand und betrat ein luxuriöses, aber kleines Badezimmer. Der Boden war mit grünem Marmor ausgelegt, die Armatur über dem Waschbecken war golden. Sarah wollte nicht darüber nachdenken, ob es echtes Gold war. Sie wollte über gar nichts nachdenken, was mit diesem Mann zu tun hatte. Auch nicht darüber, was er vielleicht mit ihr angestellt hatte, während sie nackt in seinem Bett geschlafen hatte. Ein Schauer durchlief ihren Körper.

Sie drehte das Wasser der Dusche auf und stellte sich unter den heißen Strahl. Ihre Haut begann zu kribbeln, so heiß war das Wasser, aber Sarah genoss jede Sekunde davon, denn es zeigte ihr, dass sie noch am Leben war. Dass das hier nicht nur ein Traum war. Dass alles hier wirklich passierte. Sie war die Gefangene eines Irren mit einer Dauererektion und sie musste sich eingestehen, dass dieser Mann gut ihrer hätte Fantasie entsprungen sein können. Er war attraktiv, geheimnisvoll und weckte eine gewisse Sehnsucht in ihr.

Nein, was dachte sie da nur. Sie war seine Gefangene. Sie war entführt worden und niemand wusste, wo sie sich befand. Aber es gab auch niemanden, den es interessieren könnte. Das war der Grund, weswegen sie hier her gekommen war. Sie wollte die Stelle sehen, an der das Flugzeug, in dem ihre Eltern und ihre Schwester vor vier Jahren ums Leben gekommen waren, abgestürzt war. Irgendwie hatte sie sich eingebildet, wenn sie hier her kam, ihnen nahe sein zu können, und dass sie dann endlich damit abschließen könnte und den Schmerz tief in sich vergraben könnte. Aber das war nicht geschehen. Sie hatte die Stelle nicht einmal gefunden.

Umso verwirrender war, dass dieser andere Mann sie draußen im Wald mit dem Namen ihrer Schwester angesprochen hatte. Hatte er sie gekannt? Waren sie sich während der kurzen Reise mit den Eltern irgendwo begegnet? Sie würde der Sache gerne auf den Grund gehen, aber das konnte sie nicht. Es war einfach zu gefährlich, sich mit dem Fremden auseinanderzusetzen. Und solange sie hier festgehalten wurde, konnte sie ohnehin nichts herausfinden.

Sarah spülte sich den Schaum vom Körper und wickelte sich in das große Handtuch. Ihre Suche nach einem Spiegel war vergeblich. Kein Spiegel im Bad? Welcher Mensch hatte keinen Spiegel in seinem Badezimmer? Mit den Fingern fuhr sie sich durch das nasse Haar und versuchte, etwas Ordnung in das Chaos auf ihrem Kopf zu bringen. Sie brach den Versuch ab, als ihr klar wurde, was sie da tat. War sie wirklich dabei durchzudrehen? Was interessierte es sie, ob sie gut aussah. Gut aussehen hatte nur zur Folge, dass dieser Kerl wieder unter seinem recht beeindruckenden Problem litt. Obwohl leiden wohl auch nicht die richtige Bezeichnung dafür war, denn er schien, kein Problem mit seiner Nacktheit zu haben und damit, Sarah zu zeigen, wie sehr er sie wollte.

Sarah stieg in Hose und Pullover, schlich sich zur Tür und lunschte durch einen kleinen Spalt in das Zimmer. Niemand zu sehen. Langsam öffnete sie die Tür und trat in das Schlafzimmer. Jemand hatte ihr ein Tablett mit Essen auf die Truhe gestellt, die vor dem Bett stand.

Sarah hatte ihren Hunger ganz vergessen, doch jetzt beim Anblick der belegten Brote krampfte ihr Magen sich zusammen und knurrte. Sie stürzte sich hastig auf das Tablett und verschlang so viel, wie noch nie in ihrem Leben auf einmal. Das Brot spülte sie mit Wasser aus dem Bad herunter, denn auf dem Tablett befand sich nur eine Karaffe mit Rotwein und Sarah würde diesen Wein ganz sicher nicht anfassen. Wenn sie von hier fliehen wollte, musste sie bei klarem Verstand bleiben.

Nachdem Sarah gegessen hatte, schlich sie zur Tür, die hinaus auf den Korridor führte. Probehalber drückte sie die Klinke hinunter und öffnete die Tür einen Spalt breit. Nicht abgesperrt. Ihr Entführer war sich wohl sehr sicher, dass sie nicht in der Lage sein würde zu fliehen. Mit ihren nackten Füßen schlich sie sich den Flur entlang und die Treppen hinunter. Auf Zehenspitzen näherte sie sich der Eingangstür, die eher wie ein riesiges Portal wirkte. Sie hatte die Hoffnung, dass wenn dieser Mann so weit weg von jeder menschlichen Ansiedlung wohnte, er irgendwo ein Auto oder ein anderes Gefährt stehen hatte. Immerhin musste er ja irgendwie von hier weg kommen, um sich mit dem Nötigsten zu versorgen.

Sarah öffnete so vorsichtig wie möglich die Tür, bedacht darauf, dass sie kein Geräusch machen würde. Sie setzte einen Fuß hinaus in die Kälte, wurde von hinten um die Taille gepackt und wieder in das Haus gezogen. Große, fast schwarze Augen starrten sie an.

„Ich mag es gar nicht, wenn du dich in Gefahr begibst."

Sarah zitterte und versuchte, sich aus der Umarmung zu winden. Der Fremde drückte sie nur noch näher an seinen Körper heran. Dann näherte sich sein schönes, wildes Gesicht dem ihren. Gleich würde er sie küssen. Gleich würde er sie ...

Gregori beherrschte sich in letzter Sekunde. Er zog sich von der Frau zurück und schloss die Tür. Dann griff er nach ihrer Hand und führte sie in den Salon, wo er schon ein Feuer gemacht hatte.

„Setz dich“, bat er sie und nickte in Richtung einer der beiden Ohrensessel, die vor dem Kamin standen. „Es sind ungefähr sechzig Kilometer bis zur nächsten Ortschaft. Du würdest erfroren sein, bevor du sie erreicht hättest. Und dann sind da noch die Wölfe.“

Die Frau setzte sich und zog schützend die Knie bis an ihre Brust.

Gregori musterte sie mit einer Mischung aus Begierde und Besorgnis. Sein Blick fiel auf ihre nackten Füße. Er kniete sich vor sie, berührte vorsichtig ihre Füße und legte seine Finger um ihre Zehen, als sie nicht zurückschreckte. Dann begann er, die kalten Zehen zu massieren. Hauchte sie mit seinem warmen Atem an und rieb sie sanft. „Wie ist dein Name?“

Die Frau schloss die Augen und ein Zittern fuhr durch ihren Körper. „Sarah“, flüsterte sie, so leise, dass ein menschliches Ohr es nicht vernommen hätte.

„Sarah“, wiederholte Gregori und genoss den Klang ihres Namens aus seinem Mund. Sarah. Seine Sarah.

Gregori erhob sich wieder und setzte sich auf den anderen Sessel. Aus einer Karaffe goss er ihr Rotwein in ein Glas. Sarah griff danach und ihre Hände zitterten, dass der Inhalt sich fast auf den Boden ergossen hätte, hätte Gregori nicht seine Finger um ihre geschlossen, bis sie sich beruhigt hatte.

„Mein Name ist Gregori. Ich habe dir schon gesagt, dass du dort draußen nicht sicher bist. Der

Mann, dem du gestern im Wald begegnet bist, ist mein Bruder. An dem Tag, als ich dich in mein Haus gebracht habe, hat er dich verfolgt. Er scheint von dir besessen. Solange du bei mir bleibst, bist du in Sicherheit." Gregori beobachtete, wie seine Gefährtin das Weinglas an ihre sinnlichen, vollen Lippen hob, wie sie sich leicht öffneten, wie ihre Kehle sich bewegte, als sie das Glas in großen Zügen zitternd leerte. Gregoris Zunge fuhr über seine Lippen. Wie gerne hätte er seinen Mund jetzt auf den ihren gepresst. Seine Zunge über die sanfte Haut ihres Halses gleiten lassen. Seine Hände um ihre festen Brüste gelegt. Seinen Penis ...

Gregori schüttelte sich. Schon wieder begann sein Schwanz unangenehm gegen den Stoff seiner Hose zu drücken und bettelte darum, freigelassen zu werden.

„Warum sollte er mir etwas tun wollen?" Sarah war fassungslos. So unglaublich es klang, dass ein Mann, dem sie nie zuvor begegnet war, ihr gefolgt war. Sie glaubte Gregori. Sie konnte fühlen, dass er die Wahrheit sagte. Seine Worte und der ruhige Blick, der auf ihr ruhte, entspannten sie. Vielleicht lag es auch an dem Wein, den sie getrunken hatte, obwohl sie es gar nicht wollte. Aber wann immer dieser Gregori ihr einen Befehl gab, dann fühlte sie sich dazu gezwungen, ihn auszuführen.

Sarah spürte, wie der Wein ihr in Kopf und Glieder stieg und eine herrliche Schwere umfing sie. Sie betrachtete ihren Entführer, der sie mit schiefgelegtem Kopf musterte, als wäre sie irgendeine Köstlichkeit. „Bestimmt sucht man schon nach mir."

„Hier hoch kommt nie jemand. Keiner wird dich hier suchen. Die Menschen haben Angst davor, hier herzukommen."

„Aber, irgendjemand muss doch hier herkommen!", rief Sarah verzweifelt aus. Ihr Blick streifte durch den Raum, der so groß war, wie die Gaststube unten in ihrer Pension. Dunkle, schwere Möbel dominierten das Zimmer. Ein großer Schreibtisch stand vor einem hohen Fenster, das fast die ganze Raumhöhe einnahm und einen schönen Blick auf den grau werdenden Wald gestattete. Ein Kanapee stand in der Mitte und an den Wänden befanden sich unzählige Regale mit Büchern.

„Niemand kommt hier her."

„Und wo kommt dann das Essen her, die Bücher ... Du kannst mich nicht ewig hier festhalten. Selbst wenn stimmt, was du über deinen Bruder sagst. Irgendwann muss ich wieder nach Hause." Sarah runzelte zornig die Stirn.

Ihr Entführer hob eine Hand, schnipste und hielt eine Perlenkette in der Hand. „Ich nehme mir, was ich brauche. Zumindest das meiste."

Sarah schluckte. Sie rieb sich die Augen, zwinkerte und blickte auf die Kette, die noch immer in der Hand des Mannes baumelte. *Okay*, dachte sie. *Jetzt ist es amtlich. Du träumst und du musst nur versuchen aufzuwachen, dann ist alles wieder in Ordnung. Oder vielleicht ist dann nichts mehr in Ordnung.* Vielleicht lag sie halb tot am Fuße eines

Berges und das alles hier passierte nur in ihrem Kopf. Oder sie befand sich in der Hölle und dieser sexy Entführer war in Wirklichkeit der Teufel. Zumindest hatte sie sich den Teufel immer so vorgestellt, wie diesen Mann; dunkel, erotisch, heiß und ... heiß.

Der Fremde, den sie zumindest körperlich mittlerweile besser kannte, als so ziemlich jeden anderen Mann auf diesem Planeten, erhob sich und ging langsam um Sarah herum. Seine Finger strichen über ihr Haar, schoben es über ihre Schultern nach vorne und glitten dann sanft über ihren Nacken. Sarah erschauderte. Die Spur seiner Finger hinterließ Flammen auf ihrer Haut und ließ ihren Puls schneller klopfen. Die Kette glitt von hinten zwischen ihre Brüste, eine Hand legte sich über ihr Dekolleté und wanderte in das Tal zwischen ihren Brüsten. Zwei sanfte Finger fischten die Kette aus ihrem Bett. Sarahs Atem ging heftig. War es Furcht oder Erregung?

Sarah schluckte schwer, als er von ihr abließ und sich in den zweiten Sessel setzte.

„War das Essen in Ordnung? Es ist lange her, dass ich mich um einen Menschen kümmern musste. Ich kann dir nicht sagen, wie lange es dauern wird, bis Mircae das Interesse an dir verliert. Aber vorerst bist du bei mir besser aufgehoben. Ich werde dich beschützen. Kein Mensch auf diesem Planeten kann dich sonst vor ihm schützen."

Hatte er „um einen Menschen" gesagt? Das mit der Kette hatte Sarah für einen Zaubertrick gehalten. Aber diese Aussage machte sie stutzig. Aufmerksam musterte sie den Mann, der ihr gegenüber saß. Er hatte nichts Ungewöhnliches an sich. Wenn überhaupt etwas ungewöhnlich an ihm war, dann sein überdurchschnittlich gutes Aussehen und seine ihn ständig umgebende Arroganz. Das kantig geschnittene Kinn, die markante, männliche Nase, die gut ausgeprägten Wangenknochen und die dunklen Augen, die ihr das Gefühl gaben, in eine unendliche Leere zu blicken.

Sie überging einfach seine Frage. Dass sie ihn ignorierte, schien ihm nicht zu gefallen, denn er runzelte widerwillig die Stirn.

„Sei versichert, ich werde dir deinen Aufenthalt hier so angenehm wie möglich machen."

„Ich bin eine Gefangene, nichts daran ist angenehm." Sarah rang nervös ihre Hände.

Der Mann sprang knurrend auf und beugte sich drohend über sie. „Man nennt mich Gregori, den Teufel, und du fügst dich mir, Weib. Oder du wirst erfahren, warum ich so genannt werde."

Sarah zuckte vor der Wut in Gregoris Blick zurück. „Du kannst mich nicht hier festhalten", sagte sie leise. „Es gibt Menschen da draußen, die auf mich warten." Dass das nicht stimmte, wollte sie ihm nicht sagen. Jeder, der ihr etwas bedeutet hatte, war vor langer Zeit schon gestorben. Es gab nur einen Grund, warum sie diese Reise gemacht hatte. Sie hatte gehofft, dass das Flugzeug genauso abstürzen würde wie das mit ihren Eltern und ihrer Schwester. Der Schwester, deren Leichnam nie gefunden worden war. Vielleicht hatte sie auch gehofft, sie würde durch die Karpaten streifen und wie durch ein Wunder über den Körper ihrer Schwester stolpern.

Stattdessen war sie über einen Mann gestolpert, der von sich selbst behauptete, der Teufel zu sein. Und ja, nach allem, was sie bisher mit ihm erlebt hatte, war er das auch.

„Vergiss diese Menschen!"

Sarah erstarrte und ihr Herz klopfte panisch gegen ihre Brust. Die Augen des Teufels verdunkelten sich noch mehr und sein Blick senkte sich auf ihre Brust. War das Zufall? Unmöglich konnte er ihr Herz schlagen hören! Sarahs Nägel drückten sich in das weiche Leder der Sessellehnen. Sie schluckte gegen die Tränen an. Sie wollte ihrem Entführer die Genugtuung nicht geben. Draußen heulte ein Wolf und ein anderer antwortete. Gregori sah zum Fenster.

Endlich fiel frischer Schnee. Leider kam der Schnee zu spät, um die Spuren der Frau zu verbergen. Er konnte seinen Bruder spüren. Er umstreifte Gregoris Haus schon eine geraume Zeit. Er hatte die Frau in Gregoris Obhut längst entdeckt. Jetzt war ohnehin egal, was sie wollte. Er würde sie nicht mehr in die Freiheit hinauslassen können. Nicht wo Mircae von ihr wusste. Es wäre ihr Tod, nur weil er, Gregori, Interesse an ihr gezeigt hatte.

Er legte seine Hand unter ihr Kinn und blickte ihr tief in die Augen. „Du kannst nicht gehen. Dort draußen bist du in Gefahr. Nur ich allein kann dich jetzt noch schützen."

Die Frau befreite sich mit einem Rucken ihres Kopfes aus seiner Umklammerung. „Bring mich ins Dorf, dort findet sich bestimmt jemand, der mir helfen kann."

„Mein Bruder. Ich kann ihn spüren."

„Ich kenne deinen Bruder nicht. Warum sollte er mir etwas tun sollen?"

„Schluss jetzt mit den Fragen. Du bleibst. Die Warnung das Haus zu verlassen, sollte dir genügen. Solange du hier drin bist, bist du sicher."

Gregori entfernte sich wieder von der Frau. Sie widersprach ihm und zwang ihn dazu, sich ständig zu wiederholen. Ungehorsam kannte er nicht. Er konnte sich nicht dagegen wehren, aber ihr Duft nahm ihn gefangen. Er machte, dass er sie begehrte. Seine Reißzähne drückten schon wieder gegen sein Zahnfleisch und verlangten danach, in ihr weiches zartes Fleisch eindringen zu dürfen. So oft hatte er seinen Hunger schon seit Jahrhunderten nicht mehr stillen müssen. Zitternd ließ er sich zurück in den Sessel sinken.

„Nun sag mir, was ist dieses Weihnachten, das dir so wichtig erscheint?"

„Es ist das heiligste aller Feste. Der Tag Christi Geburt. Ein Fest, das man mit seinen Liebsten begeht."

„Erzähle mir von dir. Woher kommst du und warum bist du hier."

Sarah sah verwirrt zu Gregori auf. In seiner Stimme lag echtes Interesse. Aber eigentlich widerstrebte es ihr, einem Fremden private Dinge zu erzählen. Da sie sich aber davor fürchtete, dass er wieder so zornig reagieren könnte, beschloss sie ihm einfach zu erzählen, was er hören wollte. Sie war sich sicher, er würde sie ohnehin irgendwann töten. Vielleicht hielt es ihn ab, wenn er mehr von ihr wusste und sie besser kannte.

„Ich lebe in Berlin und arbeite als Tierarzthelferin. Vor etwa zwei Jahren hat mein Mann sich von mir getrennt, weil er es nicht länger mit mir ausgehalten hat, weil ich innerlich tot bin, seit meine Eltern und meine Schwester bei einem Flugzeugabsturz in den Karpaten ums Leben gekommen sind. Man hat den Körper meiner Schwester niemals gefunden. Ich bin hier her gekommen, um ihnen näher sein zu können." Und vielleicht selber zu sterben, fügte sie in Gedanken an. Sarah rasselte jedes einzelne Wort kalt herunter, nur um die damit verbundenen Emotionen nicht zulassen zu müssen.

Statt eines Wortes des Mitleids nickte Gregori nur, wirkte aber, als grübele er über etwas nach. „Ich glaube, mich zu erinnern. Vor vier Jahren etwa ist ein Flugzeug ganz in der Nähe abgestürzt." Da war mehr als er sagen wollte, da war Sarah sich sicher. Da lag etwas in seinem plötzlich verschlossenen Gesichtsausdruck. Er starrte in die Ferne, so als erinnere er sich an mehr als nur einen Absturz in der Nähe.

War das der Grund dafür, dass er dieses Interesse an dieser Frau verspürte? Natürlich konnte Gregori sich an diesen Absturz erinnern. Dieser Absturz war der Grund für den Hass, der den Wahnsinn seines jüngeren Bruders antrieb.

Und er Gregori trug die Schuld an diesem Wahnsinn.

Gregori schloss die Augen und sog den Duft der Frau noch einmal ein. Es war ihm vorher nicht bewusst gewesen, aber jetzt, da er ihre Geschichte kannte, wusste er auch, warum ihr Duft ihn so angezogen hatte. Weil er dem Duft von Mircaes Gefährtin so ähnelte. Der Frau, deren Tod an Gregori haftete und ihn immer tiefer in den Abgrund zerrte, den Mircae schon am Tag ihres Todes hinabgestürzt war. Nicht Gregoris Interesse an der Frau trieb Mircae in ihre Nähe, sondern die Frau selbst.

Er sah Sarah an und zum ersten Mal seit Jahrhunderten regte sich leise Panik in ihm. Er war schuld am Tod ihrer Schwester. Schlagartig verstand Gregori die Wellen der Wut gemischt mit blindem Verlangen, die durch das Blutband zwischen ihm und Mircae zu ihm gelangten. Mircae würde nicht aufgeben, ehe er die Frau besaß. Er würde sie also keinesfalls allein im Haus lassen können. So leid es ihm tat, aber das menschliche Weihnachtsfest musste warten.

Ein markerschütterndes Jaulen durchschnitt die Stille. Sarah blickte in ihrem Sessel zum Fenster hin. Das musste ein Wolf gewesen sein. Nur klang sein Schrei, als hätte er Schmerzen. Sarah empfand sofort Mitleid mit dem armen Geschöpf und hoffte, er hatte sich nicht ernsthaft verletzt. Doch diese Hoffnung löste sich nur wenige Minuten später in Luft auf, als es an der Eingangstür kratzte und Gregori einem winselnden, stark blutenden und zusammengesunken stolpernden grauen Wolf die Tür öffnete.

Sarah stockte der Atem, doch dann beobachtete sie wie Gregori das Tier vertrauensvoll streichelte und der Wolf sich an ihn schmiegte, bevor er winselnd auf dem Boden im Eingangsbereich zusammenbrach.

»Das ist ein Wolf«, stellte Sarah verwirrt fest und musterte mit großen Augen das wundervolle Tier. Sie liebte diese Geschöpfe und verteidigte schon seit vielen Jahren jeglichen Versuch, Wölfe wieder in Deutschland anzusiedeln. Und sie verabscheute den Abschuss dieser Tiere in allen Ländern der Welt. Aber sie hatte noch nie ein Tier aus nächster Nähe gesehen. Sarah wusste, sie hätte Angst haben sollen, aber sie konnte nicht anders. Besorgt kniete sie sich neben den Wolf und beugte sich über ihn. Seine Atmung ging flach und unregelmäßig. Sein Blick aus gelben Augen folgte ihr nervös, bereit sich zu verteidigen, vermutete er Gefahr.

Sie berührte das Tier nicht, um es nicht noch mehr zu verschrecken. „Ist das dein Wolf? Er scheint dir zu vertrauen?“

Gregori kniete ihr gegenüber. Sie konnte seine Angst um das Tier regelrecht spüren. Es war nicht so, wie es sein sollte. So wie man instinktiv fühlt, wenn jemand Angst hat. Das hier war anders. So als fühlte sie seine Gefühle direkt in sich. Irritiert verdrängte Sarah ihre Gedanken daran. So was war einfach unmöglich.

„Er heißt Dejan.“

„Kann ich ihn berühren?"

Sie spürte Gregoris musternden Blick auf sich, dann nickte er ruhig. Seine Hand lag auf dem Hals des Wolfs und kraulte ihn beruhigend.

Vorsichtig strich Sarah das Fell dort beiseite, wo es von Blut verfärbt und verklebt war. Dejan hatte vier tiefe Löcher in seiner Seite. „Das sieht aus, als hätte ihn eine Pranke getroffen. Ein Tier mit langen Klauen. Vielleicht ein Bär?"

„Kein Bär, mein Bruder", sagte Gregori und seine Stimme zitterte vor Zorn. Wie konnte er glauben, dass ein Mensch so etwas getan haben könnte?

„Sofern dein Bruder keine starken und sehr langen Krallen an den Fingern hat, kann er das nicht getan haben. Außer er hätte ein Werkzeug benutzt, das das verursacht haben könnte."

„Mein Bruder", wiederholte Gregori nur und jetzt konnte Sarah auch den Zorn körperlich spüren, den Gregori ausstrahlte. Sie schüttelte sich, um dieses Gefühl zu verdrängen.

Sarah würde nicht weiter darauf eingehen. „Ich benötige warmes Wasser, saubere Tücher und etwas zum Desinfizieren der Wunden. Verbandsmaterial wäre auch nicht schlecht."

„Nichts davon brauchen wir." Verwundert beobachtete Sarah, wie der Mann sein Handgelenk an seinen Mund führte und sich selbst biss. Als er das Gelenk von seinen Lippen zog, tropfte Blut aus zwei Einstichstellen. Sarah stieß einen leisen Schrei aus und kroch rückwärts von dem Mann und dem Wolf weg. Aus der Ecke, in die sie sich gedrängt hatte, beobachtete sie, wie Gregori Blut von seinem Gelenk in die Löcher in der Seite des Wolfes tropfen ließ.

So unfassbar ihr auch erschien, was sie da sah, sie hatte genug Filme und Bücher gelesen, um zu wissen, was hier passierte. Dazu brauchte es nicht einmal die langen Eckzähne, deren Spitzen über Gregoris Unterlippe hinausragten. Sie befand sich im Haus eines Vampirs. Oder, und das erschien ihr viel logischer, sie hatte Halluzinationen aufgrund von extremen Stresssituationen. Und soweit es sie betraf, gehörten Entführungen in genau diese Kategorie.

„Das passiert nicht wirklich“, stammelte sie und drückte sich gegen die Wand, die Knie vor die Brust gezogen.

Gregori schob seine Arme unter den Körper seines Alphawolfs. Sein Bruder hatte sich Dejan ausgesucht, weil es der beste Weg war, ihm eine Botschaft zu schicken, die aussagte: „Ich meine es ernst.“ Er warf der Frau einen kurzen Blick zu. „Du weißt, was ich bin. Das, was dich dort draußen erwartet, ist noch viel grausamer, als ich es bin. Es wäre also besser, wenn du hier bleiben würdest“, warnte er sie, bevor er Dejan aufhob und ihn auf die Couch in der Bibliothek legte. Danach glitt er mit übermenschlicher Geschwindigkeit zurück zu der Frau, bevor sie in ihrer menschlichen Dummheit doch beschloss, es zu wagen und das Haus verließ.

Sie wehrte sich mit Faustschlägen, als er sie hochnahm und im Sessel vor dem Kamin absetzte.

„Dejan wird es bald wieder besser gehen. Mein Blut wird ihn schnell heilen."

Die Frau zitterte trotz seiner beruhigenden Worte weiter. Aber woher sollte er schon wissen, was die Menschen beruhigte? Er hatte zwar die Sorge um den Alphawolf in ihr gespürt, aber da war auch furchtbare Panik und die galt wohl ihm. Leider kam er mit menschlichen Gefühlen gar nicht gut zurecht. Vielleicht zitterte sie auch vor Kälte? Er zog sie wieder aus dem Sessel hoch und setzte sie sich auf den Schoß, um sie mit seinem Körper zu wärmen und zu beruhigen. Wie ein kleines Kind schaukelte er sie sanft in seinen Armen und konnte nicht umhin, festzustellen wie wundervoll weich ihr Körper sich anfühlte. Sie versuchte, sich von ihm zu lösen, doch Gregori hielt sie an seine Brust gedrückt.

„Ich werde dir nichts tun. Wenn ich das vorhätte, dann würdest du längst nicht mehr leben. Wisse, dass ich keine Menschen töte. Ich nähre mich von ihnen und ich manipuliere ihre unterentwickelten Hirne nach meinen Wünschen, aber ich töte sie nicht. Wobei das nicht heißt, dass ich es nicht schon getan hätte." Schaudernd dachte er an den Tag zurück, an dem er Mircaes Gefährtin getötet hatte.

„Würdest du mich bitte loslassen?" Sarah versuchte ihre Panik unter Kontrolle zu bringen, aber es gelang ihr nicht. Und schon gar nicht, wo dieser Vampir sie so nahe an seinen Körper presste. Sie konnte vielleicht akzeptieren, dass es Vampire wirklich gab. Wer heutzutage von der Vorstellung, dass es Vampire gab, noch geschockt war, der hatte die letzten Jahre verschlafen. Seit *Twilight* kam man an den Reißzähnen nicht mehr vorbei. Was Sarah aber Angst machte, war, dass sie keine Ahnung hatte, wie Vampire wirklich waren. Da alles, was sie wusste, nun mal aus fiktiven Filmen und Romanen stammte, wusste sie nicht, was davon wahr war. Waren Vampire eher die kuscheligen, glitzernden Edwards? Oder waren sie die mordenden Monster aus *30 Days of Night*? Wie auch immer, sie hatte keine Lust es herauszufinden.

Als Gregori seinen Griff lockerte, schob sie sich von seinem Schoß. Ihr erster Gedanke war fliehen, aber dann fiel ihr Blick auf Dejan. Die Verletzungen des Wolfes sprachen eindeutig für die Vampire aus der zweiten Kategorie. Aber Gregori hatte auch recht damit, dass er ihr nichts getan hatte. Sie konnte ihm also entweder vertrauen oder es mit diesem Mircae versuchen, dessen Gestalt gerade am Waldrand aufgetaucht war. Etwas warnte sie vor diesem Mann, der ruhig dort stand und auf das Haus zu starren schien. Und obwohl er sie eigentlich unmöglich hätte sehen können, erschien es ihr, als würde er ihr geradenwegs in die Seele blicken, dabei stand er gut zehn Meter von diesem Fenster entfernt. Sie schauderte.

Gregori hatte den anderen Mann auch entdeckt und war hinter sie getreten. Sie konnte die Hitze seines Körpers spüren. „Er ist wegen dir gekommen."

Sarahs Knie zitterten. „Was will er von mir?"

„Er will mir nehmen, was ich ihm genommen habe."

Sarah schluckte schwer. Sie wollte Gregori ins Gesicht blicken, aber sie wagte auch nicht, den Mann vor dem Haus aus den Augen zu lassen, der dort mitten im Weiß stand und sich nicht daran störte, dass es schneite und es draußen sehr kalt war.

„Eine entführte Frau?"

„Seine Gefährtin."

„Gefährtin?" Jetzt wandte sich Sarah doch ab und entfernte sich von dem Vampir. „Ihr entführt Frauen, raubt sie euch gegenseitig, nur um kurz euren Spaß zu haben? Ich bin dein Spielzeug, bis du mich nicht mehr brauchst oder der Nächste von euch mich erwischt?"

„Nein, wir wählen unsere Gefährtinnen für ewig."

„Du meinst bis zu ihrem Tod?"

Gregori schüttelte verwirrt den Kopf. Die Fragerei der Frau machte ihn ganz irre. Waren alle menschlichen Frauen so? Hinterfragten sie ständig alles? Er konnte sich an bessere Zeiten erinnern. Zeiten, zu denen Frauen sich einfach um den Mann gekümmert hatten, für ihn da waren und gehorsam waren.

„Und er steht jetzt so lange da draußen herum, bis du ihn in dein Haus einlädst?"

„Das wird nicht passieren."

„Aber er müsste doch eingeladen werden?"

„Ja", antwortete Gregori knapp. Er machte eine Handbewegung zum Fenster und draußen schlossen sich die Fensterläden und sperrten Mircae aus. „Genug Fragen."

Gregori verfluchte seinen Bruder gerade, denn er hinderte ihn daran, in das Dorf hinunter zu gehen, um seinen Hunger zu stillen. Sonst war er jederzeit für einen Kampf bereit. Er hoffte sogar, dass er irgendwann gegen seinen Bruder verlor und so sein elendes Leben voll von Schuld und Sühne ein Ende finden würde. Zumindest hatte er dies noch bis vor Kurzem gewollt. Jetzt gab es da diese Frau in seiner Obhut. Und jede Minute, die er an ihrer Seite verbrachte, bestärkte noch seinen Glauben, dass sie seine Seelengefährtin war. Auserwählt, die Ewigkeit an seiner Seite zu verbringen. Er hatte nie an die alten Legenden geglaubt, weil er nie einen Vampir gekannt hatte, der diese Seelengefährtin gefunden hatte. Bis Mircae Jenny aus den Trümmern des Flugzeugwracks gezogen hatte und ihr Tod einige Tage später ihn dann in den Wahnsinn getrieben hatte. Von dieser Zeit an, hatte er nie wieder gezweifelt.

Und jetzt saß er hier mit ihr fest, ohne Nahrung. Er konnte ihr nicht noch mehr von ihrem Blut nehmen. Das würde sie schwächen. Und sie würde all ihre Kräfte noch benötigen. Nur um sich an ihm zu nähren, hatte Gregori seinen alten Freund Dejan kommen lassen und ihn so dazu gebracht, seine Deckung zu verlassen. Gregori knurrte leise. Nach all der Zeit spürte er heute zum ersten Mal Wut auf seinen Bruder. Über die Jahre hatten sie sich manchen Kampf geliefert, aber nie hatte Gregori auch nur einen schlechten Gedanken an seinen Bruder verloren oder gar in Erwägung gezogen, ihn ernsthaft zu verletzen. Wie konnte er auch? Er schuldete ihm so viel und er verstand Mircaes Wut. Trotzdem hatte sich mit Sarah an seiner Seite so vieles geändert. Er musste einen Weg finden, sich zu nähren. Sein Hunger konnte so übermächtig werden, dass er sich nicht dagegen wehren konnte, sich zu nehmen, was er brauchte.

Dejan regte sich auf der Couch. Er schlug die Augen auf und sah sich ängstlich um. Erst als Gregori an ihn herantrat, legte sich Freude in seinen Blick. „Wie geht es dir, alter Freund?"

Durch das Blutband antwortete ihm der Wolf mit einem zufriedenen Gefühl. Der Wolf konnte vielleicht nicht reden, aber dies war ihr Weg der Kommunikation. Dejan raffte sich auf, sprang von der Couch und setzte sich gehorsam vor Gregori. Er bot ihm sein Blut. „Nein, heute nicht. Erst musst du dich vollkommen erholen."

„Ihr redet miteinander?", wollte Sarah erstaunt wissen.

„Es ist eher ein Einanderverstehen."

„Was sagt er?"

„Er bietet mir sein Blut."

Seine Gefährtin mochte hingenommen haben, was er war, aber zurechtkam sie damit nur schwer. Jetzt sah sie ihn schockiert an. Aber nur für einen winzigen Bruchteil einer Sekunde, dann lächelte sie auf Dejan herunter und hielt ihm vertrauensselig ihre Hand hin, damit der Wolf ihren Geruch in sich aufnehmen konnte. Sie war mutig. Nicht nur wegen des Vertrauens, dass sie einem wilden Tier gegenüber hatte, sondern auch, weil sie keinen Versuch mehr startete, vor ihm wegzurennen, oder sich so weit es ging von ihm fernzuhalten. Er hätte nicht stolzer auf seine Frau sein können.

„Dein Rudel wartet auf dich. Die Sonne geht in wenigen Augenblicken auf. Mircae hat sich in seine Behausung zurückgezogen. Du bist sicher, wenn du jetzt gehst.“ Dejan neigte den Kopf und Gregori vergrub seine Hand noch einmal in dem weichen Fell, dann ließ er das Tier aus dem Haus. Um ins Dorf hinunterzugehen reichte die Zeit bis Sonnenaufgang nicht mehr aus. Er würde heute hungrig ins Bett gehen müssen. Aber nicht, ohne die Frau und sich selbst vom Blut des Wolfes gesäubert zu haben, sonst würde der Geruch ihn nur noch mehr quälen.

Sarah bewunderte, wie sanft der große düstere Mann mit dem Wolf umging. Und obwohl sie seinen Hunger spüren konnte, hatte er das Geschenk des Tieres abgewiesen. Zwischen den beiden herrschte tiefe Zuneigung und Freundschaft. Konnte ein solcher Mann wirklich der Teufel sein? Das bezweifelte sie. Langsam fasste sie Vertrauen zu Gregori. Es gab keinen Grund, ihm nicht zu glauben. Sie hatte Mircaes Wahnsinn selbst erlebt. Gregori war vielleicht ein Vampir, aber das musste nichts Schlechtes bedeuten. Sarah war schon immer offen für alles gewesen. Sie verachtete keine Religion, keine Rasse und sah immer nur das Gute in allen Menschen.

„Ich kann spüren, dass du hungrig bist. Wirst du damit zurechtkommen", fragte sie besorgt.

„Nicht, wenn wir dieses Blut nicht loswerden."

Sarah stieß einen leisen Schrei aus, als Gregori sie packte und mit ihr die Stufen hinaufflog. Ehe sie es sich versah, stand sie nackt vor ihm, seinen gierigen Blicken ausgeliefert.

„Was hast du vor?" Sie sah ängstlich zu ihm auf. Aber da lag auch Faszination in ihrem Blick, als sie bemerkte, was ihre Nacktheit für Auswirkungen auf ihn hatte. Er genoss es, ihren perfekten Körper zu betrachten. Ihre Brüste waren nicht groß. Aber sie würden seine Hände genau ausfüllen und sie würden sich wundervoll weich in seinen Händen anfühlen. Ihr Bauch war flach und ihre Taille schmal. Zwischen ihren Schenkeln verlockte ihre blonde Scham. Atemlos betrachtete er ihre Vollkommenheit. Seine Gefährtin übertraf alles an Schönheit, was er in seinen siebenhundertneunundvierzig Jahren gesehen hatte. Und sie war nur für ihn gemacht worden. Er begehrte sie. Er wollte sie. Er sehnte sich danach, sie zu fühlen, sie zu berühren.

„Wir werden duschen", hauchte er heiser und entledigte sich mit einem Wink seiner Kleidung.

„Aber doch nicht gemeinsam?" Sie wirkte erschrocken, aber er würde sie nicht entkommen lassen. Seiner Meinung nach hatten sie genug Zeit miteinander verbracht, um sich endlich näher kennenzulernen. Er konnte es nicht länger aufschieben. Er wollte sie mehr noch als Blut. Noch nie hatte er etwas so sehr gewollt wie sie.

„Genau das hatte ich vor."

Sie wich einen Schritt vor ihm zurück und stieß gegen das Waschbecken. Ihre Augen waren schreckgeweitet. Und doch konnte er ihre Bewunderung für seinen Körper fühlen. Ihr gemeinsames Band begann sich zu weben. Es wuchs und wurde stärker. Und es verriet ihm, dass sie ihn mindestens so erregend und begehrenswert fand, wie er sie. Er schritt auf sie zu, langsam wie ein Raubtier, das seine Beute ins Visier nahm und sie in die Ecke drängte.

Sarah umklammerte das Waschbecken in ihrem Rücken. Gregori hatte doch nicht wirklich vor, mit ihr gemeinsam zu duschen. Und wenn sie dem Glauben schenken durfte, was sein Körper ihr signalisierte, dann plante er noch weit mehr als nur eine gemeinsame Dusche. Sie betrachtete seinen nackten Körper und musste zugeben, dass ihr gefiel, was sie sah. Gregori war unglaublich muskulös. Er hatte eine gut ausgeprägte Brustmuskulatur, seine Bauchmuskeln spannten sich an, als er auf sie zukam und in dem Moment, als sich seine Erektion gegen ihren Unterleib drückte, durchzuckten Blitze Sarahs Inneres. Ihr Herz klopfte mit aller Macht gegen ihren Brustkorb. Aus Angst und aus einer tiefen Erregung heraus. Sie konnte nicht anders, als ihre Hände über die Linien seiner Brustmuskeln gleiten zu lassen. Ein leises Stöhnen drang über ihre Lippen, als er sie an sich zog. Ja, war sie denn verrückt geworden? Wie konnte sie das nur zulassen? Doch noch nie in ihrem Leben war sie so erregt gewesen. Jede

Zelle ihres bebenden Körpers sehnte sich nach der Berührung dieses Mannes. Und die Gefahr, die er ausstrahlte, schürte ihr Verlangen nur noch an.

„Meine Gefährtin", flüsterte Gregori an Sarahs Hals und küsste sie sanft. „Nie wieder werde ich dich gehen lassen. Du und ich gehören für alle Zeiten zusammen." Sein starker Akzent ließ diese Worte noch erotischer klingen und sie vibrierten in Sarahs Körper nach. Und diese Verbindung, die zwischen ihnen hin und her summte nahm ihr den letzten Abwehrwillen. Längst hatte sie begriffen, dass sie mehr verband als nur körperliches Begehren. Wie sonst konnte sie seine Erregung in sich spüren, als wäre es ihre eigene? Aber so merkwürdig das auch war, es wunderte sie nicht, schließlich war dieser Mann ein Vampir. Und als solcher war er alles andere als normal.

Seine Lippen legten sich auf ihren Puls und die feuchte Wärme ließ sie schaudern. Sie drängte sich an Gregori und genoss die Härte seiner Muskeln, die sich unter ihren Fingern bewegten, als er sie hochhob und in die Duschkabine trug. Warmes Wasser prickelte auf ihrer Haut und verstärkte noch die Empfindungen, die Gregori mit seinen Streicheleinheiten in ihr wachrief. Ihre harten Knospen rieben gegen seinen Brustkorb. Schwere erfüllte ihre Brüste. Es fühlte sich wundervoll an, wie er mit seinen Liebkosungen ihre Seelenqualen von ihr nahm und sie ins Vergessen zog.

Er lächelte, als er sie ansah und sie sich in seinen Armen rekelt. „Nichts hat sich jemals so vollkommen angefühlt, Frau." Seine Lippen legten sich sanft auf ihre und sie stöhnte an seinem Mund. Noch immer verstand sie nicht, woher sie den Mut nahm, das hier mit einem ihr Fremden zu tun. So war sie nicht. Aber er gab ihr ein Vertrauen zu ihm und in ihren Körper, das sie so nicht kannte. Er sorgte dafür, dass sie sich geborgen und wohl fühlte, bei dem, was sie taten. Seine Lippen zupften an ihren, während seine Arme sie fest umschlungen hielten und seine Erektion schwer an ihrem Bauch lag. Sie öffnete ihre Lippen, um seinem Wunsch nach Einlass nachzukommen. Sein Kuss wurde stürmischer und schwoll mitsamt seiner Atemfrequenz an, als seine Erregung sich immer weiter steigerte.

Das hier würde er nie wieder missen wollen. Er wollte in ihr ertrinken. Wollte sie für viele Stunden einfach nur so halten und küssen und ihrem leisen Seufzen lauschen. Aber die Schwere bei Tagesanbruch überkam ihn langsam und auch sie würde sie bald spüren. Ihr Körper befand sich in der Wandlung. Bald würde er ihr ein drittes Mal sein Blut geben müssen, um die Wandlung zu beenden. Dafür würde er sich morgen unbedingt nähren müssen. Zu lange durfte sie nicht in diesem Übergang verharren, sonst würde sie kaum mehr etwas von Mircae unterscheiden. Er umspielte noch einmal ihre kleine feuchte Zunge mit seiner, erforschte ihre Mundhöhle und stöhnte, als ihre Zunge seine Reißzähne berührte. Dann löste er sich von ihr und musste über den schmollenden Blick lächeln, der auf ihr Gesicht trat.

„Später. Die Sonne wird bald aufgehen und bestimmt möchtest du nicht, dass wir gemeinsam auf dem Boden der Dusche einschlafen."

Sarah zog erstaunt eine Augenbraue hoch? „Gemeinsam? Aber ich bin nicht an den Sonnenaufgang gebunden. Ich kann schlafen, wann immer ich will."

Warum wich er ihrem Blick aus und konzentrierte sich so sehr darauf, die Seife in seinen Händen zu drehen? Sarah wollte viel lieber, dass er diese Hände auf ihre Brüste legte und sie weiter streichelte und das Pulsieren zwischen ihren Schenkeln zum Schweigen brachte.

„Du wandelst dich."

„Was?", quiekte Sarah und machte einen Schritt von ihm weg.

Er sah ihr scharf in die Augen. Da war kein Schuldgefühl mehr, kein Bedauern. „Du bist meine Gefährtin. Das kannst du nur als Vampir sein", sagte er, als würde das alles erklären.

„Aber ... nein, das geht nicht." Sarah schüttelte entschlossen den Kopf.

Gregori legte die Seife beiseite und umfasste ihre Brüste mit seinen schaumigen Händen. Sarah schloss die Augen. Sie wollte das hier nicht genießen, aber sie konnte nicht anders. Nur diese einfache Berührung entflammte die Hitze zwischen ihren Schenkeln von Neuem.

„Gregori", seufzte sie.

„Willst du das hier nicht bis ans Ende aller Tage spüren?"

Sie schüttelte den Kopf, wusste aber, dass sie sich selbst belog. Gott stehe ihr bei, und wie sie das wollte. Und noch viel mehr. Aber dies spüren zu dürfen, würde auch bedeuten, den Schmerz für alle Zeiten mit sich herumschleppen zu müssen. Und das konnte sie nicht länger ertragen.

„Ich kann nicht“, sagte sie und befreite sich von Gregori. Sie trat aus der Dusche, trocknete sich ab und ging in das Schlafzimmer. Aus Gregoris Schrank nahm sie sich einfach eins der Baumwollhemden, die er so gerne zu tragen schien und zog es sich über, bevor sie müde ins Bett schlüpfte. Er hatte wohl Recht, was die Wandlung betraf. Unendliche Schwere hüllte sie ein und noch bevor sie Gregori aus dem Bad kommen hörte, war sie schon eingeschlafen. Ihr letzter Gedanke galt dem ungeduldigen Pulsieren zwischen ihren Schenkeln, das sich darüber beschwerte, nicht gestillt worden zu sein.

Eine Hand lag flach auf ihrem Bauch, als sie erwachte. Gregoris Wärme in ihrem Rücken, wünschte sie sich, sie könnten einfach dort weitermachen, wo sie gestern aufgehört hatten. Wenn da nicht die Tatsache im Raum stand, dass er sie einfach gewandelt hatte. Er hatte ihr ein ewiges Leben angehängt und das, obwohl sie nichts dringender wollte, als zu sterben. So sehr sie sich zu diesem Vampir hingezogen fühlte, und sie konnte sich noch nicht erklären, warum das so war, so sehr konnte sie nicht akzeptieren, dass er ihr dieses ungewollte Leben aufgedrängt hatte. Und gerade eben hatte sie erfahren, dass es

Vampire wirklich gab und jetzt wurde sie selbst zu einem. Sie wusste nicht, ob sie damit fertig werden würde.

„Sei nicht traurig. Ich weiß, ich hätte dich fragen sollen, aber mein Instinkt hat einfach übernommen. Ich verspreche, du wirst es nicht bereuen. Ich werde dich glücklich machen und all die Sorgen, die dich umgeben, werden verschwinden." Die flache Hand auf ihrem Bauch schob sich tiefer und legte sich fordernd auf ihren Venushügel. Sarah konnte nicht anders als stöhnen und sich gegen dieses erotische Gefühl zu drängen. Ein Finger tauchte in ihre Feuchtigkeit und teilte ihre Scham, bevor er einen Tanz um ihre Lustperle begann, der Sarah erzittern ließ und tausend Feuer durch ihre Adern jagte.

Sarah legte sich seufzend auf den Rücken und sah Gregori in die tiefschwarzen Augen. „Was machst du nur mit mir?"

„Dich lieben", sagte er heiser und in seinen Augen schienen Flammen zu tanzen. Er schob sich über sie und drängte sich zwischen ihre Schenkel. Seine Härte lag auf ihrem Lustzentrum und forderte Sarah geradezu dazu auf, sich an ihm zu reiben, um sich Erleichterung zu verschaffen. Gregori knurrte rau und presste seine Lippen grob und stürmisch auf die ihren. Seufzend ergab sich Sarah in seine Liebkosungen. Vergessen war die Verwandlung und ihr Wunsch nach dem erlösenden Tod. Für sie gab es nur noch diesen dunklen Vampir, der ihrem Körper die erotischsten Empfindungen entlockte. Sie war unfähig, ihm böse zu sein, wenn sie sich doch so wohl mit dem fühlte, was er ihr gab.

Sein heißer Mund küsste sich einen Pfad ihren Hals hinunter und legte sich dann gierig auf eine ihrer Brustwarzen. Die andere Brustwarze wurde von Daumen und Zeigefinger seiner Hand verwöhnt. Sarahs Atmung ging keuchend und begierig wand sie such unter Gregori.

So wollte er jeden Abend erwachen. In den Armen seiner Gefährtin, ihren bebenden, anbetungswürdigen Körper unter sich. Mit seinen spitzen Reißzähnen kratzte er über die rosige Knospe, die sich ihm bettelnd nach Aufmerksamkeit entgegenstreckte. Er ließ seine Hände in sanften Kreisen über ihren Bauch kreisen und folgte dieser Spur mit seinen Lippen. Sehnsüchtig näherte er sich dem blonden Dreieck und dem erregenden Duft, der von der feuchten Hitze dort unten zu ihm aufstieg. Er wollte sie unbedingt kosten, bevor er sich in sie schob und sie endgültig zu der Seinen machen würde. Alles in ihm schrie danach, sie zu markieren. Nie wieder sollte ein anderer sie begehren.

Gregori drängte ihre Schenkel auseinander und ließ sich dazwischen nieder. Ihre Schamlippen glitzerten vor Feuchtigkeit. Eine Erregung, die er in ihr hervorgerufen hatte und die ihm zeigte, dass sie für ihn bereit war. Er hatte ernst gemeint, was er gesagt hatte. Er würde dafür sorgen, dass sie nie wieder unglücklich sein würde. Und jetzt sofort, würde er damit anfangen. Er tauchte seine Zunge in ihre Hitze und kostete von ihrem süßen

Nektar. Mit seiner Spitze umkreiste er ihre geschwollene Perle und freute sich, als sich ihr Unterleib gegen ihn rieb und wild zu zucken begann.

Flammen schlugen von dort unten durch ihren Körper und vor ihren Augen tanzten Sterne. Sie konnte nicht nur ihre eigene Lust spüren, sondern auch die von Gregori, der sie wild und animalisch leckte. Diese doppelte Erregung brandete durch sie hindurch und sie glaubte fast, wahnsinnig zu werden. Wie irre krallte sie sich in die Laken und stöhnte laut. Ein unerträglich süßes Ziehen breitete sich in ihrem Körper aus. Und mit einem letzten Saugen zersprang Sarah und stieß schreiend Gregoris Namen aus.

Gregori schob sich mit glitzernden Augen über sie und lächelte. „So wird es von jetzt an immer sein. Willst du das wirklich aufgeben?“

Atemlos und völlig überwältigt schüttelte Sarah den Kopf. Wie konnte sie zu so etwas Vollkommenen Nein sagen? Gregori küsste sie lächelnd und sie schmeckte sich auf seinen Lippen. Als sie die Spitze seiner Härte an ihrem Eingang spürte, schlang sie ihre Beine um seinen Unterkörper und hob sich ihm entgegen. Mit verhangenem Blick schob er sich in sie.

Gregori konnte ein Zittern nicht unterdrücken, als er in ihre enge Hitze eindrang. Wie Samt umschmeichelte sie ihn. Feucht und eng und vollkommen Sein. Er musste sich beherrschen, nicht sofort in sie zu hämmern. Er wollte, dass sie beide das hier genossen. Langsam zog er sich aus ihr zurück und stieß tiefer in sie. Sie hob ihm ihre

Hüften entgegen. Ihre Hände lagen auf seinem Hintern und spornten ihn an. Glücklich und fiebrig vor Lust küsste er sie, als sie einen ruhigen, gemeinsamen Rhythmus fanden. Gierig leckte er über ihren Puls. So gerne würde er von ihr kosten. Seine Zähne pochten schmerzhaft in seinem Mund. Der Hunger überwältigte ihn fast. Aber er musste sich zusammennehmen. Er durfte sie nicht schwächen.

Er beschleunigte seine Stöße, als die Wellen der gemeinsamen Lust immer heftiger über ihm zusammenschlugen. Das gemeinsame Band zeigte ihm genau, was ihr gefiel und er war glücklich, ihr so große Lust zu bereiten. Sie wusste es noch nicht, aber sie begehrte und liebte ihn genauso sehr wie er sie. Sie gehörten zusammen und auch sie würde dieses Band nicht mehr zerreißen können. Mit einem kräftigen Stoß ergoss er sich zuckend in ihr, als ihr Orgasmus ihren Unterleib um ihn herum zucken ließ.

Glücklich rollte er sich von ihr herunter und nahm sie in seine Arme. Er küsste ihre geschwollenen dunklen Lippen und wusste, dass sich nie etwas so richtig angefühlt hatte. Jetzt musste er ihr nur noch gestehen, dass ihre Schwester ohne ihn noch leben würde. Das würde sie ihm nie verzeihen.

4. Kapitel

Auch Mircae musste sich auf der Jagd befinden. Als Gregori bemerkt hatte, dass er nicht um das Haus herumschlich und sich weit genug entfernt aufhielt, dass er ihn auch durch das Band nicht aufspüren konnte, hatte er nicht lange gezögert und war mit Vampirgeschwindigkeit durch den Wald gerannt. Im Dorf hatte er auch schnell einen Menschen gefunden, den er mit sich zwischen die Bäume genommen hatte. Nachdem er sich gesättigt hatte, hatte er die Erinnerung des Menschen gelöscht und sich sofort auf den Weg zurück zum Haus gemacht. Er war noch nicht ganz angekommen, da spürte er schon seinen Bruder. Und Sarah.

Gregori hatte noch nicht lange das Haus verlassen. Noch nicht einmal lange genug, um sich darüber Gedanken machen zu können, was gerade mit Sarah passierte. Da war Mircae vor dem Haus aufgetaucht. In seinen Armen hatte er Dejan gehalten. Dann hatte er angefangen, in Sarahs Gedanken mit ihr zu sprechen. Wie machte er das? Gregori hatte das nicht getan. Zwar konnte Sie manchmal fühlen, was er fühlte. Und ganz offensichtlich fühlte auch er, was Sarah fühlte. Aber nie hatte er in ihrem Kopf mit ihr gesprochen.

Sarah stand vor dem großen Fenster im Salon. Mircae stand direkt auf der anderen Seite. So nahe, dass sie das Blut in seinen Mundwinkeln sehen konnte. So nahe, dass sie das Blut in Dejans Fell sehen konnte. Und so nahe, dass sie die feinen Äderchen in Mircaes Augen sehen konnte. Sie hatte Angst und hoffte, dass Gregori bald kam.

„Wenn du raus kommst, verspreche ich, dass ich dir nicht wehtue. Ich will nur mit dir reden. In Ruhe. Ohne, dass Gregori meine Gedanken auffangen kann. Ich werde Dejan einfach hier hinlegen und du kannst ihn dann ins Haus holen und behandeln“, redete Mircae auf sie ein. Heute wirkte er nicht ganz so furchterregend. Irgendwie Fokussierter.

Dejan winselte so laut, dass Sarah es durch die Scheibe hören konnte. Sie wollte nicht, dass der Wolf noch länger litt. Und Gregori würde bestimmt gleich zurückkommen. Was sollte ihr schon passieren? Und sie war doch jetzt auch fast ein Vampir. Also war sie doch jetzt stärker?

Sie nickte Mircae durch die Scheibe hindurch zu und ging an die Tür. Sie zögerte kurz, bevor sie sie öffnete, doch dann dachte sie an die Liebe in Gregoris Augen, als er Dejan geheilt hatte. Sie konnte nicht zulassen, dass er diesen Schmerz erleiden musste, wenn Mircae den Wolf wirklich töten würde. Sie gab sich einen Ruck und öffnete die Tür. Der Vollmond erhellte den kleinen Vorgarten. Mircae hatte Dejan direkt vor die Tür gelegt. Sie trat heraus und hockte sich neben den Wolf und streichelte ihn.

„Es wird ihm gleich wieder besser gehen. Ich habe ihm von meinem Blut gegeben.“

Mircaes Hand schloss sich um Sarahs Unterarm und mit einem listigen Grinsen zog er sie an sich und entfernte sich mit ihr aus dem Schutz des Hauses. „Ich habe vier Jahre auf eine Chance wie diese gewartet. Rache an meinem Bruder zu verüben."

Noch bevor Sarah fragen konnte, warum, wurde Mircae von ihr fortgerissen. „Warum hast du das Haus verlassen?", grollte Gregori und Wut funkelte in seinen Augen. „Geh sofort wieder rein!"

Sarah schüttelte den Kopf. Sie konnte Gregori nicht zurücklassen.

Wütend wandte sich Gregori seinem Bruder zu, der sich in seiner Umklammerung wehrte. Mit einem kräftigen Hieb schlug er Gregori seine Klauen in den Magen und lachte höhnisch. Dieses Lachen hatte Gregori oft hören müssen in den letzten Jahren. Und er wusste, er hatte es verdient. Er hatte sogar ein schlechtes Gewissen gehabt, als er heute Morgen in Sarahs Körper versunken war. Weil er der glücklichste Mann auf Erden war und er Mircae dieses Glück genommen hatte. Aber als er Mircae mit Sarah gesehen hatte, da war diese Schuld verflogen und er hatte nur noch an sie denken können. Er hatte ihr geschworen, dass sie bei ihm sicher wäre. Und glücklich. Er würde nicht zulassen, dass Mircae sie ihm nahm.

Wütend schleuderte Gregori seinen Bruder von sich. „Du weißt, es tut mir leid. Aber ich werde nicht zulassen, dass du ihr etwas tust." An Mircaes Mitleid zu appellieren brachte nichts, Jennys Tod war auch das Ende seiner Seele. Mircae war innerlich tot. Das war der Grund für seinen Wahnsinn. Er empfand nur noch Hass und Zorn und blinde Wut.

„Und ich werde nicht zulassen, dass du sie bekommst“, schleuderte Mircae ihm mit vor Gift triefender Stimme entgegen.

Er rannte los und warf sich mit seinem ganzen Gewicht gegen Gregori, der taumelnd stolperte. Eine Klaue fuhr ihm über den Hals und schlitzte ihm diesen brennend auf. Warm lief ihm das kostbare Blut über die Schulter. Zornig beschloss Gregori, dass sein Mitleid für seinen Bruder jetzt enden musste. Er holte aus und riss Mircae das dünne Hemd auf. Vier lange Risse bezeugten seinen Treffer, dann verfärbte sich der schmutzig graue Stoff rot.

Wie aus dem Nichts erschien ein Netz über Gregoris Kopf und nahm ihn gefangen. „Silber?“, presste Gregori wütend hervor, als das Netz sich zischend in seine Haut brannte. Stöhnend sackte Gregori zusammen.

„Ja, während du heute deinen Spaß mit ihr hattest, habe ich meinen Spaß dort oben gehabt. Ich hab es dort festgemacht und musste dich jetzt nur noch genau hier her locken.“

Sarah stieß einen leisen Schrei aus, als sie sah, wie kleine Wölkchen von Gregoris Körper aufstiegen. Sie wollte zu ihm rennen, aber der Wolf hielt sie knurrend zurück.

„Dejan ist wirklich ein kluger Hund. Das Netz anzufassen ist auch für dich nicht mehr ungefährlich. Dein Liebhaber hat dich auf unsere Seite geholt, hübsches Weib." Lachend trat Mircae dem Wolf in die Seite und schlug Sarah dann so kräftig ins Gesicht, dass sie ohnmächtig wurde.

Als sie von einem stechenden Schmerz an ihrem Hals erwachte, konnte sie sich nicht bewegen. Schreiend versuchte sie, gegen Mircae anzukämpfen, der seine Zähne in ihr Fleisch geschlagen hatte und von ihr trank. Sie spürte, wie sie schwächer wurde und sich ihr Körper immer schwerer anfühlte. Sie sackte in die Fesseln, mit denen sie an die feuchte und kalte Felswand gefesselt war.

„Lass mich gehen", wimmerte sie schwach. In der Höhle war es dunkel, aber sie konnte sehr deutlich sehen. Und noch etwas hatte sich verändert. Der Geruch ihres eigenen Blutes machte sie hungrig. Ihr Magen protestierte lauthals gegen den Hunger und krampfte. Endlich ließ dieser Teufel von ihr ab.

„Wenn du nicht bald sein Blut bekommst, wirst du so wie ich. Irre. Du wirst festhängen zwischen dem Tod und der Ewigkeit. Kein Mensch mehr, aber auch kein Vampir. Wir werden ein wundervolles Paar abgeben."

„Warum tust du das?" Sarahs Stimme war so schwach wie sie sich fühlte. Und sie fror. Es war eiskalt in der Höhle und es stank nach Verwesung und Dreck. Es stank so wie Mircae roch, wenn er ihr zu nahe kam.

„Warum? Weil dein Gefährte schuld am Tod meiner Gefährtin ist. Deiner Schwester!"

„Das ist nicht wahr! Sie ist bei einem Flugzeugabsturz ums Leben gekommen."

Mircae lachte und sein hübsches Gesicht verzog sich zu einer hässlichen Fratze, als er wie ein Kleinkind vor ihr Auf und Ab hüpfte. „Ich habe sie aus den Trümmern gezogen und sie in mein Haus gebracht."

„Nein!" Sarah wehrte sich gegen das, was er behauptete. Aber sie wusste, dass es die Wahrheit sein musste. Woher sonst sollte er sie gekannt haben? Jenny hatte den Absturz überlebt! Sarah brannten Tränen auf den eisigen Wangen und sie kämpfte gegen den Schrei an, der sich in ihrer Kehle aufbaute. „Was ist passiert?"

Mircaes Blick wurde glasig. „Ich war auf der Jagd. Ich brauchte Blut, um sie zu wandeln. Die Wandlung war das einzige, was sie noch retten konnte. Ihre Verletzungen waren zu schwer. Aber ich habe es die ganze Zeit gespürt, dass sie zu mir gehörte. Ich musste sie einfach retten. Also habe ich meinen Bruder gebeten, auf sie zu achten. Doch er hatte nichts Besseres zu tun, als sich mit einer verirrten Touristin zu vergnügen, die an die Tür geklopft hatte, um nach dem Weg zu fragen. Während er am Hals dieser Frau gesaugt hatte, ist sie zur Hintertür rausgelaufen und von einem Bären zerfleischt worden. Er sollte nur kurz aufpassen."

Sarah ließ den Schrei aus ihrer Kehle. Sie weinte einige Zeit still vor sich hin. Ein Bär hatte Jenny getötet. Sie könnte jetzt noch immer hier sein, wenn Gregori sie nicht aus den Augen gelassen hätte. Aber warum war sie überhaupt gegangen? Warum hatte sie sich aus dem Haus geschleppt? Die Trauer um Jenny krallte sich in Sarahs Eingeweide. Sie fühlte nicht einmal mehr die Kälte.

Dejan zerrte das Netz von Gregoris Körper. Dabei verursachte er noch mehr Schäden an Gregoris Haut. Nachdem er endlich frei war, wollte Gregori nur noch Sarah finden und seinen Bruder töten. Aber es würde ihm nicht helfen, wenn er im blinden Zorn losstürmte, so schwach wie er durch die Wunden war. Er musste sich erst stärken. Und wer weiß, in welchem Zustand er Sarah vorfinden würde. Wahrscheinlich würde er auch Blut für sie brauchen.

Gregoris Zorn traf nicht einmal nur Mircae, er traf auch ihn selbst. Seit vier Jahren bereute er, dass er Mircaes Gefährtin aus den Augen gelassen hatte, nur um sich an der jungen Frau zu nähren. Nur fünf Minuten und er hatte die Schuld an ihrem Tod auf sich geladen. Auch wenn er sich immer wieder sagte, dass Jenny die Wandlung nicht überlebt hätte, in dem Zustand, in dem sie sich befand. Half das alles nichts, denn eine Chance hätte trotzdem bestanden. Es hätte vielleicht klappen können.

Eilig bewegte sich Gregori durch den Wald auf das Dorf zu. Er hatte Glück. Zwei Wanderer kreuzten ihn auf halbem Weg zum Dorf. Er verwickelte sie in ein Gespräch über die Landschaft, dann stahl er sich in ihre Köpfe und trank nacheinander von beiden, genug für Sarah und sich selbst. Danach gab er ihnen ein, sich unverzüglich auf den Weg zurück in das Dorf zu machen. In dem geschwächten Zustand durften sie ihren Weg nicht fortsetzen.

Ohne weiter zu zögern, rannte Gregori auf Mircaes Höhle zu. Er verließ sich auf den Wahn, der seinen Bruder befallen hatte, und ging davon aus, dass er Sarah dort hin gebracht hatte. Wenn das so war, dann bedeutete das aber auch, dass er sie nicht lange am Leben halten würde. Es reichte schon, wenn er sie jetzt, da sie zwischen Menschsein und Vampirsein schwebte, tötete, um sie in seinen Abgrund zu zerren.

So schnell Gregori konnte, stieg er den Berg hinauf, den dunklen Höhleneingang immer im Blick. Er brauchte sich gar nicht anschleichen, sein Bruder konnte ihn in dem Moment spüren, da Gregori in dem Bereich eintrat, in dem das Blutsband seine Macht entfaltete.

Sein einziger Vorteil war, dass er sich eben frisch genährt hatte und seine Wunden verheilt waren. Aber als Gregori in die Höhle kam und Sarah erblickte, wusste er, dass er auch diesen Vorteil verloren hatte. Mircae hatte sich von seiner Gefährtin genährt. Wutschnaubend stürzt Gregori sich auf seinen Bruder. Noch nie hatte er eine Waffe gegen seinen Bruder verwendet, doch jetzt materialisierte er ein Schwert in seiner Hand.

Mircae reagierte sofort und rief ein eigenes Schwert. Laut kreischend schabten die Klingen übereinander. Metall traf auf Metall und ließ die

Höhle erbeben. Gregori musste aufpassen, wohin er trat, denn überall legen halb verweste Körper. Wanderer, die Mircae hier hochgebracht hatte, um sie langsam ausbluten zu lassen. Gregori verabscheute schon lange, was sein Bruder tat. So oft er konnte, hatte er sich mit ihm kurze Kämpfe geliefert, um seine Opfer zu befreien. Aber er hatte nicht alle retten können. Vielleicht hatte er das auch nicht gewollt. Wegen der Schuld, die ihn innerlich zerfressen hatte.

Gregori wehrte einen Schlag ab und wagte einen weiteren Blick auf Sarah, um abschätzen zu können, wie es ihr ging. Sie wirkte blass und verweint, aber sie hielt sich gut aufrecht, also hatte sie wohl genug Kraft, um noch eine Weile auszuharren. Ein kräftiger Hieb hinterließ eine tiefe Wunde in Mircaes Oberarm. Zischend schlug er auf Gregori ein, doch der konnte rechtzeitig ausweichen. Mit jedem Schlag, den Gregori gegen seinen Bruder ausführte, wusste er, er würde seinen einhundert Jahre jüngeren Bruder töten müssen, damit das hier endlich endete. Er konnte ihn nicht weiter morden lassen. Nur zu gut konnte er sich noch daran erinnern, als die Bevölkerung das Volk der Vampire mit Mistgabeln gejagt hatte. Wenn er sich mit Sarah ein ruhiges Leben aufbauen wollte, eins in dem sie nicht davonlaufen musste, dann musste er Mircae töten. So schwer es ihm fiel, weil er sein letztes lebendes Familienmitglied war, er hatte keine andere Wahl. Wenn Mircae starb, würde er der letzte geborene Vampir sein. Nach ihm würde es nur noch gezeugte Vampire geben. Nur geboren Vampire konnten Kinder bekommen.

Mircae hieb unkontrolliert auf Gregori ein. In blinder Wut drängte er Gregori immer tiefer in die Höhle. Sein Schwert krachte gegen Gregoris. Blitze zuckten. Gregori stach zu, als Mircae einen weiteren Schritt auf ihn zu machte. Er jaulte auf, hielt sich ungläubig die Wunde über seinem Herzen und sah zu Gregori auf. Er sank auf die Knie. Blut tränkte seine Kleidung und den Boden unter ihm.

„Bring es zu Ende. Erlöse mich." Gregori runzelte die Stirn. Bettelte sein Bruder um den Tod? Er konzentrierte sich auf das Band und fand es bestätigt. Mircae wollte endlich sterben. „Ich kann ohne sie nicht mehr leben. Dich traf niemals die Schuld an ihrem Tod. Sie hat ihn freiwillig gesucht, nachdem sie gesehen hatte, was ich war. Schon damals hatte der Wahnsinn erste Wurzeln in mich geschlagen. Ich hab das ewige Leben nicht mehr ertragen." Mit den letzten Worten sprudelte auch Blut aus Mircaes Mund. Auch diese Worte waren die Wahrheit.

„Wie konnte sie von deinem Wahnsinn wissen? Was hast du ihr angetan?" Gregori verstand nicht, was Mircae sagte. Ihm war er normal erschienen bis zum Tod von Jenny.

„Nicht ihr. Ich habe ihre Mutter vor ihren Augen ausgesaugt. Und danach einen kleinen Jungen. Ich bin schon vor langer Zeit der Blutsucht anheimgefallen. Fast hätte ich sogar sie getötet."

Wütend wandte sich Gregori von seinem Bruder ab. So lange Zeit hatte Gregori mit einer Schuld gelebt, die nicht die seine war. Sollte Mircae weiter mit dieser Schuld leben.

„Wenn du es nicht beendest, dann werde ich sie holen. Irgendwann werde ich sie finden."

Gregori blieb mit dem Rücken zu Mircae stehen. Auch jetzt sagte er die Wahrheit. Ruckartig wandte Gregori sich um und vergrub seine Klauen in der Brustwunde seines Bruders, dann zog er seine Hand mitsamt des schwarzen Herzens von Mircae wieder aus dem Loch. Achtlos ließ Gregori das Stück Fleisch fallen und ging, um seine Gefährtin zu befreien.

5. Kapitel

Sarah hatte jedes Wort gehört. Jenny hatte freiwillig den Tod gewählt, um diesem Monster zu entkommen. Er hatte nicht nur Jenny getötet, sondern auch ihre Mutter. Er hatte ihre halbe Familie vernichtet. Sie hätte Gregori nicht dankbarer sein können, als er seinen Bruder vernichtet hatte.

Schmutzig, mit Blut besudelt und mit großer Trauer im Herzen kam Gregori und befreite sie von den Fesseln. Sie sank gegen seine Brust, weil ihre Beine so steif vor Kälte waren, dass sie nicht mehr stehen konnte. Gregori nahm sie auf seine Arme und trug sie in sein Haus.

Erst ließ er ihr ein warmes Bad ein, dann stieg er selbst unter die Dusche, um das Blut seines Bruders von seinem Körper zu waschen. Nachdem er sich und danach Sarah abgetrocknet hatte, trug er sie in sein Bett. Sarah kuschelte sich unter die warmen Decken und seufzte wohlig, als Gregori ein Feuer im Kamin entzündete.

„Es tut mir leid“, sagte sie, als er neben ihr stehen blieb und auf sie herabsah. „Ich hätte nicht rausgehen sollen, aber ich wollte Dejan helfen.“

„Ich weiß. Mach dir keine Sorgen, Mircaes Tod war längst überfällig. So ein langes Leben in Einsamkeit kann einen in den Wahnsinn treiben. Viele von uns treten freiwillig in den Sonnenaufgang, bevor sie krank werden. Es tut mir leid, dass ich dir das angetan habe, ohne dich zu fragen. Ich war zu egoistisch. Ich hatte die Einsamkeit auch satt."

Sarah lächelte zu Gregori auf. „Mir hat unser gemeinsames Aufwachen sehr gefallen. Wenn ein ewiges Leben mit dir so ist, dann kann ich daran nichts Falsches finden."

Gregori grinste dankbar und beugte sich über sie, um sie mit diesen weichen, fordernden Lippen zu küssen. „Wenn das so ist, sollten wir vielleicht dafür sorgen, dass du nicht nur so aufwachst, sondern auch so einschläfst."

Sarah lüpfte ihre Decke und Gregori kroch in ihre warme Höhle. Er leckte über die Bisswunden, die Mircae hinterlassen hatte und küsste dann diese Stelle. „Das tut mir auch leid."

„Schon vergessen", säuselte Sarah und schlang ihre Arme um Gregoris Nacken, um ihn zu sich herunter zu ziehen. Sie wölbte ihren Oberkörper und präsentierte ihm auffordernd ihre Brüste. Gregori verstand sofort und ließ seine Zunge um die harte rosa Knospe kreisen. Sanft saugte er daran und Blitze zuckten durch Sarahs Körper. Zitternd atmete sie aus.

Gregori freute sich über ihre Reaktion auf seine Aufmerksamkeiten. Er knabberte an ihrem Schlüsselbein und küsste dann die Stelle an ihrem weichen Hals, unter der ihr Puls flatterte. Seine Eckzähne verlängerten sich fordernd, doch er wollte noch warten, bis auch seine Härte in ihr war.

Er strich mit seiner Hand ihren Körper hinab und tauchte einen Finger in sie. Sie war schon bereit für ihn. Und er hatte nicht die Kraft, das hier viel länger herauszuzögern. Und das signalisierte auch sie ihm durch das Blutsband.

„Diese Blutsbandsache finde ich wirklich super. Ich weiß genau, was in dir vorgeht“, sagte Sarah.

Gregori hatte ihr vorhin erklärt, was es damit auf sich hatte, dass sie fühlen konnte, was er fühlte. Leider waren seine Kräfte nicht so gut wie Mircaes, der sogar in den Gedanken anderer sprechen konnte. Gregori lächelte und schickte ihr all seine Liebe für seine Gefährtin durch das Band. Sarah antwortete ihm auf die gleiche Weise und erwärmte sein Herz mit der Bestätigung, dass sie genauso für ihn empfand.

Mit einem kräftigen Stoß versenkte sich Gregori in seiner Auserwählten. Gleichzeitig stieß er seine Zähne in Sarahs Hals und steigerte ihre Lust so sehr, dass sie in einem heftigen Orgasmus explodierte und sich wie eine enge Faust um ihn schloss. Mit einem Nagel öffnete er eine kleine Stelle an seinem Hals und hob Sarahs Kopf an. Sarah trank ohne Widerstand von seinem Lebenssaft. Morgen Abend, wenn die Sonne unterging, würde sie die Wandlung abgeschlossen haben. Gregori ergoss sich in ihr und schickte sie in den Schlaf. Er sank neben ihr auf das Bett und zog seine Gefährtin an sich. Nie wieder würde er einsam aufwachen müssen. Nicht, solange sie da war und sein Leben bereicherte.

Ende